Vacombe
Juin 08

ALAA EL ASWANY

L'IMMEUBLE
YACOUBIAN

roman traduit de l'arabe (Egypte)
par Gilles Gauthier

BABEL

Cent mètres à peine séparent le passage Bahlar où habite Zaki Dessouki de son bureau de l'immeuble Yacoubian, mais il met, tous les matins, une heure à les franchir car il lui faut saluer ses amis de la rue : les marchands de chaussures et leurs commis des deux sexes, les garçons de café, le personnel du cinéma, les habitués du magasin de café brésilien. Zaki bey connaît par leur nom jusqu'aux concierges, cireurs de souliers, mendiants et agents de la circulation. Il échange avec eux salutations et nouvelles. C'est un des plus anciens habitants de la rue Soliman-Pacha*. Arrivé à la fin des années 1940, après ses études en France, il ne s'en est plus jamais éloigné. Pour les habitants de la rue, c'est un aimable personnage folklorique, vêtu été comme hiver d'un complet dont l'ampleur dissimule un corps maigre et chétif, une pochette soigneusement repassée et assortie à la couleur de la cravate dépassant de la poche de la veste, son fameux cigare à la bouche – du temps de sa splendeur, c'était un luxueux cigare cubain, maintenant il fume un mauvais spécimen local à l'odeur épouvantable et qui tire mal –, son visage

---

* Ancien nom de la rue Talaat-Harb. (*Toutes les notes sont du traducteur.*)

ridé de vieillard, ses épaisses lunettes, ses fausses dents brillantes et ses cheveux teints en noir dont les rares mèches sont alignées de gauche à droite pour cacher un crâne dégarni. En un mot, Zaki Dessouki est un personnage de légende, ce qui rend sa présence attachante, et pas totalement réelle, comme s'il pouvait disparaître d'un moment à l'autre, comme si c'était un acteur qui jouait un rôle et dont on savait qu'une fois la représentation terminée il allait enlever ses vêtements de scène pour reprendre ses habits de tous les jours. Si l'on ajoute à cela son esprit enjoué, ses sempiternelles plaisanteries grivoises et son étonnante capacité à s'adresser à chaque personne rencontrée comme à un vieil ami, on peut comprendre le secret de l'accueil chaleureux que lui font, tous les matins aux environs de dix heures, les habitants de la rue : les salutations matinales s'élèvent de toutes parts et, souvent, parmi les employés des magasins, un de ses jeunes amis se précipite vers lui pour l'interroger d'un ton espiègle sur une question d'ordre sexuel qui lui paraît obscure. Zaki bey fait alors appel à ses connaissances encyclopédiques dans ce domaine et il expose aux jeunes complaisamment, à voix audible de tous, et avec force détails les plus infimes secrets du sexe. Parfois même, il leur demande une feuille et un crayon (qu'on lui fournit en un clin d'œil) pour dessiner avec clarté certaines positions originales qu'il a lui-même essayées du temps de sa jeunesse.

Encore quelques informations importantes sur Zaki bey Dessouki : c'est le fils cadet d'Abd el-Aal Dessouki, un des plus célèbres leaders du parti Wafd, plusieurs fois ministre qui, à la tête d'une des plus grosses fortunes d'avant la révolution, possédait, avec sa famille, plus de cinq mille *feddan** des meilleures terres agricoles. Zaki bey avait fait des études d'architecture à l'université de Paris et il allait de soi qu'il serait un jour appelé à jouer un rôle politique en Egypte grâce à l'influence et à la fortune de son père, mais la révolution avait éclaté et la situation avait changé : Abd el-Aal avait été arrêté et transféré devant un tribunal révolutionnaire et, même si l'accusation de corruption n'avait pu être prouvée, il était resté quelque temps incarcéré et la plupart de ses biens avaient été confisqués par la réforme agraire pour être distribués aux paysans. Peu de temps après, le pacha était mort du choc que ces événements avaient produit sur lui. La catastrophe survenue au père s'était répercutée sur le fils dont le bureau d'étude, ouvert dans l'immeuble Yacoubian, avait vite périclité. Au fil du temps, c'était devenu le lieu où Zaki bey passait ses heures de loisir, où il lisait les journaux, sirotait son café, rencontrait ses amis ou ses maîtresses, ou bien restait des heures à la fenêtre à contempler les passants dans la rue Soliman-Pacha. Pourtant l'échec rencontré par Zaki Dessouki n'avait pas uniquement pour cause l'avènement de la révolution, mais plus fondamentalement son lymphatisme et son abandon à la volupté.

En vérité les soixante-cinq années de son existence, avec toutes leurs péripéties, leurs incohérences, à la fois heureuses et tristes, ont essentiellement tourné autour d'un axe : la femme. Il fait partie de ceux qui ont sombré corps et biens dans la douce captivité des femmes. Pour lui la femme n'est pas un désir qui s'enflamme pour un temps seulement, que l'on rassasie et qui

* Un *feddan* fait un peu moins d'un demi-hectare.

9

s'éteint, c'est un univers complet de tentations qui se renouvelle dans des images dont la diversité ensorcelante n'a pas de fin : des poitrines abondantes et pulpeuses avec leurs mamelons saillants comme de délicieux grains de raisin ; des croupes tendres et souples qui tressaillent comme si elles s'attendaient à de furieux assauts à revers, par surprise ; des lèvres peintes qui sirotent les baisers et soupirent de plaisir ; des cheveux sous tous leurs avatars, longs et flottant calmement, ou bien longs, tombant en désordre en cascades éparses, ou bien mi-longs, stables et familiers, ou bien courts, à la garçonne, suggérant ainsi, sur le chemin des éphèbes, des formes alternatives de sexualité ; des yeux… ah ! Comme ils sont beaux les regards de ces yeux francs ou mensongers, fuyants, fiers ou timides ou pleins de colère, de blâme ou de réprobation. C'est à ce point, et même avec plus de force encore, que Zaki bey aime les femmes. Il en connaît de toutes les conditions, depuis la *nabila** Kamila, fille de l'oncle maternel du dernier roi avec qui il a appris le raffinement et les rites des alcôves royales : les bougies qui brûlent toute la nuit, les verres de vin français qui avivent le désir et chassent la crainte, le bain chaud avant la rencontre pour enduire le corps de crèmes et de parfums… Il a appris de la *nabila* Kamila, dont l'appétit sexuel était insatiable, comment s'y prendre pour commencer, quand se retenir, que les positions sexuelles les plus osées requièrent quelques mots français très délicats. Pourtant Zaki bey a fait l'amour avec des femmes de toutes les classes sociales : des danseuses orientales, des

---

* Titre accordé à certains membres de la famille royale qui n'ont pas droit à celui de prince.

étrangères, des femmes de la bonne société, des épouses d'hommes éminents, des étudiantes et des lycéennes mais également des femmes dévoyées, des paysannes, des domestiques. Chacune avait sa saveur particulière et, souvent, il compare en riant l'alcôve soumise au protocole de la *nabila* Kamila et cette mendiante qu'il avait ramassée dans sa Buick, une nuit qu'il était ivre, et qu'il avait amenée dans son appartement, passage Bahlar. Quand il était rentré avec elle dans la salle de bains pour la laver lui-même, il avait découvert qu'elle était si pauvre qu'elle s'était fabriqué des sous-vêtements avec des sacs de ciment vides. Il se rappelle encore avec un mélange de tendresse et de chagrin la gêne de la femme lorsqu'elle enleva ses vêtements sur lesquels était écrit en gros caractères "ciment Portland". Il se souvient que c'était une des plus belles femmes qu'il ait connues et une des plus ardentes en amour. Toutes ces expériences nombreuses, variées, ont fait de Zaki Dessouki un véritable expert de la femme. Il a, dans cette "science de la Femme" comme il dit, des théories curieuses que l'on peut accepter ou refuser mais qui méritent absolument d'être prises en considération : il estime par exemple que les femmes supérieurement belles sont généralement au lit des amantes froides, alors que les femmes d'une beauté moyenne, et même celles qui sont un peu disgraciées, sont toujours plus ardentes car elles ont réellement besoin de l'amour et font tout leur possible pour combler leurs amants. Zaki bey croit également que la façon dont les femmes prononcent le son *s*, en particulier, témoigne du degré de leur chaleur en amour. Par exemple, si une femme prononce le mot *sousou* ou *besbousa* en chevrotant d'une façon troublante, alors, il comprend qu'elle fait partie de celles qui sont douées au lit, le contraire étant également vrai. Zaki bey est de même convaincu qu'autour de toutes les femmes à la surface de la terre flotte un halo où passent en permanence des ondes invisibles et inaudibles, mais que l'on peut mystérieusement percevoir. Selon lui, celui qui s'exerce à la lecture de ces ondes peut deviner l'étendue de leur appétit sexuel. Quelles que soient leur retenue et leur pudeur, Zaki bey est en mesure de pressentir cet appétit sexuel à travers le tremblement d'une voix, l'exagération d'un rire nerveux, et même à travers la chaleur d'une main qu'il serre. Quant à celles qui sont possédées par une lubricité diabolique et inextinguible, les "femmes fatales" comme il les appelle en français, ces femmes ténébreuses qui ne se sentent vraiment exister que dans un lit d'amour et pour qui aucun autre plaisir dans la vie n'est égal au plaisir sexuel, ces créatures douloureuses inexorablement conduites par leur soif de plaisir vers un destin atroce et fatidique, ces femmes-là, assure Zaki Dessouki, même si leurs visages diffèrent, présentent toutes la même apparence. Il invite ceux qui mettent en doute cette vérité à regarder dans les journaux les photographies de femmes condamnées à mort pour avoir été complices de leur amant pour le meurtre de leur mari. D'après lui, avec un peu d'observation on peut constater qu'elles ont toutes le même faciès, avec des lèvres souvent charnues, toujours entrouvertes, les mêmes traits épais et lascifs, le même regard brillant et vide comme celui d'un animal affamé.

C'est dimanche. Rue Soliman-Pacha, les boutiques ont fermé leurs portes, et les bars et les cinémas se remplissent de leurs habitués. La rue sombre et vide, avec ses boutiques closes et ses vieux immeubles de style européen, semble sortir d'un film occidental triste et romantique. Depuis le début de cette journée de congé, le vieux concierge, Chazli, a transporté son siège de l'entrée de l'ascenseur à celle de l'immeuble, sur le trottoir, pour contrôler ceux qui y entrent et ceux qui en sortent.

Zaki Dessouki est arrivé à son bureau un peu avant midi et son domestique Abaskharoun a tout de suite compris la situation. Depuis vingt ans qu'il travaille avec Zaki bey, Abaskharoun sait, d'un simple coup d'œil, l'état dans lequel il se trouve. Il sait ce que cela veut dire lorsque son maître vient au bureau excessivement élégant, précédé par l'odeur d'un parfum luxueux qu'il réserve aux grandes occasions, il sait ce que cela veut dire lorsqu'il est crispé, tendu, qu'il se lève, s'assoit, marche nerveusement, incapable de trouver une position satisfaisante, couvrant son impatience de brusquerie et de dureté : tout cela signifie que le bey attend sa première rencontre avec une nouvelle maîtresse. Aussi Abaskharoun ne se formalise-t-il pas lorsque le bey s'en prend à lui brutalement et sans raison. Il secoue la tête avec compréhension et finit rapidement de balayer la pièce puis, à grands coups de béquille sur le carrelage du long couloir, il arrive dans la salle où le bey est assis et lui dit d'une voix qu'une longue expérience a appris à rendre complètement neutre :

— Monsieur a une réunion ? Monsieur souhaite que je prépare le nécessaire ?

Le bey se met alors à l'observer, le regarde avec attention, comme s'il réfléchissait au ton qu'il allait employer pour lui répondre, il regarde sa *galabieh** de coton bon marché à rayures, toute déchirée, ses béquilles, l'emplacement de sa jambe coupée et son visage de vieillard, avec sa barbe blanche mal rasée, ses yeux étroits et rusés et ce sourire implorant et épouvanté qui ne le quitte jamais :

— Prépare en vitesse le nécessaire pour la réunion, répond alors brièvement le bey tout en sortant sur le balcon.

Dans leur langage commun, "réunion" veut dire que le bey va s'isoler dans son bureau avec une femme. Quant au "nécessaire", cela signifie certains rites qu'Abaskharoun organise pour son maître avant la partie fine : cela commence par une piqûre de fortifiant importé qu'il lui enfonce dans la fesse et qui lui fait chaque fois tellement mal qu'il pousse de grands soupirs et couvre de malédictions son domestique, cet âne aux mains maladroites et lourdes. Ensuite vient une tasse de café sans sucre, mélangé à de la noix de muscade, que le bey sirote lentement tout en laissant fondre sous sa langue un petit morceau d'opium. Pour terminer, un grand plat de salade est posé au milieu de la table, à côté d'une bouteille de whisky Black Label, de deux verres vides et d'un seau à glace rempli à ras bord. Pendant qu'Abaskharoun se livre avec diligence aux préparatifs, Zaki bey s'assoit au balcon qui donne sur la rue Soliman-Pacha, allume une cigarette et

---

* Large robe de coton généralement de couleur sombre qui est le vêtement traditionnel des classes populaires. Remis à la mode en blanc et avec une coupe différente par les islamistes.

se met à surveiller les passants. Ses sentiments vont de l'impatience fébrile d'une belle rencontre au pressentiment anxieux que sa bien-aimée Rabab puisse manquer le rendez-vous et lui fasse ainsi perdre les efforts d'un mois complet dépensé à la poursuivre. Il est obsédé par elle depuis qu'il l'a vue pour la première fois au *Cairo Bar* où elle travaille comme hôtesse. Elle l'a complètement ensorcelé et il s'est mis à fréquenter le bar tous les jours pour la revoir. Il l'avait décrite ainsi à un vieil homme de ses amis : "Elle incarne toute la beauté populaire, avec son côté canaille et aguichant. On dirait qu'elle sort d'une toile de Mahmoud Saïd." Puis il s'était montré plus précis : "Te souviens-tu de cette domestique que vous aviez chez vous et qui avait titillé tes rêves sexuels d'adolescent ? Tu avais toujours envie de te coller à son tendre derrière et de prendre à deux mains ses seins volumineux et turgescents pendant qu'elle lavait la vaisselle dans l'évier de la cuisine. Elle se débattait d'une façon qui te faisait encore plus coller à elle, tout en susurrant un excitant refus avant de se donner à toi : «Monsieur, ce n'est pas bien, monsieur…» C'est sur un trésor comme celui-là que je suis tombé avec Rabab."

Mais tomber sur un trésor ne veut pas dire le posséder. Pour sa bien-aimée Rabab, Zaki bey a dû subir bien des avanies : il a passé des nuits entières dans cet endroit sale, étroit, mal éclairé et mal aéré qu'est le *Cairo Bar*, étouffé par la foule et par l'épaisse fumée des cigarettes, assourdi par le volume de la sono qui n'arrêtait pas un seul instant de passer des chansons vulgaires et stupides, sans compter les disputes virulentes et les empoignades entre les habitués (un mélange de travailleurs manuels, de truands et de débauchés), les verres de mauvais brandy qui brûlent l'estomac mais qu'il devait ingurgiter tous les soirs, les grossières erreurs de facture (qu'il feignait de ne pas voir) et auxquelles s'ajoutaient de gros pourboires pour le bar ainsi qu'un pourboire encore plus gros qu'il glissait dans le décolleté de Rabab. Quand ses doigts touchaient ses seins gonflés et frémissants, il sentait immédiatement se précipiter un sang chaud dans ses veines et l'envahir un désir presque douloureux tant il était fort et exigeant. Jour après jour, il n'avait cessé de lui proposer de le rencontrer en dehors de l'établissement et elle s'était dérobée avec coquetterie. Il avait renouvelé sa proposition sans perdre espoir, jusqu'à ce que, hier seulement, elle accepte de lui rendre visite à son bureau. Il était si heureux qu'il lui avait glissé cinquante livres dans son décolleté (et il ne le regrettait pas). Elle s'était tellement rapprochée de lui que son souffle brûlant effleurait son visage. Elle s'était mordu la lèvre inférieure et avait chuchoté d'une voix aguichante qui avait fait fondre tout ce qu'il lui restait de nerfs :

— Demain, mon chéri, je te récompenserai de tout ce que tu as fait pour moi.

Zaki bey supporta la douloureuse piqûre de fortifiant, il suçota l'opium et se mit à siroter son premier verre de whisky, suivi d'un second puis d'un troisième et il ne tarda pas à se détendre. Un sentiment d'euphorie l'envahissait et ses pensées commençaient à folâtrer dans sa tête comme des sons mélodieux… Il avait rendez-vous avec Rabab à une heure et, lorsque l'horloge sonna deux coups, Zaki bey était sur le point de perdre l'espoir, mais il entendit soudain les béquilles d'Abaskharoun heurter le carrelage du vestibule. Son visage apparut dans l'entrebâillement de la porte et il lui dit, tout essoufflé par l'émotion, comme si cette nouvelle le réjouissait vraiment :

— Mme Rabab est arrivée, Excellence.

*

En 1934, le millionnaire Hagop Yacoubian, président de la communauté arménienne d'Egypte, avait eu l'idée d'édifier un immeuble d'habitation qui porterait son nom. Il choisit pour cela le meilleur emplacement de la rue Soliman-Pacha et passa un contrat avec un bureau d'architectes italiens renommé qui dessina un beau projet : dix étages luxueux de type européen classique : des fenêtres ornées de statues de style grec sculptées dans la pierre, des colonnes, des escaliers, des couloirs tout en vrai marbre, un ascenseur dernier modèle de marque Schindler… Les travaux de construction durèrent deux années complètes et le résultat fut un joyau architectural qui dépassait toutes les attentes au point que son propriétaire demanda à l'architecte italien de sculpter son nom, Yacoubian, au-dessus de la porte d'entrée, en lettres latines de grande dimension qui s'éclairaient la nuit au néon, comme pour l'immortaliser et confirmer sa propriété de cet admirable bâtiment. A cette époque, c'était la fine fleur de la société qui habitait l'immeuble Yacoubian : des ministres, des pachas, certains des plus grands propriétaires terriens, des industriels étrangers et deux millionnaires juifs (l'un d'eux appartenant à la fameuse famille Mosseïri). Le rez-de-chaussée était divisé en deux parties égales : un vaste garage, avec de nombreuses portes à l'arrière où étaient garées les voitures des habitants (la plupart de luxe, comme des Rolls-Royce, des

Buick, des Chevrolet), et un grand espace sur trois angles où Yacoubian exposait l'argenterie produite par ses usines. Ce hall d'exposition connut une activité satisfaisante pendant quatre décennies puis, peu à peu, son état se dégrada jusqu'à ce que, récemment, le hadj Mohammed Azzam le rachète et y inaugure un magasin de vêtements. Au-dessus de la vaste terrasse de l'immeuble, deux pièces avec leurs sanitaires avaient été réservées pour loger le portier et sa famille et, de l'autre côté, on avait construit cinquante cabanes, une par appartement. Aucune d'entre elles ne dépassait deux mètres carrés de surface, les murs et les portes étaient en fer et fermaient avec des verrous dont les clefs avaient été distribuées aux propriétaires des appartements. Ces cabanes en fer avaient alors plusieurs usages, comme d'emmagasiner les produits alimentaires, loger les chiens (s'ils étaient de grande taille ou méchants) ; ou bien elles servaient pour laver le linge, tâche qui à l'époque (avant que ne se répandent les machines à laver) était confiée à des lingères spécialisées. Elles lavaient le linge dans les cabanes puis l'étendaient sur un fil couvrant toute la longueur du bâtiment. Ces cabanes n'étaient jamais utilisées pour loger des domestiques, peut-être parce que les habitants de l'immeuble, à cette époque, étaient des aristocrates et des étrangers qui n'imaginaient pas qu'un être humain puisse dormir dans un espace aussi réduit. Dans leurs vastes et luxueux appartements qui se composaient parfois de huit ou dix pièces sur deux niveaux reliés par un escalier intérieur, ils réservaient une pièce pour les domestiques. En 1952, éclata la révolution et tout changea. Les juifs et les étrangers commencèrent à quitter l'Egypte et tous les appartements devenus vacants après le départ de leurs occupants furent pris par les officiers des forces armées, les hommes forts de l'époque. Dans les années 1960, la moitié des appartements de l'immeuble étaient habités par des officiers de grades différents, du lieutenant ou du capitaine récemment marié, jusqu'aux généraux qui s'étaient installés dans l'immeuble avec leurs nombreuses familles. Le général Dekrouri, qui avait été directeur du cabinet de Mohammed Neguib, avait même réussi à obtenir deux grands appartements contigus au dixième étage, l'un réservé à sa famille et l'autre qui lui servait de bureau privé où il recevait l'après-midi les quémandeurs. Les femmes de ces officiers donnèrent une nouvelle utilisation aux cabanes en fer. Pour la première fois on y logea les *sufragi**, les cuisiniers, les petites bonnes amenées de leurs villages pour servir les familles des officiers. Certaines femmes d'officiers étaient d'origine populaire et cela ne les gênait pas d'y élever des lapins, des canards et des poules. De nombreuses plaintes, aussitôt classées grâce à l'influence des officiers, furent déposées auprès des services municipaux du secteur ouest du Caire par les anciens habitants de l'immeuble, jusqu'au jour où ces derniers eurent recours au général Dekrouri qui, par son ascendant sur les officiers, parvint à interdire cette activité peu salubre. Ensuite arriva l'*Infitah*** des années 1970

* Domestique généralement d'origine nubienne, remplissant les fonctions de maître d'hôtel.
** La politique de l'*Infitah* ou de l'ouverture (économique) pratiquée par le président Sadate dans les années 1970 marqua le début de la lente sortie de l'Egypte du système socialiste instauré par le président Gamal Abdel Nasser au début des années 1960. Une des conséquences de cette

et les riches commencèrent à quitter le centre-ville pour aller vers Mohandessine et vers Medinat Nasr. Certains vendirent leurs appartements de l'immeuble Yacoubian, d'autres les transformèrent en bureaux et en cabinets médicaux pour leurs enfants récemment diplômés ou les louèrent meublés aux touristes arabes. Cela eut peu à peu pour conséquence la disparition du lien entre les cabanes de fer et les appartements de l'immeuble. Les *sufragi* et les autres domestiques cédèrent moyennant finances leurs cabanes de fer à de nouveaux habitants pauvres venant de la campagne ou travaillant dans un lieu proche du centre-ville et qui avaient besoin d'un appartement bon marché à proximité. Ces transactions furent facilitées par la mort de M. Grégoire, le syndic arménien de l'immeuble, qui gérait les biens du millionnaire Hagop Yacoubian avec la plus grande probité et la plus extrême rigueur et en envoyait tous les ans en décembre le revenu en Suisse où avaient émigré les héritiers de Yacoubian après la révolution. Grégoire fut remplacé dans ses fonctions de syndic par maître Fikri Abd el-Chahid, un avocat prêt à tout pour de l'argent, qui prélevait une commission élevée sur toutes les cessions de cabanes de fer, ainsi qu'une commission, non moins élevée pour rédiger le

politique a été l'émergence d'une nouvelle classe d'hommes d'affaires. Elle a coïncidé avec un changement d'alliance : l'Egypte s'est éloignée de l'URSS et a opéré un spectaculaire rapprochement avec les Etats-Unis qui ont parrainé les accords de Camp David. Après l'assassinat de Sadate par des islamistes en 1981 est arrivé au pouvoir l'actuel président de la République dont le mandat a été renouvelé sans discontinuer depuis lors.

contrat du nouveau locataire. Tant et si bien que se développa sur la terrasse une société nouvelle complètement indépendante du reste de l'immeuble.

Certains nouveaux venus louèrent deux pièces contiguës et firent un petit logement avec ses sanitaires (toilettes et salle de bains) tandis que les autres (les plus pauvres) s'entraidèrent pour installer des salles d'eau collectives, chacune pour trois ou quatre chambres. La société de la terrasse n'est pas différente de toutes les autres sociétés populaires d'Egypte : les enfants y courent pieds nus et à demi vêtus, les femmes y passent la journée à préparer la cuisine, elles s'y réunissent pour commérer au soleil, elles se disputent souvent et échangent alors les pires insultes et des accusations injurieuses puis, soudain, elles se réconcilient et retrouvent des relations tout à fait cordiales, comme s'il ne s'était rien passé. Elles se couvrent alors de baisers chaleureux et retentissants, elles pleurent même, tant elles sont émues et tant elles s'aiment. Quant aux hommes, ils n'attachent pas beaucoup d'importance aux querelles féminines, qu'ils considèrent comme une preuve supplémentaire de cette insuffisance de leur cervelle dont avait parlé le Prophète, prière et salut de Dieu sur lui. Les hommes de la terrasse passent tous leurs journées dans un combat rude et ingrat pour gagner leur pain quotidien et, le soir, ils rentrent épuisés, n'aspirant qu'à atteindre leurs trois petites jouissances : une nourriture saine et appétissante, quelques doses de *mouassel**,

* Le *mouassel* est un tabac "au miel" parfois mélangé à du haschich. Il peut également être parfumé à la pomme ou à d'autres parfums variés. Le *mouassel* qui se fume dans des *chicha* (nom égyptien du narguilé) est redevenu à la

avec du haschich si l'occasion se présente, qu'ils fument dans une *gouza**, seuls ou en compagnie, sur la terrasse, les nuits d'été. Quant à la troisième jouissance, c'est le sexe que les gens de la terrasse honorent tout particulièrement. Ils n'ont pas honte d'en parler librement, du moment qu'il est licite. Ce qui ne va pas sans contradiction, car l'homme habitant sur la terrasse qui, comme cela est habituel dans les milieux populaires, a honte de mentionner le nom de sa femme devant d'autres hommes, la désignant par "mère de un tel" ou parlant d'elle en évoquant "les enfants", comme lorsqu'il dit par exemple que "les enfants ont cuisiné de la *mouloukhieh*", le même homme ne se retient pas, lorsqu'il est avec ses semblables, de mentionner les détails les plus précis de ses relations intimes avec sa femme, au point que l'ensemble des hommes sur la terrasse sait tout des relations sexuelles des uns et des autres... Quant aux femmes, quelle que soit leur piété ou leur rigueur morale, elles aiment toutes beaucoup le sexe et se racontent à voix basse des secrets d'alcôve en éclatant d'un rire innocent, ou parfois impudique, si elles sont seules. Elles n'aiment pas seulement le sexe pour éteindre leur envie, mais également parce que le sexe et le besoin pressant qu'en ont leurs maris leur font ressentir que, malgré toute leur misère, leur vie étriquée, tous les désagréments qu'elles subissent, elles sont toujours des femmes belles et désirées par leurs hommes. Au moment où les enfants dorment, qu'ils ont dîné et remercié leur

mode dans les années 1990 après avoir été longtemps cantonné dans les cafés populaires.
* Narguilé de petite taille utilisé dans les milieux populaires.

Seigneur, qu'il reste à la maison assez de nourriture pour une semaine ou peut-être plus, un peu d'argent épargné en cas de nécessité, que la pièce où ils habitent tous est propre et bien rangée, que l'homme rentre, le jeudi soir, mis de bonne humeur par le haschich et qu'il réclame sa femme, n'est-il pas alors de son devoir de répondre à son appel, après s'être lavée, maquillée, parfumée, ne vont-elles pas, ces brèves heures de bonheur, lui donner la preuve que son existence misérable est d'une certaine façon réussie, malgré tout. Il faudrait un artiste de grand talent pour peindre l'expression du visage d'une femme de la terrasse, le vendredi matin, quand son mari descend prier et qu'elle se lave des traces de l'amour puis sort sur la terrasse pour étendre les draps qu'elle vient de nettoyer. A ce moment-là, avec ses cheveux humides, sa peau éclatante, son regard serein, elle apparaît comme une rose mouillée par la rosée du matin qui vient de s'ouvrir et de s'épanouir.

*

L'obscurité de la nuit se retire, annonçant un nouveau matin et la fenêtre de la chambre de Chazli, le concierge de l'immeuble, est éclairée d'une petite lumière blafarde. Son fils, le jeune Taha, a passé la nuit éveillé, en proie à l'anxiété. Il a fait la prière de l'aube avec, en plus, les deux prosternations facultatives et s'est ensuite assis sur le lit dans sa *galabieh* blanche pour lire le *Livre des invocations*. Dans le silence de la nuit, il répète d'un ton suppliant :

"Mon Dieu, je t'implore de m'accorder le bien de ce jour et j'ai recours à toi contre son mal et le mal de ce qu'il contient. Mon Dieu, protège-moi de ton regard et que ta toute-puissance me pardonne, que je ne sois pas anéanti, car tu es mon espoir, mon Dieu tout-puissant. J'ai tourné vers toi mon visage, tourne vers moi ton visage généreux et accueille-moi au sein de ton pardon et de ta gloire, avec, par ta miséricorde, ton sourire pour moi, ta satisfaction de moi."

Taha continue à lire des invocations jusqu'à ce que le soleil du matin brille dans la pièce et que, petit à petit, les cabanes de fer se mettent en mouvement : des voix, des cris, des rires, des quintes de toux, des portes qui se ferment et qui s'ouvrent, l'odeur de l'eau chaude en train de bouillir, du thé, du café, du charbon de bois et le *mouassel* des narguilés. Pour les habitants de la terrasse, c'est le début d'un jour nouveau. Quant à Taha Chazli, il sait que c'est son destin qui va se décider aujourd'hui, sans recours. Dans quelques heures, il va se présenter à l'école de police pour son entretien d'admission, dernier obstacle dans son parcours pour réaliser un espoir qu'il nourrit de longue date. Depuis son enfance, il rêve de devenir officier de police et il déploie tous les efforts possibles pour parvenir à ce but. Au lycée, il s'est entièrement plongé dans les études et est parvenu à une moyenne de quatre-vingt-neuf pour cent au baccalauréat littéraire, sans prendre de leçons particulières, en dehors de quelques groupes de soutien à l'école dont son père parvenait à grand-peine à économiser le coût. Pendant les vacances d'été, il s'est inscrit (pour un montant de dix livres par mois) à la maison de la jeunesse d'Abdine, où il s'est livré à des exercices de musculation éprouvants pour atteindre une forme physique qui le mette au niveau des épreuves de gymnastique de l'école de police. Pour exaucer son rêve, Taha avait cherché à se rendre sympathique aux officiers de police de son quartier et ils étaient tous devenus ses amis, aussi bien ceux qui travaillaient au commissariat de Kasr-el-Nil que ceux du poste de police de Koutsika qui lui était rattaché. On lui avait appris que les riches donnaient en sous-main vingt mille livres pour obtenir l'admission de leurs enfants à l'école (comme il aurait souhaité posséder cette somme !). Pour exaucer son rêve, Taha Chazli qui, depuis qu'il était petit, aidait son père dans son service supportait également la mesquinerie et l'arrogance des habitants de l'immeuble. Ceux-ci, lorsqu'ils se rendirent compte à quel point il était intelligent et doué pour les études, réagirent diversement : certains l'encourageaient à étudier, se montraient généreux dans leurs pourboires et lui prédisaient un avenir splendide, mais, pour les autres (et ils étaient nombreux), l'idée que le fils du concierge soit excellent à l'école leur déplaisait d'une certaine façon et ils essayaient de convaincre son père de l'inscrire dans une section professionnelle après le collège, "pour qu'il apprenne un métier, dans ton intérêt, et dans son intérêt à lui aussi", disaient-ils au "père Chazli" en affectant de compatir à son sort.

Lorsque Taha rejoignit le secondaire où il continua à avoir des résultats excellents, ils le réclamaient les jours d'examens pour le charger de tâches pénibles qui prenaient beaucoup de temps et ils lui donnaient de gros pourboires pour le tenter, avec le secret et malveillant désir de le retarder dans ses révisions. Taha acceptait ces tâches parce qu'il avait besoin d'argent mais il continuait à s'anéantir dans les études au point qu'il lui arrivait souvent de passer un ou deux jours sans dormir.

Puis les résultats du baccalauréat furent publiés et il y obtint une meilleure moyenne que les enfants de nombreux habitants de l'immeuble. Alors ceux qui avaient mauvais esprit commencèrent à maugréer ouvertement. L'un rencontrait l'autre devant l'ascenseur et lui demandait avec ironie s'il avait félicité le portier pour la réussite de son fils, puis il ajoutait en persiflant : "Le fils du concierge va bientôt entrer à l'école de police et y obtiendra le diplôme d'officier avec deux étoiles sur son épaulette." Alors l'autre proclamait clairement que cette affaire le contrariait. Il faisait d'abord l'éloge du caractère de Taha et des efforts qu'il avait déployés dans ses études, puis, l'air sérieux (comme si c'était le principe qui le préoccupait et non pas la personne), il se reprenait en disant que les emplois dans la police et dans la magistrature, ainsi que tous les emplois sensibles en général, devraient être réservés aux fils de bonne famille car si les enfants des portiers, des repasseurs et de leurs semblables obtenaient un pouvoir quelconque, ils l'utiliseraient pour compenser le sentiment de frustration et le complexe d'infériorité acquis dans leurs anciennes fonctions, puis il terminait en maudissant Abdel Nasser qui avait instauré la gratuité de l'enseignement, ou bien en invoquant le propos du Prophète (prière et salut de Dieu sur lui) : "Ne donnez pas d'enseignement aux enfants des gens indignes."

Ces mêmes habitants, après la publication des résultats, se mirent à chercher querelle à Taha sous les prétextes les plus futiles, comme d'avoir oublié de remettre les tapis de sol à leur place après avoir nettoyé la voiture ou de s'être retardé de quelques minutes en faisant une commission dans un endroit éloigné, ou d'avoir oublié, en faisant le marché, une commande sur dix. Ils faisaient très clairement exprès de l'humilier pour le pousser à leur répondre qu'il n'acceptait pas ces humiliations parce qu'il avait fait des études. Cela leur aurait donné une occasion en or de lui dire tout haut son fait : ici, il était un simple concierge, ni plus ni moins et, si son travail ne lui plaisait pas, il n'avait qu'à le laisser à ceux qui en avaient besoin. Mais Taha ne leur laissa jamais cette occasion. Il accueillait leur déchaînement contre lui en silence, sereinement, avec un demi-sourire. Son beau visage sombre donnait alors l'impression qu'il n'acceptait pas ce qu'on lui infligeait, qu'il était tout à fait capable de répondre à la provocation mais qu'il se l'interdisait par respect pour l'âge. C'était là une attitude parmi de nombreuses autres, un moyen de défense employé par Taha dans les situations difficiles pour exprimer ce qu'il avait sur le cœur et, en même temps, éviter les problèmes. Ces attitudes, il commençait par les affecter, comme un rôle, et il les assumait ensuite avec sincérité, comme si elles étaient vraiment siennes. Par exemple, il n'aimait pas s'asseoir sur le banc du concierge pour ne pas être obligé de se lever respectueusement pour un des habitants. S'il était assis et qu'il en apercevait un, il se plongeait dans un travail qui l'empêchait de se lever. Il avait pris l'habitude de parler aux habitants avec un degré de respect strictement limité, de se comporter à leur égard comme un employé avec son patron et non comme un domestique avec son maître. Quant à leurs enfants, proches de lui par l'âge, il se comportait avec eux sur un pied de totale égalité. Il les appelait simplement par leur prénom, et il leur parlait et plaisantait avec eux comme avec de proches amis. Il leur empruntait des livres scolaires même s'il n'en avait pas besoin pour leur rappeler que, malgré sa situation de concierge, il était leur condisciple. Tel était son lot quotidien : la pauvreté, un travail épuisant, l'arrogance des habitants de l'immeuble, le billet de cinq livres, toujours plié, que son père lui donnait chaque samedi et qu'il devait trouver mille expédients afin qu'il suffise pour toute la semaine, la vue d'une main chaude et lisse lui tendant, avec paresse et condescendance, le pourboire par la fenêtre de la voiture – il fallait alors saluer et remercier avec chaleur et d'une voix audible, la main levée en signe de respect, les regards goguenards et condescendants ou bien indulgents et pleins d'une sympathie cachée par honte du "problème", qu'il apercevait dans les yeux de ses camarades de classe quand ils lui rendaient visite et découvraient qu'il habitait dans la loge du concierge, "sur la terrasse", la question embarrassante, qu'il avait en horreur, que lui posaient les étrangers à l'immeuble : "C'est toi, le concierge ?", la manière dont les habitants feignaient d'être encombrés pour qu'il se précipite et leur prenne des mains ce qu'ils portaient (si léger et insignifiant que cela fût).

Ainsi se passait la journée, avec ses tracasseries quotidiennes. Quand il se mettait au lit, tard dans la nuit, toujours purifié par ses ablutions et après avoir fait la prière du soir ainsi que les deux prières facultatives, il restait un long moment, les yeux ouverts dans l'obscurité de la chambre, et, peu à peu, prenant de la hauteur avec les yeux de l'imagination, il se voyait officier de police. Il marchait nonchalamment, plein de fierté dans son bel uniforme, deux étoiles de cuivre brillant sur son épaule, le redoutable pistolet de service accroché à la ceinture. Il s'imaginait marié à Boussaïna Sayyed, son amoureuse. Tous les deux avaient déménagé dans un appartement correct, dans un beau quartier, loin du bruit et de la saleté de la terrasse. Il croyait fermement que Dieu allait exaucer tous ses rêves, d'abord parce qu'il craignait Dieu de toutes ses forces, qu'il observait les obligations religieuses et se tenait éloigné des péchés capitaux et que Dieu avait promis à ses serviteurs dans un verset sacré que, "si les habitants des villes croient et craignent Dieu, nous répandrons sur eux les bénédictions du ciel et de la terre", ensuite parce qu'il avait foi en Dieu tout-puissant qui avait affirmé dans son hadith *qodsi** : "Je me conforme à la foi de mon serviteur en moi : du bien pour du bien, du mal pour du mal." Dieu avait déjà tenu sa promesse en lui accordant le succès au baccalauréat puis, grâce en soit rendue à Dieu, il avait été admis aux épreuves de l'école de police et il ne restait plus devant lui d'autre obstacle que la comparution devant le jury, qu'il allait franchir aujourd'hui, avec la permission de Dieu.

Taha se leva et fit les deux prosternations de la prière du milieu de la matinée, puis deux autres prosternations propitiatoires. Ensuite il fit sa toilette, se rasa et commença à s'habiller. Pour son passage devant le jury, il avait acheté un costume neuf de couleur grise, une chemise d'un blanc éclatant et une belle cravate bleue. Lorsqu'il jeta un dernier regard vers le miroir, il se trouva très élégant. Il fit ses adieux à sa mère en l'embrassant et celle-ci posa sa main sur sa

* Un hadith est un propos du Prophète rapporté par la tradition. Un hadith *qodsi* est, comme le Coran dont il ne fait toutefois pas partie, directement dicté par Dieu.

tête en murmurant une formule incantatoire puis elle appela sur lui la bénédiction du ciel avec une ferveur qui fit battre son cœur. A l'entrée de l'immeuble, il trouva son père, comme d'habitude, assis en tailleur sur le banc. Le vieil homme se leva lentement et, pendant un instant, il contempla Taha puis il lui posa la main sur l'épaule en souriant. Sa moustache blanche se mit à trembler et laissa voir sa bouche édentée. Il lui dit avec fierté : "Félicitations à l'avance, monsieur l'officier."

Il était deux heures passées et la rue Soliman-Pacha était encombrée de voitures et de passants. La plupart des magasins avaient ouvert leurs portes et Taha songea qu'il lui restait une heure entière avant l'examen. Il avait décidé de prendre un taxi de crainte d'abîmer son costume dans la cohue des transports publics. Il eut envie de passer le temps qui lui restait avec Boussaïna. Ils s'étaient mis d'accord sur un système : il passait devant le magasin de vêtements Chanane où elle travaillait et lorsqu'elle le voyait elle demandait à M. Talal la permission de sortir sous prétexte de rapporter quelque chose de l'entrepôt puis elle le rejoignait à leur lieu de rendez-vous favori, le nouveau jardin de la place Tewfikieh… Taha fit comme convenu et il y resta assis près d'un quart d'heure avant que Boussaïna n'apparaisse. Lorsqu'il l'aperçut, son cœur se mit à battre. Il aimait sa façon de marcher. Elle avançait à petits pas lents, la tête baissée comme si elle était intimidée ou se repentait de quelque chose ou comme si elle marchait sur un toit fragile avec une extrême précaution de crainte de le casser. Il remarqua qu'elle avait mis sa robe rouge serrée qui faisait ressortir ses formes et dont l'échancrure du

grand décolleté laissait voir une poitrine plantureuse. Cela le mit en colère – il se souvenait
qu'il s'était déjà disputé avec elle pour qu'elle
ne porte pas cette robe – mais il contint son irritation car il ne voulait pas gâcher cette occasion. Elle lui sourit en découvrant ses petites
dents brillantes et régulières et ses charmantes
fossettes de part et d'autre de sa bouche et de
ses lèvres peintes d'une couleur sombre. Elle
s'assit à côté de lui sur la murette de marbre du
jardin puis se tourna vers lui et le regarda,
comme étonnée, de ses grands yeux de miel et
lui dit :

— Quelle élégance !

Il lui répondit en murmurant d'un ton ardent :

— Je vais maintenant me présenter devant le
jury. Je voulais te voir avant.

— Que Dieu soit avec toi, lui dit-elle avec
une vraie tendresse.

Son cœur se mit à battre très fort et il eut envie
à ce moment-là de la serrer contre sa poitrine.

— Tu as peur ?

— Je confie mon sort à Dieu tout-puissant.
J'accepterai d'une âme satisfaite tout ce que
décidera Notre-Seigneur, lui dit-il rapidement
comme s'il avait préparé sa réponse à l'avance
ou comme s'il parlait pour se convaincre lui-
même, puis il se tut un instant et reprit doucement en changeant de sujet : Invoque Dieu pour
moi.

— Dieu t'accorde le succès Taha ! s'écria-t-elle
avec chaleur. Puis elle se reprit, comme si elle se
rendait compte qu'elle avait trop laissé paraître
ses sentiments : Il faut que je m'en aille maintenant. M. Talal m'attend.

Elle s'esquivait. Il essaya de la retenir mais
elle lui tendit la main pour lui dire adieu tout en

évitant de le regarder dans les yeux, puis elle lui dit d'un ton impersonnel et cérémonieux :

— Bonne chance, si Dieu le veut.

Plus tard, assis dans le taxi, Taha pensa que Boussaïna avait changé à son égard, que c'était là une réalité qu'il ne servirait à rien d'ignorer. Il la connaissait bien et un simple regard lui suffisait pour pénétrer au fond d'elle-même. Il connaissait par cœur tous ses états d'âme. Son visage rayonnant de bonheur ou triste, ses sourires embarrassés, le sang qui lui montait au visage lorsqu'elle avait honte, ses regards de tigresse et ses traits assombris lorsqu'elle était en colère (qu'elle était belle ainsi !). Il aimait même la regarder dès qu'elle se réveillait : les traces du sommeil sur son visage la faisaient ressembler à une petite fille douce et soumise. Il l'aimait et il gardait dans sa mémoire des images d'elle, petite fille qui jouait avec lui sur la terrasse – il courait derrière elle en faisant exprès de se serrer contre elle et l'odeur de savon que répandaient ses cheveux lui chatouillait les narines. Il revoyait des images d'elle, élève au lycée commercial, portant la chemise blanche, la jupe bleue et les chaussettes blanches dans des souliers noirs de l'uniforme scolaire – elle marchait en serrant son cartable dans ses bras comme si elle voulait ainsi cacher sa poitrine arrivée à maturité –, de belles images de leurs promenades à Qanater ou au zoo et de cette journée où ils s'avouèrent leur amour et se promirent en mariage. Il se souvenait comme elle lui était ensuite attachée, comme elle lui posait des questions sur les détails de sa vie, telle une petite femme en charge de ses affaires. Ils étaient d'accord sur tout ce qui concernait l'avenir, jusqu'au nombre d'enfants qu'ils auraient, aux noms qu'ils choisiraient, au style d'appartement où ils habiteraient après leur mariage. Mais soudain elle s'était mise à changer. L'intérêt qu'elle lui portait diminua et elle se mit à parler de "leurs projets" avec insouciance et ironie. Elle se disputait souvent avec lui et elle éludait leurs rencontres sous de nombreux prétextes. Tout cela arriva après la mort de son père. Pourquoi avait-elle changé ? Leur amour était-il un simple amour d'adolescence qu'elle avait dépassé en grandissant ou bien aimait-elle quelqu'un d'autre ? Cette pensée lui venait souvent et le blessait comme une lame. Il se mettait à imaginer M. Talal, le propriétaire syrien du magasin où elle travaillait, habillé en marié et la prenant par le bras. Taha ressentit un lourd chagrin se blottir dans son cœur puis il revint à lui-même lorsque le taxi s'arrêta devant l'école de police qui lui apparut à ce moment-là comme un imposant monument historique, une sorte de forteresse de la destinée où allait se décider son avenir. La crainte de l'examen le reprit et, en approchant du porche, il se mit à réciter à voix basse le verset du Trône.

*

Nous connaissons très peu de chose sur la jeunesse d'Abaskharoun. Nous ignorons ce qu'il faisait avant l'âge de quarante ans et dans quelles circonstances il fut amputé de sa jambe droite. Tout ce que nous savons débute ce jour pluvieux d'hiver où, il y a vingt ans, Abaskharoun arriva à l'immeuble Yacoubian dans la Chevrolet noire de Sana Fanous, une riche veuve copte originaire de Haute-Egypte qui avait deux enfants et s'était consacrée à leur éducation après le décès

33

de son mari mais qui, en dépit de son dévouement maternel, cédait de temps à autre aux exigences de son corps. Zaki Dessouki l'avait connue à l'Automobile Club et ils avaient eu pendant un temps une liaison qui lui procurait tant de plaisir que sa conscience religieuse l'empêchait de dormir et la jetait souvent dans de douloureuses crises de larmes alors même qu'elle était allongée dans les bras de Zaki, juste après avoir atteint la volupté. Pour apaiser son sentiment du péché, elle s'était lancée dans les œuvres de charité par l'intermédiaire de l'église. C'est ainsi que lorsque mourut Boraï, le garçon de bureau de Zaki, elle le pressa d'employer Abaskharoun dont le nom figurait sur la liste des personnes méritantes dressée par l'église.

Et voici Abaskharoun, lors de sa première rencontre avec Zaki bey, la tête baissée, recroquevillé sur lui-même comme une souris. Son allure dépenaillée, sa jambe coupée et ses béquilles qui lui donnaient l'aspect d'un mendiant plongèrent ce dernier dans la déconvenue. Il dit à son amie, en français, d'un ton moqueur :

— Mais, ma chère, je dirige un bureau, pas une œuvre de charité.

Elle avait continué à l'implorer et à minauder jusqu'à ce qu'à la fin il accepte de mauvais gré d'embaucher Abaskharoun avec l'intention de faire plaisir à son amie pendant quelques jours puis de le renvoyer. Mais il était loin du compte. Dès le premier jour Abaskharoun fit la preuve d'une rare efficacité : une puissance de travail hors de pair pour mener à bien les travaux les plus durs et les plus répétitifs, une capacité d'accomplir sans s'arrêter les tâches les plus difficiles au point qu'il demandait chaque jour au bey d'en ajouter de nouvelles à la liste, une intelligence incisive, une subtilité et un doigté grâce auxquels il se comportait toujours comme il fallait, une discrétion si totale qu'il ne voyait et n'entendait rien de ce qui se passait devant lui, se fût-il agi d'un crime de sang. Grâce à toutes ces qualités exceptionnelles, il ne fallut que quelques mois pour que Zaki bey ne puisse plus se passer même une heure d'Abaskharoun : il fit installer une nouvelle sonnette à la cuisine pour pouvoir l'appeler quand il le souhaitait, le rétribua avec largesse et lui permit de loger au bureau (ce qu'il faisait pour la première fois). Dès le premier jour, Abaskharoun comprit le caractère du bey. Il sut que son maître était un enfant gâté, plein de caprices et de lubies, la tête rarement dégagée de l'effet des drogues. Ce genre d'hommes (selon la vaste expérience de la vie d'Abaskharoun) est prompt à la colère, de caractère emporté mais généralement inoffensif et le pire que l'on puisse en attendre, ce sont des reproches et des rabrouements. Abaskharoun résolut de ne pas contredire son maître et de ne jamais le contrarier dans ses souhaits, mais au contraire de le submerger d'excuses et de supplications de façon à gagner sa bienveillance.

Jamais il ne s'adressait à lui autrement qu'en lui donnant le titre d'"Excellence", mot qu'il plaçait dans n'importe quelle phrase qu'il prononçait. Par exemple, si le bey lui demandait : "Quelle heure est-il ?" il lui répondait : "Excellence, il est cinq heures." En vérité l'adaptation d'Abaskharoun à son travail ressemblait d'une certaine façon à un phénomène biologique. Au milieu de l'obscurité tranquille qui, même le jour, recouvrait l'appartement, de ce vieux parfum de moisi provenant du mélange de l'odeur humide des meubles anciens et de celle de l'ammoniaque concentrée que le bey ordonnait d'utiliser pour nettoyer la salle de bains, dans cet "écosystème", lorsque apparaissait Abaskharoun dans un des coins de l'appartement avec ses béquilles et sa *galabieh* toujours crasseuse, son douloureux visage de vieillard misérable et son sourire servile, il paraissait alors s'activer dans son milieu naturel (comme le poisson dans l'eau et les insectes dans les égouts).

Lorsque, pour une raison quelconque, il sortait de l'immeuble Yacoubian et qu'il marchait dans les rues ensoleillées, parmi les passants, avec le bruit des voitures, il avait alors l'air insolite (comme une chauve-souris en plein jour) et il ne retrouvait sa cohérence que lorsqu'il retournait au bureau où il avait passé deux décennies, tapi dans l'ombre et l'humidité.

Mais on ne doit pas se leurrer et ne considérer Abaskharoun que comme un serviteur obéissant. En vérité, il était beaucoup plus que cela et derrière son apparence chétive et obséquieuse se trouvaient une volonté forte et des objectifs précis pour la réalisation desquels il luttait avec courage et détermination. En plus de l'éducation et de l'instruction de ses trois filles, il avait pris à sa charge son jeune frère ainsi que la famille de ce dernier. On peut comprendre, dans ces conditions, ce qu'il faisait chaque soir, quand il se retrouvait seul avec lui-même dans la petite chambre et qu'il sortait de la poche de sa *galabieh* le gain de la journée, toutes ces pièces et ces petits billets pliés, mouillés de sueur, aussi bien ceux qu'il avait directement obtenus comme pourboire que ceux qu'il était parvenu à soustraire des achats du bureau. (La méthode d'Abaskharoun pour prélever sa commission était un brillant modèle de méticuleuse escroquerie : il n'exagérait pas les prix de ce qu'il achetait comme font les amateurs, car les prix sont connus ou susceptibles de l'être à n'importe quel instant mais, par exemple, il subtilisait tous les jours une petite quantité de café, de sucre ou de thé impossible à remarquer puis il empaquetait la marchandise volée et la vendait à nouveau à Zaki bey en lui présentant une facture authentique qu'il obtenait en accord avec l'épicier islamiste de la rue Maarouf.)

Le soir, avant de se réfugier dans son lit, Abaskharoun comptait son argent deux fois avec soin, ensuite il prenait le petit crayon qu'il avait toujours derrière l'oreille, écrivait le solde de ses gains, en déduisait la part réservée à l'épargne (qu'il plaçait le dimanche sur un livret de caisse d'épargne et à laquelle il ne touchait plus jamais ensuite) et, avec le reste de ses profits, il subvenait mentalement aux besoins de sa vaste famille puis, qu'il lui reste après cela quelque chose ou qu'il ne lui reste rien, il n'était pas pensable qu'Abaskharoun, chrétien convaincu, s'endorme sans avoir récité sa prière d'action de grâce au Seigneur. Dans le silence de la nuit, sa voix se faisait régulièrement entendre, murmurant avec une vraie ferveur devant le crucifix accroché au mur de la cuisine : "Parce que tu m'as nourri, Seigneur, et que tu as nourri mes enfants, je te rends grâce. Que ton nom soit glorifié dans les cieux. Amen."

*

Un mot indispensable au sujet de Malak. Les doigts de la main sont de formes différentes mais ils bougent d'une façon coordonnée pour remplir leur fonction. Au stade, l'avant-centre envoie la balle avec une extrême précision pour qu'elle tombe devant les pieds de l'attaquant et marque ainsi le but. Telle est la relation d'une admirable harmonie qui existe entre Abaskharoun et son frère Malak. Dès son jeune âge, Malak avait appris la coupe dans des ateliers d'artisans chemisiers. Le service domestique n'avait donc pas laissé sur lui la même empreinte de servilité que sur son frère. Certes, avec sa taille courte, son humble complet sombre, son gros ventre, son visage charnu dépourvu de beauté, il laissait au premier abord une impression désagréable, mais il s'empressait d'aborder toute personne qu'il rencontrait avec un large sourire, de lui serrer chaleureusement la main, de lui parler avec familiarité, de la couvrir d'éloges, d'être d'accord avec toutes ses opinions (aussi longtemps qu'elles ne mettaient pas en cause des intérêts vitaux), ensuite de lui offrir avec insistance une cigarette Cléopâtra sortie d'un paquet froissé qu'il extrayait avec un soin jaloux de sa poche, vérifiant chaque fois qu'il était en bon état, comme s'il s'agissait d'un trésor. Toutefois cette gentillesse excessive n'était qu'une de ses caractéristiques. En cas de nécessité, Malak en venait immédiatement sans efforts à la plus totale grossièreté, celle d'un homme qui a reçu dans la rue la majeure partie de son éducation. Il réunissait en lui deux éléments contradictoires : la férocité et la poltronnerie, le violent désir de faire du mal à son adversaire et la crainte excessive des conséquences. Dans les batailles qu'il menait, il avait l'habitude d'attaquer aussi fort que la situation le permettait et, s'il ne trouvait pas de résistance, de poursuivre son attaque sans la moindre pitié, comme si rien ne lui faisait peur. Mais quand il rencontrait une résistance sérieuse de la part de son adversaire, il se retirait immédiatement, comme si de rien n'était. Ces talents de premier ordre de Malak s'ajoutaient à la sagesse et à la débrouillardise d'Abaskharoun. Tous les deux travaillaient en parfaite coordination et l'on peut dire qu'ils faisaient des merveilles.

Les deux frères voulaient acquérir une pièce sur la terrasse et, pendant de longs mois, ils avaient planifié et manigancé pour y parvenir jusqu'à ce que, aujourd'hui, l'heure soit venue de mettre leur projet à exécution.

*

Dès que Rabab fut entrée chez Zaki bey, Abaskharoun apparut au seuil de la porte, s'inclina et lui demanda avec un sourire légèrement malicieux :

— Excellence, puis-je sortir pour une course rapide ?

Avant qu'il eût terminé sa phrase, le bey, tout à sa maîtresse, lui fit signe de sortir. Il ferma doucement la porte et, tandis que ses béquilles de bois heurtaient le carrelage du couloir, on eût dit qu'il changeait de visage. Son sourire obséquieux et implorant s'effaça pour faire place à une expression sérieuse et préoccupée. Abaskharoun se dirigea vers la petite cuisine, à l'entrée de l'appartement, regarda autour de lui avec précaution puis se redressa en s'appuyant sur ses béquilles pour pouvoir enlever avec délicatesse l'image de la Vierge accrochée au mur. Derrière, il y avait un trou dans lequel il glissa la main pour retirer plusieurs liasses de gros billets de banque qu'il cacha avec précaution dans son gilet et dans ses poches puis il sortit de l'appartement après avoir doucement fermé à double tour la porte derrière lui. Une fois parvenu à l'entrée de l'immeuble, il tourna vers la droite sur ses béquilles et se dirigea vers le local du concierge. Soudain apparut son frère Malak qui l'attendait. Les deux frères échangèrent un regard complice. Quelques minutes plus tard, ils arpentaient la rue Soliman-Pacha en direction de l'Automobile Club pour y rencontrer l'avocat Fikri Abd el-Chahid, syndic de l'immeuble Yacoubian. Ils s'étaient préparés à cette rencontre et s'en étaient entretenus tout au long du mois, à tel point qu'il ne leur restait plus rien à dire et qu'ils cheminaient en silence, si ce n'est qu'Abaskharoun marmonnait des invocations à la Vierge et à Jésus le Sauveur pour qu'il accorde du succès à leur entreprise. Malak, pour sa part, se creusait la tête à la recherche d'expressions percutantes pour entrer en matière avec Fikri bey. Il avait passé les dernières semaines à collecter des renseignements sur ce dernier. Il savait ainsi qu'il était prêt à tout pour de l'argent, qu'il aimait l'alcool et les femmes. Aussi se rendit-il à son bureau, rue Kasr-el-Nil pour lui offrir une bouteille de whisky Old Brent avant d'aborder le sujet de la cabane de fer – située à l'entrée de la terrasse libérée par le décès d'Atia, le vendeur de journaux qui avait vécu et était mort dans la solitude et dont la chambre était revenue au propriétaire de l'immeuble. Malak, qui avait maintenant plus de trente ans, rêvait de cette pièce pour y ouvrir un atelier de confection de chemises, lui qui, lorsqu'il était jeune, était passé au gré des circonstances de boutique en boutique. Lorsqu'il l'avait pressenti sur ce sujet Fikri bey lui avait demandé un délai de réflexion puis, devant l'insistance de Malak et de son frère, il avait accepté de leur donner la pièce en échange d'un montant de six mille livres – pas une de moins – et il leur avait fixé un rendez-vous à l'Automobile Club où il avait l'habitude de déjeuner le dimanche.

Les deux frères arrivèrent au club. La magnificence du lieu impressionna Abaskharoun. Il se mit à regarder le marbre naturel recouvrant les murs et le sol du rez-de-chaussée et le moelleux tapis rouge allant jusqu'à l'ascenseur. Comme s'il s'en rendait compte, Malak lui pressa le bras en signe d'encouragement puis s'avança, serra chaleureusement la main du portier du club et demanda Fikri Abd el-Chahid. En prévision de ce jour, Malak avait fait connaissance avec les employés de l'Automobile Club et s'était acquis leur amitié par des propos sympathiques et flatteurs et quelques *galabieh* blanches apportées en cadeau. Aussi les *sufragi* et les autres employés se précipitèrent-ils pour accueillir les deux frères et les conduire au deuxième étage, au restaurant où Fikry bey déjeunait avec une amie à la peau blanche et bien en chair. Il n'aurait bien sûr pas été convenable que les deux frères fassent irruption et dérangent le bey qui était en compagnie, aussi lui envoya-t-on quelqu'un pour le prévenir de leur présence pendant qu'ils attendaient dans un petit salon isolé. A peine quelques minutes s'écoulèrent avant que n'apparaisse Fikri Abd el-Chahid, avec son embonpoint, sa large calvitie, et son visage blanc rougeâtre, comme celui des étrangers. A ses yeux rouges et à une certaine lourdeur dans la prononciation, ils se rendirent compte qu'il avait abusé de la boisson. Après les salutations et les formules de politesse, Abaskharoun se lança dans un long intermède de louange à Fikri bey, de son bon cœur, de Jésus qu'il prenait pour modèle de sa conduite et continua à parler (tandis que son frère l'écoutait en feignant l'admiration) de la manière dont le bey faisait souvent grâce de ses honoraires à ses clients lorsqu'il se rendait compte qu'ils étaient nécessiteux, victimes de l'injustice et qu'ils ne pouvaient pas payer.

— Tu sais, Malak, ce que dit Fikri bey à un client pauvre s'il essaie de payer ? demanda Abaskharoun à son frère, avant d'apporter lui-même immédiatement la réponse : "Il lui dit : va-t'en et rends grâce à Notre-Seigneur Jésus-Christ car c'est lui qui m'a payé en totalité les honoraires de ton affaire."

Malak se mordilla les lèvres, joignit ses mains sur son ventre proéminent, cligna des yeux, visiblement très impressionné, et dit :

— C'est ainsi qu'agit un véritable chrétien.

Mais Fikri bey, en dépit de son ivresse, suivait avec attention la tournure de la conversation. Ce que sous-entendaient leurs propos ne le satisfaisait pas beaucoup, aussi dit-il d'un ton sérieux pour clore le débat :

— Est-ce que vous avez préparé le montant sur lequel nous nous sommes mis d'accord ?

— Bien sûr, mon bey, s'écria Abaskharoun qui ajouta en lui tendant deux feuilles de papier : Voici le contrat, comme prévu, avec la bénédiction de Dieu. Puis il fourra sa main dans son gilet pour en extraire l'argent. Il avait préparé les six mille livres convenues, mais il les avait réparties dans différents endroits de ses vêtements pour se conserver une marge de manœuvre. Il commença à sortir quatre mille livres et les tendit au bey qui s'écria avec colère :

— Qu'est-ce que c'est que ça ? Où est le reste ?

Alors les deux frères se précipitèrent d'un même élan, comme psalmodiant un même morceau de musique et se mirent à implorer ensemble – Abas-kharoun de sa voix pantelante, mourante et éraillée, Malak de sa voix haut perchée, retentissante et stridente. Leurs paroles s'entremêlaient, ce qui les rendait incompréhensibles mais, en résumé, elles visaient à éveiller la pitié du bey en évoquant leur pauvreté et assurant, par le Christ ressuscité, qu'ils avaient emprunté la somme et qu'ils ne pouvaient pas, en toute bonne foi, payer davantage. Mais Fikri bey ne se laissa pas attendrir un seul instant. Au contraire, sa colère redoubla :

— C'est de l'enfantillage. Vous me prenez pour un idiot. Tout ce discours ne sert à rien.

Il fit demi-tour en direction du restaurant mais Abaskharoun qui s'attendait à ce mouvement se précipita violemment vers le bey, au point qu'il tituba et faillit tomber. Il sortit de la poche de sa *galabieh* une autre liasse de mille livres qu'il fourra avec les autres dans la poche du bey qui, en dépit de sa colère, n'offrit pas une résistance sérieuse et laissa l'argent pénétrer dans sa poche. Abaskharoun dut alors attaquer un nouvel intermède d'apitoiement au cours duquel il essaya plus d'une fois de baiser la main du bey puis il termina son ardente supplication par une figure spéciale qu'il réservait aux cas de nécessité ; il inclina soudain son torse en arrière puis souleva de ses deux mains sa *galabieh* crasseuse et déchirée : alors apparut sa jambe coupée à laquelle était accrochée la prothèse de couleur sombre. Il cria d'une voix rauque et saccadée :

— Mon bey, que le Seigneur te garde tes enfants… je suis un infirme, mon bey, j'ai une jambe coupée, je suis bossu et Malak a à sa charge quatre enfants ainsi que leur mère. Si tu aimes

Notre-Seigneur Jésus-Christ, mon bey, tu ne nous renverras pas désespérés.

C'était plus que ne pouvait supporter Fikri bey et, peu de temps après, ils étaient tous les trois assis en train de signer le contrat – Fikri Abd el-Chahid, qui était contrarié d'avoir donné prise à un chantage aux sentiments, comme il le décrivit par la suite en racontant à son amie ce qui s'était passé, Malak qui pensait aux transformations qu'il allait réaliser dans sa nouvelle pièce sur la terrasse, Abaskharoun qui, quant à lui, avait conservé un regard abattu et triste comme s'il venait d'avoir le dessous, de perdre la partie, de faire un sacrifice, mais qui était intérieurement heureux de signer le contrat et aussi de sauver, par son habileté, une liasse de mille livres dont il ressentait la douce chaleur dans la poche gauche de sa *galabieh*.

*

Pendant au moins cent ans, le centre-ville était resté le centre commercial social du Caire, où se trouvaient les plus grandes banques, les sociétés étrangères, les centres commerciaux, les cabinets des médecins connus et des avocats, les cinémas et les restaurants de luxe. L'ancienne élite de l'Egypte avait construit le centre-ville pour qu'il soit le quartier européen du Caire si bien que l'on peut trouver des rues qui lui ressemblent dans presque toutes les capitales d'Europe, le même style architectural, la même patine historique. Jusqu'aux années 1960, le centre-ville avait continué à préserver son caractère authentiquement européen. Ceux qui ont vécu à cheval sur les deux époques se souviennent de l'élégance de ce quartier. Il n'était alors absolument pas convenable que les enfants du pays s'y promènent avec leurs *galabieh*. Il leur était interdit d'entrer dans cette tenue populaire dans des restaurants comme *Groppi*, *A l'Américaine* ou *L'Union* ou même dans les cinémas *Métro*, *Saint James*, *Radio* ou dans les autres endroits dont la fréquentation requérait le costume-cravate pour les hommes et la tenue de soirée pour les femmes. Tous les magasins fermaient leurs portes le dimanche et, pour les fêtes catholiques comme Noël ou le Jour de l'an, ils rivalisaient les uns avec les autres comme s'ils se trouvaient dans une capitale européenne : les vitrines resplendissaient, ornées de vœux rédigés en français ou en anglais, de sapins et de mannequins qui représentaient le père Noël. Les restaurants et les bars étaient pleins d'étrangers et d'aristocrates qui célébraient les fêtes en buvant, chantant et dansant.

Le centre-ville était plein de petits bars où l'on pouvait pour un prix raisonnable, aux moments de repos et pendant les congés, prendre des verres accompagnés d'appétissants mezzés*. Certains bars, dans les années 1930 et 1940, présentaient avec la boisson de petits spectacles distrayants : un pianiste grec ou italien, un groupe de danseuses juives étrangères.

Jusqu'à la fin des années 1960, il y avait, dans la seule rue Soliman-Pacha, dix petits bars. Puis vinrent les années 1970. Le centre-ville commença à perdre peu à peu de son importance et le cœur du Caire se déplaça là où habitait la nouvelle élite, à Mohandessine et Medinat Nasr. Une vague de religiosité dévastatrice submergea

---

* Les mezzés sont des amuse-bouches précédant ou remplaçant le repas, comme les tapas espagnoles.

la société égyptienne. Il cessa d'être socialement convenable de boire de l'alcool et les gouvernements égyptiens successifs cédèrent aux pressions populaires (et peut-être même firent-ils de la surenchère politique sur le mouvement islamique qui lui était opposé). Ils limitèrent la vente d'alcool aux hôtels et aux grands restaurants et refusèrent de délivrer des licences à de nouveaux bars. Par ailleurs, en cas de décès d'un propriétaire de bar (généralement étranger), le gouvernement retirait sa licence et obligeait les héritiers à changer d'activité. A tout cela s'ajoutaient les continuelles descentes de police au cours desquelles les policiers fouillaient les clients, contrôlaient leurs pièces d'identité et parfois les amenaient au poste pour vérification. Ainsi, au début des années 1980, il ne restait plus dans tout le centre-ville que quelques petits bars dispersés dont les propriétaires avaient pu tenir tête au raz de marée religieux et aux voies de fait gouvernementales à la fois par la discrétion et la corruption.

Plus aucun bar du centre-ville ne s'affiche comme tel. Dans les enseignes le mot bar est remplacé par le mot restaurant ou *coffee shop* et les propriétaires de bars ou de débits d'alcool se sont résolus à badigeonner les vitres de leurs locaux d'une couleur sombre afin que l'on ne voie pas ce qui se passe à l'intérieur ou bien à les recouvrir de feuilles de papier ou de tout autre matériau qui ne révèle pas leur véritable activité. Il n'est plus permis à aucun client de boire de l'alcool à la terrasse, ni même devant une fenêtre ouverte donnant sur la rue. Des précautions renforcées ont été prises après que plusieurs débits d'alcool ont été brûlés par des jeunes appartenant au mouvement islamiste. Les rares

bars restants ont été contraints de payer régulièrement de grosses commissions aux officiers
des services de renseignements dont ils dépendent ainsi qu'à des responsables de la muni-
cipalité pour que ces derniers leur permettent
de subsister. Comme la vente des alcools locaux
bon marché ne leur assurait pas un revenu
suffisant pour payer ces commissions, les propriétaires des bars se sont trouvés obligés d'imaginer "une autre façon" d'augmenter leurs
revenus ; certains d'entre eux choisissant d'encourager la prostitution en employant des femmes de petite vertu pour servir les boissons
alcoolisées (comme cela était le cas du *Cairo
Bar* à Tewfikieh, du bar *Mido* ou du bar *Pussy
Cat*, rue Emad-el-Din), d'autres choisissant de
fabriquer des boissons alcoolisées dans des ateliers rudimentaires au lieu de les acheter, de
façon à doubler leurs bénéfices, comme cela fut
le cas au bar *Halgian*, rue Antik-Khana* ou au
bar *Jamaïca*, rue Chérif, ces alcools frelatés de
mauvaise qualité causant des accidents cruels
dont le plus connu est celui dont fut victime un
jeune peintre qui perdit la vue après avoir
absorbé au bar *Halgian* un brandy dénaturé. Le
parquet ordonna la fermeture du bar mais son
propriétaire obtint par la suite sa réouverture,
par les moyens habituels.

Ainsi, les petits bars qui subsistent dans le
centre-ville ne sont plus des lieux de détente
propres et bon marché, comme autrefois, mais

* Nom couramment donné à la rue Bassiouni qui dé-
bouche sur le musée (*Antik khana* en dialecte égyptien
populaire).

des antres mal éclairés et la plupart du temps fréquentés par des voyous et des personnes louches… à de rares exceptions près, comme le restaurant *Maxim* dans le passage entre les rues Kasr-el-Nil et Soliman-Pacha, et le bar *Chez Nous**, sous l'immeuble Yacoubian.

*

Chez Nous est une expression française qui veut dire "à la maison". Le local se trouve quelques marches au-dessous du niveau de la rue. La lumière y est tamisée, même pendant les heures du jour, grâce à d'épais rideaux. Le grand comptoir à gauche, les tables rangées comme des bancs en bois massif, recouvertes de vernis de couleur sombre, les lampes anciennes de style viennois, les objets d'art en bois sculpté et en bronze accrochés au mur, l'écriture latine des nappes en papier, les grandes chopes de bière, tout cela donne au bar *Chez Nous* l'apparence d'un pub anglais.

L'été, dès que l'on pénètre dans le bar *Chez Nous*, en laissant derrière soi la rue Soliman-Pacha, avec son vacarme, sa chaleur, sa bousculade et que l'on s'assied pour siroter une bière glacée au milieu du silence, de la fraîcheur d'un air conditionné puissant et d'une reposante lumière tamisée, on ressent d'une certaine façon que l'on a trouvé un refuge contre la vie quotidienne. C'est ce sentiment particulier qui caractérise le mieux le bar *Chez Nous*, foncièrement connu comme un lieu de rencontre pour homosexuels (c'est d'ailleurs ainsi qu'il est signalé dans plusieurs

* En français dans le texte.

guides touristiques occidentaux). Le propriétaire du bar s'appelle Aziz et il est surnommé l'Anglais (on l'a baptisé de cette façon car il ressemble aux Anglais avec sa peau blanche, ses cheveux blonds et ses yeux bleus). Il est homosexuel et l'on dit qu'il a eu une liaison avec le vieux monsieur grec qui possédait le bar. Celui-ci, qui l'aimait, lui a fait cadeau de l'établissement avant de mourir. On dit également qu'il organise des orgies au cours desquelles il présente des homosexuels aux touristes arabes et que cette prostitution lui rapporte des revenus considérables grâce auxquels il paie des pots-de-vin qui le mettent totalement à l'abri des tracasseries policières. Aziz a une forte présence et beaucoup de style. Au bar *Chez Nous*, sous ses auspices et sa vigilance, les homosexuels se rencontrent, nouent des amitiés et se libèrent des pressions sociales qui les empêchent de rendre publics leurs penchants. Les lieux de rencontre homosexuels, comme les petits cafés louches où l'on fume du haschich ou les tripots clandestins, sont fréquentés par des clientèles appartenant à tous les milieux sociaux et à toutes les tranches d'âge. On y trouve des artisans et des employés, des jeunes et des vieux, tous réunis par leur homosexualité. De la même façon, les homosexuels, à l'instar des cambrioleurs, des pickpockets et de toutes les communautés de personnes qui se tiennent à l'écart de la loi et des règles sociales, se sont forgé à leur propre usage une langue particulière qui leur permet, au milieu des gens, de se comprendre sans être compris par les autres. Ils appellent les homosexuels passifs *koudiana* et leur donnent des prénoms féminins sous lesquels ils se connaissent entre eux, comme Soad, Inji, Fatima, etc. Les homosexuels actifs sont baptisés *barghal* et, si ce sont des hommes simples et ignorants, *barghal nachef**. Quant à la pratique homosexuelle, elle est surnommée *wasla***. Ils se reconnaissent les uns les autres et ont des échanges secrets par des gestes de mains. Si, en lui serrant la main, l'un d'entre eux appuie sur celle de l'autre et caresse du doigt son poignet, cela signifie qu'il a envie de lui, s'il joint les doigts des deux mains et les agite tout en parlant, cela signifie qu'il propose une *wasla* à son interlocuteur, s'il montre son cœur d'un seul doigt, il veut dire que son compagnon possède son cœur… et ainsi de suite. Autant Aziz, l'Anglais, veille au confort et à la satisfaction des clients du *Chez Nous*, autant, en même temps, il ne leur autorise pas d'attitudes inconvenantes. Plus la nuit avance, plus les clients abusent de l'alcool et, possédés qu'ils sont du désir de parler (comme c'est le cas dans tous les bars), plus leurs voix s'élèvent, s'échauffent, s'interposent. Mais, au *Chez Nous*, ceux qui sont ivres sont subjugués par le désir en même temps que par l'ivresse et ils échangent des propos libidineux, des plaisanteries grossières et il arrive que l'un d'entre eux tende les doigts pour caresser le corps de son ami. C'est alors qu'intervient immédiatement l'Anglais. Il emploie toutes les méthodes pour faire régner l'ordre, depuis le chuchotement courtois jusqu'à la menace d'expulsion du bar du client récalcitrant. Souvent, l'Anglais se met en colère au point que le sang lui monte au visage et qu'il apostrophe par ces

---

* *Nachef* signifie "sec, rude".
** Dans l'écriture il s'agit d'un signe placé sur l'*alif* et marquant la liaison avec le signe précédent. Le mot veut également dire : joint, jointure, raccord, rallonge, embout.

mots l'homosexuel que le désir a rendu impatient :

— Ecoute-moi bien, aussi longtemps que tu es assis chez moi, tu te tiens correctement. Si ton ami te plaît, sors avec lui, mais gare à toi si tu poses la main sur lui dans le bar.

La rigueur de l'Anglais, bien entendu, n'est pas due à une quelconque aspiration à la vertu, sinon à une évaluation des pertes et profits. En effet, les officiers des services de renseignements font de fréquentes visites au bar – il est vrai qu'ils se contentent de jeter de loin un regard rapide et que, grâce aux grosses gratifications qu'ils empochent, ils n'embêtent jamais les clients – mais s'ils y voyaient véritablement des scènes indécentes, ils remueraient ciel et terre car ce serait pour eux une occasion de faire chanter l'Anglais afin qu'il paie encore plus.

*

Un peu avant minuit, la porte du bar s'ouvrit et Hatem Rachid apparut avec un jeune homme d'une vingtaine d'années à la peau brune, modestement vêtu et les cheveux coupés à la façon d'un conscrit. Les clients étaient ivres et leurs chants s'élevaient mais, dès que Hatem entra, le vacarme diminua et ils se mirent à le regarder avec curiosité et une sorte de timidité. Ils savaient que c'était une *koudiana* mais une barrière rigoureuse leur interdisait de le traiter avec familiarité, si bien que même les clients les plus effrontés et les plus impertinents ne pouvaient s'empêcher de se comporter avec respect à son égard. Il y avait à cela de nombreuses raisons : M. Hatem Rachid est un journaliste connu, rédacteur en chef du journal *Le Caire*, publié en langue française. C'est un aristocrate de bonne souche. Sa mère était française et son père était Hassan Rachid, le célèbre juriste, doyen de la faculté de droit dans les années 1950. De plus, Hatem fait partie des homosexuels "conservateurs" (si l'on peut employer ce terme). Il ne manque pas de dignité, ne se poudre pas le visage, ne se tortille pas d'une manière aguichante comme font beaucoup de *koudiana*. Dans son apparence et dans ses manières, il se maintient toujours avec aisance à mi-chemin entre l'élégance raffinée et l'effémination. Ce soir, par exemple, sa veste est rouge bordeaux. Il a noué autour de son cou gracile un foulard jaune presque entièrement passé sous une chemise rose en soie naturelle dont les deux pointes du col retombent sur la veste. Avec son élégance, sa taille svelte et ses traits français raffinés, il ressemblerait plutôt à un flamboyant acteur de cinéma si ce n'étaient les rides laissées sur son visage par une vie tourmentée et un rictus sombre, désagréable et triste qui marque toujours les visages des homosexuels.

Aziz l'Anglais s'avança vers lui pour lui souhaiter la bienvenue. Hatem lui serra la main amicalement et fit, avec aisance, un signe en direction de son jeune compagnon :

— Abd Rabo, mon ami, qui fait son service militaire dans les forces de sécurité.

— Sois le bienvenu, répondit Aziz en souriant à ce dernier tout en examinant son corps musclé et vigoureux.

Puis il conduisit ses deux hôtes vers une table calme au fond du bar et prit les commandes : un verre de gin tonic pour Hatem et une bière d'importation pour Abd Rabo, accompagnés de quelques mezzés chauds. Peu à peu, les clients cessèrent de s'occuper d'eux et reprirent leurs conversations et leurs rires assourdissants. Les deux amis parurent s'absorber dans un long et laborieux dialogue. Hatem parlait à voix basse en regardant son ami et en essayant de le convaincre tandis qu'Abd Rabo écoutait sans bienveillance puis répondait avec emportement. Puis Hatem se taisait un instant en baissant la tête et reprenait sa tentative. Le dialogue se poursuivit ainsi à peu près une demi-heure pendant laquelle les deux amis prirent deux bouteilles et trois verres. A la fin, Hatem se redressa contre le dossier de sa chaise et regarda Abdou d'un air pénétré :

— C'est ton dernier mot ?

Abdou répondit d'une voix forte, l'alcool ayant rapidement fait de l'effet sur lui :

— Tout à fait.

— Abdou, viens avec moi cette nuit et demain nous nous mettrons d'accord.

— Non.

— S'il te plaît, Abdou…

— Non.

— Bon, on ne peut pas s'expliquer calmement, sans que tu te mettes en colère, chuchota Hatem d'une voix caressante en effleurant des doigts la lourde main de son ami posée à plat sur la table.

Cette insistance donna à Abdou l'impression d'étouffer. Il retira la main et dit, en poussant un soupir de détresse :

— Je t'ai dit que je ne pouvais pas passer la nuit avec toi. Je suis arrivé trois fois en retard la semaine dernière à cause de toi. L'officier va prendre des sanctions.

— Ne t'en fais. J'ai trouvé un piston auprès de l'officier.

— Oh là là ! hurla Abdou qui n'en pouvait plus, en repoussant le verre de bière qui se renversa avec fracas.

Il se leva de son siège, en lançant un regard de colère à Hatem et se précipita vers la sortie.

Hatem prit quelques billets dans son porte-feuille et les jeta sur la table puis se précipita à ses trousses. Pendant quelques instants le silence se fit dans le bar puis les commentaires des clients éméchés fusèrent :

— Un *barghal* de perdu, bonnes gens.

— Le malheureux amoureux qui repart bredouille !

— Ah, la vilaine qui m'a pris tous mes sous !

Les clients éclatèrent de rire et se mirent à répéter en chœur une chanson obscène d'une voix tonitruante, au point que l'Anglais fut obligé d'intervenir pour rétablir l'ordre.

*

Comme la plupart des Egyptiens venant de la campagne, Mohammed Sayyed (aide cuisinier à l'Automobile Club) souffrait de longue date d'une bilharziose qui avait entraîné par la suite des inflammations puis une dégénérescence du foie causant sa mort alors qu'il n'avait pas atteint la cinquantaine. Sa fille aînée, Boussaïna, se souvient de cette journée du mois de ramadan, après que la famille eut rompu le jeûne dans son petit appartement de deux pièces avec un cabinet de toilette, sur la terrasse de l'immeuble Yacoubian. Son père s'était levé pour faire la prière du crépuscule quand, soudain, ils avaient entendu le bruit de quelque chose de lourd qui tombait sur le sol. Boussaïna se souvient de la voix bouleversée de sa mère criant : "Que Dieu secoure votre père !" Ils se précipitèrent tous vers lui… Boussaïna, Sawsan, Faten et le petit

Mustapha. Le père était allongé sur le lit, le corps complètement immobile et le visage d'une teinte bleue livide. Lorsqu'ils firent venir le médecin des urgences (un jeune homme désemparé), celui-ci l'examina rapidement, puis annonça la triste nouvelle. Les cris redoublèrent et leur mère se mit à se frapper le visage avec force jusqu'à ce qu'elle tombe sur le sol. A cette époque, Boussaïna était élève en section commerciale et elle faisait des rêves pour le futur, qu'elle ne doutait pas de pouvoir réaliser : elle obtiendrait son diplôme puis se marierait avec son amoureux, Taha Chazli, dès qu'il aurait terminé l'école de police. Ils habiteraient dans un appartement vaste et convenable, loin de la terrasse, et ils auraient seulement un garçon et une fille pour pouvoir leur assurer une bonne éducation. Ils étaient d'accord sur tout. Mais le père mourut soudainement et, une fois la période de deuil terminée, la famille se retrouva sans ressources. La pension de retraite était très faible et ne suffisait pas pour couvrir les frais scolaires, l'alimentation, l'habillement et le loyer. Rapidement la mère se transforma. Elle ne quitta plus jamais le noir, son corps maigrit et se dessécha et son visage fut marqué de ce stigmate dur, âpre et masculin propre aux veuves pauvres. Peu à peu, elle devint mesquine et souvent querelleuse avec ses filles. Même le petit Mustapha n'était pas épargné par ses coups et ses insultes. Après chaque dispute, la mère sombrait dans une longue crise de larmes. Elle n'évoquait plus le défunt avec la même affection excessive que dans les premiers jours. Elle parlait de lui avec une sorte d'amertume et de désappointement, comme s'il l'avait abandonnée volontairement, comme s'il l'avait laissée dans cette épreuve.

Ensuite, elle se mit à s'absenter deux ou trois jours par semaine. Elle sortait dès le matin et revenait à la fin de la journée fourbue, silencieuse, l'esprit ailleurs, apportant avec elle des sacs de plats cuisinés de toutes sortes (du riz, des légumes, de petits morceaux de viande et du poulet) qu'elle réchauffait et qu'elle leur donnait à manger.

Le jour où Boussaïna réussit à son examen et obtint son diplôme, sa mère attendit que la nuit tombe et que tout le monde dorme et elle sortit avec elle sur la terrasse. C'était une chaude nuit d'été et il y avait des hommes qui veillaient ensemble en fumant la *gouza* ainsi que quelques femmes assises à l'air libre, fuyant la chaleur des cabanes métalliques. La mère les salua et entraîna Boussaïna par la main vers un coin éloigné où elles s'assirent à côté de la balustrade. Boussaïna se rappelle le spectacle des voitures et des lumières dans la rue Soliman-Pacha comme il lui apparut cette nuit-là depuis la terrasse. Elle se rappelle le visage bourru de sa mère qui la scrutait d'un regard sévère, son étrange voix rauque alors qu'elle lui parlait des soucis que le défunt lui avait laissé endurer seule. Elle lui annonça qu'elle travaillait chez des gens bienfaisants à Zamalek* et qu'elle avait gardé la chose secrète pour que cela ne nuise pas, plus tard, au mariage de Boussaïna et de ses sœurs (si les gens découvraient que leur mère travaillait comme servante). Puis elle demanda à Boussaïna de rechercher, elle-même, un travail à partir du lendemain. Boussaïna ne répondit pas puis, pleine d'une profonde tendresse à son égard, elle regarda un

* Quartier traditionnellement le plus élégant du Caire.

moment sa mère et elle l'étreignit. Elle se rendit compte en l'embrassant que son visage était sec et rêche et qu'une odeur étrange émanait de son corps, cette odeur de transpiration mélangée à celle de la terre qui se dégage du corps des servantes.

Dès le lendemain, Boussaïna fit tout son possible pour trouver du travail. Pendant une année, elle passa par de nombreux emplois : secrétaire au bureau d'un avocat, employée chez un coiffeur pour dames, aide-soignante chez un dentiste. Elle abandonna tous ces emplois pour la même raison et après que se furent répétées les mêmes péripéties : l'accueil chaleureux du patron, son intérêt excessivement enthousiaste puis les cajoleries, les cadeaux, les petites sommes d'argent, l'insinuation voilée qu'il pourrait y en avoir plus, avec, de son côté, un refus enrobé d'amabilité (pour ne pas perdre son emploi). Mais le patron continuait à mener jusqu'au bout sa tentative, jusqu'à cette dernière scène qu'elle abominait, qu'elle craignait et qui se reproduisait toujours : celle où le vieil homme insistait pour l'embrasser de force dans son bureau vide, ou bien se collait à elle, ou commençait à déboutonner son pantalon pour la mettre devant le fait accompli. Elle le repoussait loin d'elle et le menaçait de crier et de faire du scandale. Alors, il se transformait du tout au tout et découvrait son visage vindicatif. Il la chassait après s'être moqué d'elle en la traitant de Khadrat el-Chérifa* ou bien il feignait d'avoir mis sa moralité à l'épreuve et il l'assurait qu'il l'aimait comme sa fille, puis, dès que l'occasion se présentait (après que le danger

* Personnage très populaire appartenant à la geste hilalienne. Khadrat el-Chérifa avait été faussement accusée d'adultère mais réhabilitée.

de scandale avait disparu), il la renvoyait sous n'importe quel prétexte.

Au cours de cette année, Boussaïna avait appris beaucoup de choses : par exemple, qu'elle avait un beau corps, attirant, et que ses grands yeux couleur de miel, ses lèvres pulpeuses, sa poitrine abondante, son postérieur rond et frémissant, ses deux fesses tendres étaient des éléments importants dans sa relation avec les gens. Elle vérifia que tous les hommes, si vénérable que soit leur apparence et si élevée que soit leur position, étaient extrêmement faibles devant une belle femme. Cela la poussa à faire des expériences divertissantes et pleines de malice : si elle rencontrait un homme âgé et respectable, elle aimait le mettre à l'épreuve. Elle adoucissait sa voix, se dandinait, cambrait sa poitrine plantureuse et savourait ensuite le spectacle de l'homme vénérable qui s'adoucissait, se mettait à parler d'une voix tremblante et dont les yeux se brouillaient de désir. Voir les hommes soupirer après elle la comblait d'une délectation qui était comme un baume qui remplissait son cœur d'une joie vindicative. Au cours de cette année, elle s'était également rendu compte que sa mère avait complètement changé. Lorsque Boussaïna abandonnait un travail à cause du harcèlement des hommes, sa mère accueillait la nouvelle dans un silence proche de la contrariété. Une fois que le cas s'était reproduit, elle avait dit à Boussaïna qui se levait pour quitter la pièce :

— Tes sœurs et ton frère ont besoin du moindre centime que tu peux gagner. Une fille débrouillarde sait à la fois se préserver et préserver son emploi.

Cette phrase avait rempli Boussaïna de tristesse et de perplexité : "Comment puis-je me préserver devant un homme qui ouvre son pantalon ?"

Sa perplexité ne la quitta pas pendant plusieurs semaines jusqu'à ce que leur voisine Fifi, la fille de Saber le repasseur, qui savait que Boussaïna cherchait du travail, vienne lui proposer un emploi de vendeuse au magasin de vêtements Chanane. Lorsque Boussaïna lui avait fait part des problèmes rencontrés avec ses précédents patrons, Fifi avait poussé un grand soupir, s'était frappé la poitrine et lui avait crié au visage d'un ton de reproche :

— Tu es idiote, ma fille.

Fifi lui avait affirmé que plus de quatre-vingt-dix pour cent des patrons faisaient cela avec les filles employées chez eux. La fille qui refusait était renvoyée et il en venait une autre qui acceptait et prenait sa place. Lorsque Boussaïna esquissa une protestation, Fifi lui demanda ironiquement :

— Madame a-t-elle un diplôme de gestion de l'université américaine ? Les mendiants, dans la rue, ont un diplôme de commerce, comme le tien !

Fifi lui assura que s'arranger avec le patron "dans certaines limites" pouvait être considéré comme de la débrouillardise, que la vie était une chose et ce que l'on voyait dans les films égyptiens une autre. Elle lui assura qu'elle connaissait de nombreuses filles qui avaient travaillé pendant des années au magasin Chanane, qui s'étaient prêtées à ce que leur demandait M. Talal, le patron du magasin, "dans certaines limites" et qui étaient maintenant devenues des épouses heureuses avec des enfants, des maisons, et des maris respectables très amoureux d'elles.

— Pourquoi aller aussi loin ? interrogea Fifi, se citant elle-même en exemple.

Elle travaillait au magasin depuis deux ans, son salaire était de cent livres mais, grâce à sa "débrouillardise", elle gagnait trois fois cette somme, en plus des cadeaux, et cependant elle s'était toujours préservée et était toujours vierge. Si quelqu'un mettait en cause sa réputation, elle lui enfoncerait les doigts dans les yeux ! Mille hommes étaient prêts à se marier avec elle, d'autant plus que, maintenant, elle gagnait bien sa vie, elle participait à une tontine* et elle économisait pour se constituer un trousseau.

Le lendemain, Boussaïna alla avec Fifi au magasin, chez M. Talal. Il lui apparut comme un homme dans la quarantaine, le visage blanc, les yeux bleus, chauve et corpulent, avec un nez aplati et une grosse moustache noire qui retombait des deux côtés de sa bouche. Talal n'était pas beau du tout. Boussaïna savait que, tout en ayant des sœurs, il était le seul fils du hadj Chanane "le Syrien". Ce dernier venu de Syrie, au moment de l'union entre les deux pays**, s'était établi en Egypte où il avait ouvert cet établissement puis, une fois parvenu à un âge avancé, avait confié son commerce à son fils unique. Boussaïna savait aussi qu'il était marié, que son épouse était égyptienne, qu'elle était belle, qu'elle lui avait donné deux fils et que, malgré cela, son obsession des femmes était insatiable.

Talal avait salué Boussaïna en lui pressant la main et, tout en lui parlant, il avait les yeux fixés sur sa poitrine et sur son corps. Quelques minutes plus tard, elle prenait ses nouvelles fonctions et

* La coutume existe en Egypte dans les milieux populaires de cotiser avec quelques collègues à une sorte de fonds de garantie auquel chaque membre du groupe aura accès à son tour.
** Entre 1958 et 1961, l'Egypte et la Syrie forment la République arabe unie présidée par Gamal Abdel Nasser.

seulement quelques semaines s'écoulèrent avant que Fifi ne lui ait appris ce qu'elle devait faire : comment prendre soin de son apparence, vernir les ongles de ses mains et de ses pieds, entrouvrir un peu son décolleté, serrer la taille de ses jupes pour bien mettre en valeur son postérieur et ses fesses. Le matin, avec ses collègues, elle devait ouvrir le magasin et l'épousseter. Ensuite, il leur fallait rectifier leur toilette et se tenir devant la porte du magasin (c'est là une méthode connue dans toutes les boutiques de vêtements pour attirer les clients). Quand venait un client, elle devait lui faire des politesses, répondre à ses demandes et le convaincre d'acheter la plus grande quantité possible de marchandises (il lui revenait un demi pour cent du prix des ventes). Bien sûr, elle devait également faire semblant de ne pas remarquer les avanies que leur faisaient subir les clients, si abjectes soient-elles… Tout ceci pour ce qui concernait le travail. Quant à "l'autre question", M. Talal l'avait abordée le troisième jour après son arrivée. C'était en milieu d'après-midi et le magasin était vide de clients. Talal lui avait demandé de l'accompagner à la réserve pour lui montrer les différents articles qui y étaient stockés. Boussaïna l'avait suivi en silence. Elle avait remarqué un sourire furtif et moqueur sur le visage de Fifi et des autres filles. La réserve était un grand appartement au rez-de-chaussée de l'immeuble voisin du restaurant *A l'Américaine*, rue Soliman-Pacha. Talal la fit entrer et ferma la porte de l'intérieur. Elle regarda autour d'elle : l'endroit était frais, mal éclairé, mal aéré et plein à craquer de caisses de marchandises entassées jusqu'au plafond. Elle savait ce qui l'attendait et s'y était préparée en chemin vers la réserve, en se répétant les paroles de sa mère : "Tes sœurs et ton frère ont besoin du moindre centime que tu peux gagner. Une fille débrouillarde sait à la fois se préserver et préserver son emploi." Lorsque M. Talal s'était approché, des sentiments violents et contradictoires s'étaient emparés d'elle : d'abord la ferme intention de profiter au mieux de l'occasion offerte et la peur qui malgré tout l'étreignait, la faisait haleter et lui faisait ressentir une sorte de nausée, mais également la curiosité secrète et stimulante de savoir comment M. Talal allait s'y prendre avec elle : allait-il lui faire la cour et lui dire "je t'aime", par exemple, ou bien allait-il essayer de l'embrasser directement ?! La réponse lui était venue rapidement. Il l'assaillit par-derrière, l'étreignit si fort qu'il lui fit mal, se mit à se coller à elle et à tripoter son corps sans dire un seul mot. Il était violent et sa jouissance rapide. L'affaire ne prit pas plus de deux minutes avant qu'il ne pollue ses vêtements. Il lui murmura en haletant : "Les toilettes sont au bout du couloir, à droite." En rinçant son vêtement à l'eau, elle avait pensé que cela était plus simple qu'elle n'avait cru. Cela ressemblait à la façon dont certains se collaient à son corps dans l'autobus (ce qui lui arrivait souvent). Elle se rappelait ce que Fifi lui avait conseillé de faire après la rencontre. Elle retourna vers M. Talal et lui dit d'une voix qu'elle essaya dans la mesure du possible de rendre douce et engageante : "Monsieur Talal, j'ai besoin que vous me donniez vingt livres." Talal la regarda un moment puis plongea rapidement sa main dans sa poche, comme s'il s'attendait à la démarche et lui dit d'un ton calme, en lui tendant un billet plié : "Non, dix livres suffiront… Reviens derrière moi au magasin dès que ta robe aura séché…" Puis il était sorti et avait refermé la porte.

*

Elle recevait chaque fois dix livres et M. Talal la demandait deux fois par semaine, quelquefois trois. Fifi lui avait appris comment, de temps en temps, faire comprendre qu'une robe du magasin lui plaisait et insister auprès de Talal jusqu'à ce qu'il la lui offre. Elle se mit à gagner de l'argent et à bien s'habiller. Sa mère était satisfaite, rassurée par l'argent qu'elle lui prenait et glissait dans sa poitrine avant d'appeler ardemment la bénédiction de Dieu sur elle. Lorsqu'elle écoutait ces invocations, Boussaïna était prise du désir mauvais et inavoué de laisser clairement entendre à sa mère quelles étaient ses relations avec Talal. Sa mère faisait semblant de ne pas saisir le message et Boussaïna appesantissait ses insinuations jusqu'à ce que la volonté de sa mère de ne pas comprendre devienne évidente. Alors Boussaïna se sentait soulagée comme si elle avait arraché des yeux de sa mère un masque d'innocence factice en dénonçant sa participation au crime, à ses côtés.

A mesure que les jours passaient, ses rencontres avec Talal, dans la réserve, laissaient sur elle des séquelles qu'elle n'avait pas imaginées. Elle n'était plus capable de faire la prière de l'aube (seule obligation qu'elle respectait) parce que, intérieurement, elle avait honte d'affronter le Seigneur, elle sentait malgré toutes les ablutions qu'elle pouvait faire qu'elle était impure. Elle était la proie de cauchemars. Elle se réveillait au milieu de son sommeil, prise de panique. Elle passait des journées dans la tristesse, recroquevillée sur elle-même et, un jour où elle était allée avec sa mère rendre visite au tombeau d'El-Hussein, dès qu'elle entra dans le sanctuaire et qu'elle fut entourée de toutes parts par l'encens et les lumières et qu'elle ressentit cette présence invisible et inébranlable qui remplit les cœurs, elle fut prise d'une longue et soudaine crise de larmes. Mais, d'un autre côté, elle ne pouvait pas revenir en arrière. Elle ne supportait plus son sentiment de faute et entreprit de lutter contre lui avec acharnement. Elle se rappela le visage de sa mère lui annonçant qu'elle faisait des ménages, elle se répéta les propos de Fifi lui disant que c'était ça la vie. Souvent, elle observait des clientes du magasin, riches et élégantes, et elle se demandait avec une curiosité méchante : "Qui sait combien de fois cette femme a livré son corps pour obtenir tout cet argent ?" Cette résistance farouche au sentiment du péché avait engendré en elle de l'amertume et de la rudesse. Elle perdit confiance dans les gens (ou ne leur trouvait plus d'excuses). Souvent elle pensait (et elle lui en demandait ensuite pardon) que c'était Dieu qui avait voulu sa chute car, s'il avait voulu autre chose, il l'aurait fait naître riche ou aurait retardé de quelques années le décès de son père (quoi de plus facile pour lui !). Puis, peu à peu, sa rancœur s'étendit même à Taha, son amoureux. S'insinua en elle le sentiment qu'elle était beaucoup plus forte que lui, qu'elle était mûre et qu'elle comprenait la vie alors que lui n'était qu'un jeune homme rêveur et naïf. Elle en avait assez de son optimisme, concernant le futur. Elle s'emportait et se moquait de lui en disant : "Tu te prends pour Abd el-Halim Hafez, l'enfant pauvre et courageux qui, en luttant, réalise toutes ses espérances." Taha ne connaissait pas la cause de cette amertume. Bientôt, ses sarcasmes à son égard commencèrent à l'indisposer et ils se disputèrent. Une fois, lorsqu'il lui demanda d'abandonner son travail chez Talal parce qu'il avait mauvaise réputation, elle le regarda avec défi et lui dit : "A vos ordres, monsieur. Donne-moi les deux cent cinquante livres que je gagne chez Talal et je t'assure que je ne montrerai mon visage à personne d'autre qu'à toi." Il fixa un moment ses yeux sur elle comme s'il ne comprenait pas puis sa colère éclata. Il porta la main sur son épaule pour la repousser. Elle cria, l'insulta puis lui jeta la bague en argent qu'il lui avait achetée. Au fond d'elle-même, elle avait envie de rompre avec lui pour se libérer de ce sentiment douloureux de faute qui la torturait quand elle le voyait et, en même temps, elle était incapable de le fuir complètement. Elle l'aimait et il y avait entre eux une longue histoire pleine de moments heureux et il suffisait qu'elle le voie triste ou angoissé pour qu'elle oublie tout et qu'elle le submerge d'une tendresse profonde et véritable, comme si elle était sa mère. Si violentes que fussent leurs disputes, elle lui pardonnait et elle revenait vers lui et il y avait toujours dans leur relation des moments d'une merveilleuse et exceptionnelle sérénité. Puis très vite revenaient les contrariétés.

Elle avait passé toute la journée à se reprocher d'avoir été aussi dure avec lui ce matin. Il avait besoin d'un mot d'encouragement de sa part au moment où il allait affrontait une épreuve dont elle savait qu'il l'attendait depuis de longues années. Oui, vraiment, très dure ! Qu'est-ce que cela lui aurait coûté de l'encourager d'un mot ou d'un sourire, de rester un peu de temps avec lui ? Après son travail elle se mit à le rechercher. Elle alla place Tewfikieh et elle s'assit pour l'attendre sur le mur du jardin où ils avaient l'habitude de se rencontrer tous les soirs.

La nuit était tombée et la place était bondée de passants et de marchands ambulants. Assise seule, elle avait eu à affronter de nombreuses sollicitations. Malgré tout, elle était restée à l'attendre près d'une demi-heure mais il n'était pas venu. Elle avait pensé qu'il était sans doute en colère contre elle parce qu'elle l'avait repoussé ce matin. Alors elle s'était levée et était montée jusqu'à sa chambre sur la terrasse. La porte était ouverte et la mère de Taha était assise seule. L'angoisse se lisait sur son vieux visage. Elle l'avait prise dans ses bras et l'avait embrassée puis l'avait fait asseoir à ses côtés sur la banquette. Elle lui avait dit :

"J'ai très peur, Boussaïna. Taha est sorti ce matin pour son examen et il n'est pas encore revenu. Que Dieu éloigne le mal, ma fille."

*

Si ce n'étaient son âge avancé ainsi que les jours difficiles qui ont laissé leur trace sur l'expression de son visage, le hadj Mohammed Azzam pourrait passer pour une étoile du cinéma ou pour un roi sur son trône avec son air hautain et son calme inébranlable, avec son élégance, sa fortune, son visage rose éclatant de santé et sa peau lisse et brillante grâce à la dextérité des experts du centre esthétique *La Gaieté*, à Mohandessine, où il se rend une fois par semaine.

Il possède plus de cent costumes, des plus luxueux, et en revêt un nouveau chaque jour, avec une cravate flamboyante et d'élégantes chaussures importées. Tous les jours, au milieu de la matinée, sa Mercedes rouge, venant du côté de *A l'Américaine*, s'avance nonchalamment dans la rue Soliman-Pacha. Il est assis sur le siège arrière, plongé dans la récitation des noms de Dieu*, en égrenant un petit chapelet d'ambre qui ne quitte jamais sa main. Il commence sa journée par une inspection de ses biens : deux grands magasins de vêtements, l'un devant *A l'Américaine*, l'autre en bas de l'immeuble Yacoubian où se trouve son bureau, deux halls d'exposition de voitures ainsi que plusieurs magasins de pièces détachées rue Maarouf, sans compter de nombreux biens immobiliers au centre-ville et de nombreux autres bâtiments en construction. Bientôt va s'élever un grand immeuble sous l'enseigne de "Entreprise Azzam de travaux publics". L'automobile avance nonchalamment et s'arrête devant chacun des magasins. Les employés l'entourent pour saluer le hadj avec transport. Celui-ci répond à leurs saluts d'un signe de la main tellement faible et discret qu'on le remarque à peine. Aussitôt s'approche de la fenêtre de la voiture le responsable des employés ou le plus âgé d'entre eux. Il s'incline vers le hadj et lui présente l'état des lieux ou bien lui demande une instruction sur une affaire quelconque. Le hadj écoute alors calmement, avec attention, en fronçant ses épais sourcils, en serrant les lèvres et en regardant au loin, comme s'il fixait quelque chose à l'horizon, de ses yeux de renard gris, étroits et toujours un peu congestionnés par l'effet du haschich. Puis, à la fin, il se met à parler. Sa voix est rauque, son ton tranchant et ses paroles rares. Il ne supporte pas les palabres ni l'obstination. Certains expliquent que son amour du silence vient de ce qu'il applique (car

* Les quatre-vingt-dix-neuf noms de Dieu que l'on récite en égrenant son chapelet.

c'est un croyant de stricte obédience) le propos du Prophète : "Si l'un d'entre vous parle, qu'il dise le bien ou qu'il se taise." Mais, avec son énorme fortune et sa puissance considérable, il n'a en réalité pas besoin de nombreux discours car généralement sa parole est déterminante et son exécution impérative. Sans compter que sa vaste expérience de la vie le met en mesure de saisir les choses d'un simple coup d'œil.

Le cheikh millionnaire qui a dépassé la soixantaine n'était trente ans plus tôt qu'un pauvre hère venu de la province de Sohag et débarquant au Caire pour y assurer sa subsistance. Les gens âgés de la rue Soliman-Pacha se souviennent de lui, assis par terre dans le passage de *A l'Américaine*, avec sa *galabieh*, son gilet et son turban, une petite boîte en bois devant lui. Il avait commencé par cirer des chaussures puis, pendant une période, avait été garçon de bureau à la librairie Babek. Puis il avait disparu pendant vingt ans avant de réapparaître soudainement, fortune faite. Le hadj Azzam dit qu'il travaillait dans le Golfe mais les gens de la rue ne le croient pas. Ils disent qu'il a été condamné et emprisonné pour trafic de drogue et certains assurent qu'il continue à œuvrer dans le secteur des stupéfiants. Ils en donnent pour preuve sa richesse choquante et outrancière, sans commune mesure avec le volume des ventes de ses magasins et des gains de ses sociétés, ce qui prouve que ses activités commerciales ne sont qu'une simple couverture pour blanchir son argent. Mais, quelle que soit l'exactitude de ces allégations, le hadj Azzam est maintenant devenu sans conteste le grand manitou de la rue Soliman-Pacha. Les gens ont recours à lui pour régler leurs problèmes et pour arbitrer leurs différends. Son autorité s'est encore renforcée dernièrement par son adhésion au Parti national démocratique* puis par l'accession de son plus jeune fils à la magistrature comme procureur adjoint. Le hadj Azzam a une propension irrésistible à acquérir des biens immobiliers et des magasins au centre-ville, comme s'il proclamait sa position nouvelle dans le quartier qui l'avait vu pauvre et démuni.

A peu près deux ans plus tôt, le hadj Azzam s'était réveillé, selon son habitude, pour accomplir la prière de l'aube. Ses sous-vêtements étaient humides. Cela le contraria et il lui vint à l'esprit qu'il était atteint d'une maladie mais, lorsqu'il entra dans la salle de bains pour se laver, il se rendit compte qu'il avait éjaculé et il se souvint de l'image floue et lointaine d'une femme nue qu'il avait vue en rêve. Il fut étonné de ce phénomène chez un homme comme lui qui avait dépassé la soixantaine puis il l'oublia pendant une journée pleine d'activité. Mais cela se reproduisit souvent par la suite au point qu'il se mit à se baigner quotidiennement avant la prière de l'aube pour se purifier. L'affaire ne s'arrêta pas là. Il se surprit plusieurs fois, au magasin, à jeter des regards à la dérobée sur le corps de ses employées. Certaines ressentirent instinctivement son désir et firent exprès de se dandiner devant lui et de lui parler d'une façon excitante pour le séduire, au point qu'il fut plus d'une fois obligé de les réprimander. Cette concupiscence soudaine et violente contraria beaucoup le hadj Azzam, d'abord parce qu'elle n'était pas convenable chez un homme de son âge, ensuite parce

* Parti gouvernemental, héritier du parti unique nassérien, qui occupe une situation hégémonique à l'Assemblée du peuple.

qu'il avait vécu toute sa vie décemment et que cette décence ainsi que son éloignement de tout ce qui déplaît à Dieu étaient la cause principale de toute la réussite à laquelle il était parvenu : non seulement il ne buvait pas d'alcool (quant au haschich qu'il fumait, de nombreux docteurs en religion avaient confirmé qu'il était simplement désagréable à Dieu mais pas impur ni strictement prohibé, de même qu'il ne faisait pas perdre la tête et qu'il ne poussait pas l'homme à commettre des turpitudes ou à perpétrer des crimes comme l'alcool ; au contraire il apaisait les nerfs, renforçait l'équilibre et rendait l'esprit plus net), mais, pas une seule fois, le hadj n'avait commis l'adultère. Selon l'habitude des habitants du Saïd*, il avait préservé sa vertu en se mariant tôt. Au cours de sa longue vie, il avait vu des hommes riches s'abandonner à la luxure et y perdre de grandes fortunes.

Le hadj confia son problème sexuel à certains amis âgés qui lui dirent que ce qui lui arrivait était un phénomène fortuit qui ne tarderait pas à disparaître à jamais.

— Ce sont les derniers soubresauts, lui dit en riant son ami Kamal, commerçant en ciment.

Mais le désir persista avec le temps et se renforça au point de devenir un lourd fardeau pour ses nerfs et de provoquer plusieurs querelles avec la hadja Saliha, son épouse, plus jeune que lui de quelques années, qui avait été prise au dépourvu par cette vigueur inopinée, puis contrariée parce qu'elle était incapable de le satisfaire. Plus d'une fois elle lui avait dit en le

---

* La Haute-Egypte qui commence au sud du Caire. Partie du pays aux traditions fières et farouches souvent brocardées dans le Nord du pays (Le Caire, le Delta et Alexandrie).

rabrouant que leurs enfants étaient des hommes et qu'il leur revenait, en tant que vieux époux, de se comporter avec la tempérance et la retenue appropriées. Il ne restait plus au hadj d'autre issue que d'exposer la question au cheikh Samman, le célèbre docteur en religion et président de l'association de bienfaisance islamique, qu'Azzam tenait pour son imam et son directeur de conscience dans toutes les affaires profanes ou spirituelles au point qu'il ne tranchait aucune des questions qui le préoccupaient dans son travail ou dans sa vie sans avoir recours à lui. Il mettait alors à sa disposition des dizaines de milliers de livres pour qu'il les dépense à bon escient, en plus des cadeaux appréciables dont il le gratifiait chaque fois qu'avait lieu, grâce à ses invocations et à sa bénédiction, la signature d'une bonne affaire. Après la prière du vendredi et le sermon que prononçait le cheikh Samman à la mosquée du Salut, à Medinat Nasr, le hadj Azzam lui demanda de s'entretenir avec lui en tête à tête et il lui parla de son problème. Le cheikh l'écouta, resta un moment silencieux, puis lui dit avec une ardeur proche de la colère :

— Que Dieu soit glorifié, hadj, pourquoi, mon frère, vous torturer l'esprit alors que Dieu vous comble ? Il faut que vous préserviez votre vertu comme Dieu l'a ordonné. Dieu vous autorise à épouser plus d'une femme à condition que vous soyez équitable. Remettez-vous-en à Dieu et hâtez-vous sur le chemin de ce qui est licite plutôt que de tomber dans ce qui est prohibé.

— Je suis un homme âgé. J'ai peur de ce que vont dire les gens, si je me marie.

— Si je ne connaissais pas votre mérite et votre piété, je me ferais une mauvaise opinion de vous. Laquelle de ces deux choses faut-il le plus craindre : les propos des gens ou la colère de Dieu tout-puissant ? Vous êtes un homme vigoureux, votre santé est excellente et vous êtes attiré par les femmes. Mariez-vous et soyez équitable avec vos deux femmes. Dieu aime que l'on considère comme permis ce qu'il a autorisé.

Le hadj Azzam hésita longtemps (ou affecta de le faire) et le cheikh Samman n'eut de cesse de le convaincre. Il se chargea également – et en fut récompensé – de persuader ses trois fils Fawzi, Qadri et Hamdi (le procureur adjoint). Les deux derniers acceptèrent la volonté de leur père de se marier – avec stupéfaction – mais, quoi qu'il en soit, ils l'acceptèrent. Quant à Fawzi, le fils aîné, bras droit de son père dans ses affaires, il laissa paraître sa réprobation même s'il ne le condamna pas publiquement. Il dit enfin avec répugnance :

— S'il est indispensable que le hadj se marie, nous devons faire un bon choix pour qu'il ne tombe pas sur une femme de mauvaise vie qui lui empoisonne l'existence.

Le principe était donc acquis et la recherche d'une épouse appropriée commença. Le hadj Azzam sollicita ses relations de confiance pour qu'elles lui recherchent une fille sérieuse. Pendant quelques mois, il vit de nombreuses candidates mais sa vaste expérience lui faisait refuser celles dont la conduite suscitait sa désapprobation. L'une était resplendissante mais elle avait le visage découvert et était effrontée. Il ne pensait pas pouvoir lui confier son honneur. Telle autre, petite et capricieuse, allait l'accabler de demandes. Telle autre enfin était rapace et aimait l'argent. Le hadj refusa ainsi l'ensemble des candidates jusqu'à ce qu'il rencontre Soad Gaber, vendeuse aux galeries Hanneaux à Alexandrie. Elle était divorcée et avait un fils unique. Dès que le hadj la vit, elle le charma : c'était une femme blanche, belle et voilée, avec des cheveux noirs, fins et flottant, émergeant de son *hidjab**, de grands yeux noirs ensorcelants et des lèvres charnues et appétissantes. Elle était propre et prenait un soin extrême de son corps, ne négligeant aucun détail, selon l'habitude des Alexandrines : les ongles des mains et des pieds étaient coupés ras et nettoyés avec soin mais ils n'étaient pas vernis (pour que le vernis n'arrête pas l'eau des ablutions), les mains qu'elle enduisait de crème étaient tendres et délicates, les talons eux-mêmes étaient d'une extrême propreté, lisses, fermes, dépourvus de callosités, illuminés d'une belle rougeur causée par le frottement de la pierre ponce. Soad laissa une impression aimable et attirante dans le cœur du hadj. Ce qui le frappa surtout, ce fut cette détresse qu'avaient laissée sur elle la misère et la vie difficile. Il considéra que son histoire n'était pas du tout honteuse : elle s'était mariée à un peintre en bâtiment qui lui avait donné son enfant puis l'avait quittée pour aller en Irak. Ensuite, elle n'avait plus reçu de ses nouvelles et le tribunal avait prononcé le divorce, de crainte qu'elle ne devienne source de scandale. Le hadj avait envoyé en secret

---

* Voile cachant les cheveux, les oreilles et le cou, allant jusqu'aux pieds ou tombant seulement sur les épaules, le reste du corps étant alors recouvert d'une tunique occultant les formes et voilant toute chair superflue en dehors du visage. Ce vêtement d'invention relativement récente est lié à la diffusion de la pensée rigoriste des islamistes influencés par le wahhabisme saoudien. Il a, chez la majorité des femmes égyptiennes, remplacé aussi bien les vêtements occidentaux que traditionnels.

des personnes pour questionner à son sujet sur son lieu de travail et là où elle habitait et tout le monde avait fait l'éloge de sa moralité. Il avait ensuite fait la prière divinatoire* et Soad lui était apparue dans son sommeil splendide et resplendissante (mais elle s'était montrée dans son rêve dans une tenue décente et non pas impudique comme les femmes dont il rêvait généralement).

A partir de ce moment-là le hadj Azzam s'en était remis à Dieu et avait rendu visite à la famille de Soad, à Sidi Bishr. Avec son frère aîné, Hamido (qui travaille comme garçon de café à Manshieh**), ils s'étaient mis d'accord sur tout. Selon son habitude lorsqu'il négociait des contrats, le hadj Azzam était clair, direct et n'avait qu'une seule parole. Il épousa Soad Gaber aux conditions suivantes :

1. Que Soad vienne vivre avec lui au Caire et qu'elle laisse son jeune fils Tamer chez sa mère à Alexandrie, avec la possibilité d'aller le voir "toutes les fois que cela serait possible".

2. Qu'il lui achète une parure en or pour une valeur de dix mille livres et qu'il paie une dot d'un montant de vingt mille livres à condition que la dot différée*** n'excède pas cinq mille livres.

3. Que le mariage soit maintenu secret et qu'il soit clair que, au cas où la hadja Saliha, sa première épouse, viendrait à prendre connaissance de son nouveau mariage, il serait dans l'obligation de divorcer immédiatement de Soad.

---

* Deux prosternations pour demander à Dieu de vous inspirer une conduite sur un point précis.
** Quartier populaire au centre d'Alexandrie, à côté du consulat général de France.
*** La part qui n'est payée qu'en cas de divorce.

4. Qu'il se mariait conformément à la loi de Dieu et de son Prophète mais qu'il ne souhaitait absolument pas avoir d'enfant.

Le hadj insista sur cette dernière clause et il fit comprendre à Hamido, avec la plus grande clarté, que ni son âge ni sa condition ne lui permettaient d'être père d'un enfant maintenant et que si Soad était enceinte cela serait considéré comme invalidant immédiatement leur accord.

*

— Qu'as-tu ?

Ils étaient au lit, Soad avec sa chemise de nuit bleue qui découvrait une poitrine abondante et frémissante et des cuisses et des bras d'un blanc éclatant, le hadj Azzam allongé à ses côtés sur le dos dans sa *galabieh* blanche. C'était leur heure. Chaque jour, après avoir fait au bureau la prière de l'après-midi, il montait la rejoindre dans l'appartement luxueux qu'il avait acheté pour elle au septième étage de l'immeuble. Ils déjeunaient puis ils couchaient ensemble jusqu'à l'heure du dîner. Ensuite il la quittait jusqu'au lendemain. C'était la seule façon de s'organiser qui lui permettait de la voir sans troubler sa vie de famille. Mais aujourd'hui, contrairement à son habitude, il était épuisé et anxieux. Il pensait à quelque chose qui l'avait préoccupé tout au long de la journée et cela l'avait fatigué. Il avait une forte migraine et des nausées provoquées par les cigarettes de haschich qu'il avait fumées après le repas. Au fond de lui-même, il espérait que Soad le laisserait dormir un peu mais elle tendit les bras et prit sa tête entre ses tendres mains d'où émanait un agréable parfum. Elle le regarda longuement de ses grands yeux et lui murmura :

— Qu'as-tu, mon chéri ?

Le hadj sourit :

— Il y a toujours beaucoup de problèmes au travail.

— Grâce à Dieu, tu as la santé. C'est le plus important.

— Grâce à Dieu.

— Par Dieu tout-puissant, ce bas monde tout entier ne mérite pas qu'on se fasse du souci une seule seconde.

— Tu as raison.

— Parle-moi de ce qui te préoccupe, hadj.

— Comme si tu n'avais pas assez de problèmes !

— Tu n'as pas honte ? Est-ce que j'ai quelque chose de plus important que toi ?

Le hadj sourit avec reconnaissance en la regardant. Il se rapprocha d'elle, lui appliqua un baiser sur la joue puis repoussa un peu la tête en arrière et lui dit d'une voix sérieuse :

— Avec la permission de Dieu, j'ai l'intention de me présenter à l'Assemblée du peuple.

— L'Assemblée du peuple ?

— Oui.

Elle fut un peu décontenancée parce qu'elle ne s'y attendait pas, mais elle retrouva rapidement ses esprits, un sourire heureux s'épanouit sur son visage et elle lui dit gentiment :

— Quelle bonne nouvelle ! Je ne sais pas quoi faire : je pousse des youyous ?

— Attends d'abord que Dieu me fasse gagner.

— Avec sa permission.

— Tu sais, Soad, si j'entre à l'assemblée, c'est avec les millions que je vais compter.

— Bien sûr que tu y entreras. Comment veux-tu qu'ils trouvent quelqu'un de mieux que toi ?

Puis elle tendit les lèvres comme si elle gazouillait avec un bébé et se mit à lui parler au féminin :

— Mais j'ai peur qu'on te vole à moi, ma poupée, quand on te verra comme ça, belle comme la lune, passer à la télévision.

Le hadj éclata de rire. Elle s'approcha de lui jusqu'à ce qu'il sente la chaleur de son corps bouillonnant. Elle tendit la main vers lui dans une longue et lente caresse qui finit par faire son effet et elle éclata d'un rire dévergondé en le voyant plein d'ardeur et si pressé qu'en enlevant sa *galabieh* il se coinça la tête dans l'ouverture.

*

Quand on assiste à la projection d'un film, on se plonge dans son action, on est ému et, à la fin, les lumières s'allument, on revient à la réalité, on quitte le cinéma, on est cinglé par l'air froid de la rue pleine de voitures et de passants et tout reprend sa taille naturelle ; on se souvient de tout ce qui est arrivé en sachant qu'il ne s'agit que d'un film, rien d'autre que du cinéma : de la même façon Taha Chazli revoyait les événements de cette journée.

Le passage devant le jury, le long couloir recouvert d'un tapis rouge moelleux, la longue salle avec son haut plafond, le grand bureau tellement surélevé au-dessus du sol qu'il ressemblait au prétoire d'un tribunal, le fauteuil de cuir bas sur lequel il était assis, les trois généraux, gros et boursouflés, dans leur uniforme blanc avec des boutons dorés et brillants, les insignes de leur grade et leurs décorations qui étincelaient sur leur poitrine et sur leur épaule. Le général présidant le jury lui souhaitait la bienvenue avec le sourire réglementaire puis faisait un signe à son voisin de droite dont les bras étaient posés sur le bureau et qui, penchant en avant sa tête chauve, commençait à lui poser des questions. Pendant ce temps, les autres l'examinaient comme s'ils pesaient chacune des paroles qu'il prononçait et surveillaient toutes les expressions qui se dessinaient sur son visage.

Les questions étaient tombées comme prévu : ses amis officiers lui avaient assuré que les questions du jury étaient toujours les mêmes. L'épreuve tout entière n'était qu'une formalité qui avait pour but soit d'écarter les éléments extrémistes sur la foi des rapports de la Sécurité, soit de confirmer l'admission de ceux qui avaient la chance d'avoir des relations. Taha avait appris par cœur les questions attendues et leurs réponses types et il répondit au jury avec calme et assurance. Il dit qu'il avait été reçu au baccalauréat avec une moyenne élevée qui lui permettait d'être admis dans une excellente faculté mais qu'il avait préféré l'école de police pour servir son pays en tant qu'officier de police. Il déclara que le rôle de la police ne se limitait pas à la sécurité comme beaucoup le croyaient mais que c'était également un rôle social et humanitaire. Il donna des exemples dans ce sens puis il parla de la sécurité préventive sur le plan de la définition et des méthodes. La satisfaction se lisait si clairement sur le visage des examinateurs que le président du jury opina deux fois du chef pour approuver ses réponses.

Il prit pour la première fois la parole pour demander à Taha ce qu'il ferait si, sur le point d'arrêter un criminel, il se rendait compte que c'était un de ses amis d'enfance. Taha avait prévu la question et tenait sa réponse prête. Il fit cependant semblant de réfléchir un peu pour faire une plus grande impression sur les examinateurs avant de dire :

"Monsieur, le devoir ne connaît ni amis ni parents. Le policier, comme le soldat pendant la bataille, doit faire son devoir, sans aucune autre considération… au service de Dieu et de la Patrie."

L'officier sourit et hocha la tête en signe de franche admiration. Le silence se fit, comme si l'épreuve était finie, et Taha s'attendait qu'on lui dise qu'il pouvait disposer mais le président fixa soudain les yeux sur les papiers devant lui comme s'il y découvrait quelque chose. Il souleva légèrement une feuille pour s'assurer de ce qu'il venait de lire, puis demanda à Taha en évitant de le regarder dans les yeux :

— Dis-moi, Taha, quel est le métier de ton père ?

— Employé, monsieur.

C'était ce qui était écrit sur le formulaire d'inscription. Il avait payé cent livres de bakchich au cheikh du quartier pour qu'il signe l'attestation.

— Employé ou gardien d'immeuble ?

— …

Taha se tut un instant, puis dit d'une voix faible :

— Mon père est gardien d'immeuble, monsieur.

L'officier qui présidait le jury sourit puis parut embarrassé. Il se pencha sur les papiers qui étaient devant lui et y inscrivit quelque chose

avec soin, puis leva la tête avec le même sourire
et dit :

— Merci mon fils, tu peux disposer.

*

Sa mère soupira :

— Peut-être détestez-vous une chose alors
qu'elle est bonne pour vous…

Boussaïna s'écria avec vivacité :

— Qu'est-ce que c'est que ça, un officier de
police ? Il y a plus d'officiers que de malheurs
dans nos cœurs ! Ah, c'est beau un uniforme, si
tu ne gagnes que quelques millimes* !

Taha avait passé la journée à errer dans les
rues jusqu'à ce que, brisé de fatigue, il revienne
sur la terrasse s'asseoir sur le canapé, la tête
basse, dans son costume du matin, qui avait perdu
maintenant sa splendeur, s'était avachi et avait
l'air bon marché et misérable. Sa mère essaya de
le réconforter :

— Mon fils, tu te compliques la vie plus que
nécessaire. Il te reste beaucoup d'autres facultés
meilleures que la police…

Taha resta silencieux, la tête baissée. Les paroles de sa mère n'étaient pas à la hauteur de la
situation. Elle s'éloigna rapidement vers la cuisine en le laissant avec Boussaïna qui le rejoignit
sur le canapé, se rapprocha de lui et lui chuchota
tendrement :

— Je t'en prie, Taha, arrête de te tourmenter.

* Une livre est divisée en mille millimes. Les salaires des
fonctionnaires sont très faibles en Egypte, ce qui les
oblige à avoir un deuxième métier, ou à rentabiliser au
mieux leurs fonctions.

Sa voix le fit réagir et il s'écria avec amertume :

— Je suis en colère de m'être donné tant de peine. S'ils avaient mis dès le début comme condition le métier du père, j'aurais compris. Il fallait qu'ils disent "interdit aux fils de concierge"... De plus, tout cela, c'est contraire à la loi. J'ai consulté un avocat et il m'a dit que si je leur faisais un procès je le gagnerais.

— Quel procès ? Laisse tomber ! Tu veux mon avis ? Avec la moyenne que tu as, tu entres dans la meilleure faculté de l'université, tu en sors avec mention très bien, tu vas te faire un peu d'argent dans un pays du Golfe et tu reviens ici vivre comme un roi.

Taha la regarda longuement, puis baissa à nouveau la tête. Elle reprit :

— Tu vois, Taha, c'est vrai que j'ai un an de moins que toi, mais je travaille et le travail m'a beaucoup appris : ce pays n'est pas notre pays, Taha, c'est le pays de ceux qui ont de l'argent. Si tu avais eu deux mille livres et que tu les avais données en bakchich, personne ne t'aurait demandé le métier de ton père. Gagne de l'argent, Taha, tu auras tout ce que tu voudras mais si tu restes pauvre on te marchera dessus.

— Je ne peux pas les laisser faire sans rien dire. Il faut que je dépose une plainte.

— Tu vas te plaindre de qui et à qui ? Ecoute-moi : laisse tomber ces idées qui ne mènent à rien. Fais des efforts, obtiens ton diplôme et ne reviens pas ici avant d'être riche... Et si tu ne reviens jamais, c'est encore mieux.

— Alors tu penses que je dois aller dans un pays du Golfe ?

— Bien sûr !

— Et toi, tu viendras avec moi ?

La question la surprit et elle bredouilla en évitant son regard :

— Si Dieu le veut.

Mais il lui dit avec tristesse :

— Tu as changé à mon égard, Boussaïna, je le sais.

Boussaïna vit poindre à l'horizon une nouvelle dispute et elle lui répondit en soupirant :

— Tu es épuisé maintenant. Va dormir. Nous parlerons demain.

Elle partit mais il ne dormit pas. Il continua à penser. Cent fois il revit le visage de l'officier qui présidait le jury pendant qu'il lui disait avec lenteur, comme s'il se délectait de son humiliation :

— Ton père est gardien d'immeuble, mon fils ?

Quel mot étrange qui ne lui était pas venu à l'esprit et auquel il ne s'attendait absolument pas, un mot qui résumait toute sa vie, un mot avec lequel il avait longtemps vécu, dont l'abjection l'avait fait souffrir, auquel il avait résisté avec acharnement, dont il avait essayé de se délivrer en déployant ses efforts pour forcer le passage, à travers l'école de police, vers une existence convenable et respectable, mais ce mot – gardien – l'attendait au bout de cet éprouvant parcours pour tout démolir, au dernier moment.

Pourquoi ne l'avait-on pas prévenu dès le commencement ? Pourquoi l'officier l'avait-il laissé continuer jusqu'au bout et s'était-il montré satisfait par ses réponses aux questions avant de lui assener le coup fatal… "Disparais de ma vue, fils de portier… tu veux entrer dans la police, fils de portier ? Le fils du portier va devenir officier ? Par Dieu tout-puissant !"

Taha allait et venait dans la pièce. Il décida de réagir. Il se dit qu'il n'était pas possible de se taire quand on l'humiliait de cette façon, qu'il n'était pas possible que toutes ses peines se trouvent perdues en un instant… Peu à peu, il se mit à imaginer des scènes de vengeance fantastiques. Il se voyait, par exemple, adresser aux officiers membres du jury des propos pathétiques sur l'égalité des chances, le droit, la justice que nous avaient prescrits Dieu et son Prophète, que la bénédiction et le salut de Dieu soient sur lui. Il continuerait à les admonester jusqu'à ce qu'ils fondent de remords pour ce qu'ils avaient fait et qu'ils s'excusent auprès de lui et annoncent son admission à l'école… Dans une autre scène, il se voyait prenant par le collet l'officier qui assurait la présidence et lui criant au visage : "Qu'est-ce que ça peut te faire, le métier de mon père, espèce de malhonnête et de corrompu ?" Puis il lui donnait de violents coups de poing au visage, qui le faisaient tomber par terre, couvert de sang… Il avait l'habitude de s'imaginer des scènes de ce genre quand il affrontait des situations difficiles face auxquelles il était impuissant. Mais cette fois-ci ces scènes de vengeance, malgré leur violence, ne suffisaient pas à apaiser sa rage et il était oppressé par le sentiment de son humiliation. Soudain, une idée lui vint et s'imposa à lui. Il s'assit devant son petit bureau, sortit une feuille et un stylo et écrivit en gros, en tête de page : "Au nom de Dieu puissant et miséricordieux, plainte adressée à Son Excellence M. le président de la République." Il s'arrêta un instant, releva la tête et se sentit réconforté par l'aspect majestueux des termes et par leur gravité. Puis il se plongea dans l'écriture.

J'ai laissé cet espace vide parce que je n'ai pas trouvé quoi y écrire.

Les mots servent à peindre les douleurs et les joies habituelles mais la plume est incapable de décrire les moments de bonheur intense comme ceux qu'a connus Zaki Dessouki avec sa bien-aimée Rabab. Malgré ce qui est survenu de douloureux, Zaki continuera à se souvenir de la belle Rabab au visage hâlé et ensorceleur avec ses grands yeux noirs et ses lèvres rouges et charnues. Elle avait défait ses cheveux qui flottaient dans son dos. Elle s'était assise devant lui, sirotant son whisky et le cajolant de sa voix aguichante. Puis elle l'avait quitté pour aller à la salle de bains et en était revenue vêtue d'une chemise de nuit courte et fendue qui révélait ses charmes. Avec un sourire enjoué elle lui avait demandé :

— Où allons-nous dormir ?

Puis cette jouissance impétueuse que lui avait procurée son corps souple et chaud. Zaki bey se souvenait de tous les détails merveilleux de l'amour. Mais soudain l'image se brouille dans sa tête, se trouble brutalement et laisse derrière elle un vide ténébreux et une sensation douloureuse de mal de tête et de nausée. La dernière chose dont il se souvient, c'est d'avoir entendu un son faible, comme un sifflement, suivi d'une odeur pénétrante qui irrita sa muqueuse nasale. Rabab, à ce moment-là, l'observa d'un regard indéchiffrable, comme si elle attendait quelque chose. Ensuite, Zaki bey ne se souvenait plus de rien.

Il se réveilla avec difficulté, une énorme migraine lui donnant des coups de marteau dans la tête. Il trouva Abaskharoun debout à ses côtés, l'air anxieux, qui murmura avec sollicitude :

— Monsieur, vous êtes malade. J'appelle le docteur ?

Zaki souleva avec difficulté sa tête lourde. Il faisait des efforts épuisants pour retrouver son esprit en miettes. Il avait l'impression d'avoir dormi longtemps et voulut savoir l'heure. Il tourna le regard vers sa montre en or mais il ne la trouva pas. Il ne trouva pas non plus son portefeuille sur sa table de chevet où il l'avait laissé. Il se rendait compte qu'il avait été victime d'une agression. Petit à petit, il se mit à recenser ses pertes.

En plus de la montre en or et des cinq cents livres qui étaient dans son portefeuille, Zaki bey avait perdu un assortiment de stylos en or de marque Cross (qu'il n'avait pas utilisés et qui étaient encore dans leur boîte) et des lunettes de soleil de marque Pyrsol. Mais la plus grande catastrophe était le vol d'une bague de diamants appartenant à sa sœur aînée, Daoulet Dessouki.

— J'ai été volé, Abaskharoun, Rabab m'a volé, répétait Zaki bey, nu sur le bord du lit qui était, il y a peu, un prélude à l'amour.

A cet instant, en sous-vêtements, avec son corps chétif et sa bouche édentée et close (il avait enlevé son dentier pour pouvoir embrasser sa bien-aimée), il ressemblait à un acteur comique au repos entre deux apparitions sur scène. Profondément misérable, il prit sa tête entre ses mains. Bouleversé par ce qui était arrivé et nerveux comme un chien enfermé dans une cage, Abaskharoun frappait le sol de ses béquilles et arpentait la pièce dans tous les sens. Puis il se pencha vers son maître et lui dit d'une voix haletante :

— Monsieur, nous allons dénoncer cette putain à la police.

Zaki bey réfléchit un peu, puis secoua la tête en signe de refus et resta silencieux. Abaskharoun se rapprocha encore de lui et murmura :

— Monsieur, elle vous a versé quelque chose ou bien elle vous a aspergé le visage avec quelque chose ?

Zaki Dessouki avait besoin de cette question pour laisser éclater sa colère. Il explosa et abreuva le pauvre Abaskharoun d'injures mais pour finir il l'appela à l'aide pour se lever et s'habiller. Puis il décida de sortir.

C'était le milieu de la nuit et les commerces de la rue Soliman-Pacha avaient fermé leurs portes. Zaki traînait les pieds en titubant sous l'effet de la migraine et de l'épuisement et, petit à petit, la rage l'envahit… Il se souvenait des efforts qu'il avait déployés et de l'argent qu'il avait dépensé pour Rabab, ainsi que de toutes les choses précieuses qu'elle lui avait volées. Comment cela avait-il pu lui arriver, à lui, le distingué Zaki Dessouki, le grand séducteur de femmes, l'amant des princesses ? Trahi et dépouillé par une méprisable prostituée. Peut-être était-elle maintenant avec son amant en train de lui donner ses lunettes Pyrsol et ses stylos Cross en or (pas encore utilisés) et de rire ensemble du vieux jobard qui avait gobé la farce. Ce qui ajoutait encore à sa colère, c'était qu'il ne pouvait pas s'adresser à la police, de peur du scandale dont les amies de sa sœur Daoulet ne manqueraient pas immédiatement de l'informer. Il ne pouvait pas non plus pourchasser Rabab ou se plaindre au *Cairo Bar* où elle travaillait, car il savait pertinemment que le patron du bar et tous ceux qui y travaillaient étaient des familiers du crime et avaient des antécédents judiciaires. Peut-être que le vol avait eu lieu pour leur compte. Il était de toute façon impensable qu'ils prennent son parti contre Rabab et il était même très probable qu'ils le frapperaient comme lui-même l'avait vu faire auparavant avec des clients querelleurs.

Il ne lui restait plus qu'à oublier complètement l'incident mais comme c'était difficile et douloureux ! Sans compter la grande inquiétude qui lui taraudait le cœur à cause du vol de la bague de sa sœur Daoulet. Il commença à se faire des reproches : quand il avait récupéré la bague chez le bijoutier Babazian, après que celui-ci l'eut réparée, pourquoi l'avait-il gardée au bureau au lieu de la remettre immédiatement à Daoulet ? Qu'allait-il faire maintenant ? Il ne pouvait pas acheter une nouvelle bague et, même s'il l'avait pu, Daoulet connaissait ses bijoux aussi bien qu'elle connaissait ses enfants ! Il avait plus peur d'affronter Daoulet que de n'importe quoi d'autre, au point que, lorsqu'il arriva à sa maison, passage Bahlar, il s'arrêta en hésitant devant l'entrée et l'idée lui vint d'aller dormir chez un ami, mais il était tard et la fatigue qu'il ressentait le poussa à monter.

*

— Où était Son Excellence le bey ?

C'est ainsi que l'accueillit Daoulet dès qu'il entra dans l'appartement. Elle l'attendait dans l'entrée, sur le fauteuil en face de la porte. Elle avait enroulé sur des bigoudis les mèches de ses cheveux teints et recouvert son visage ridé d'une épaisse couche de crème. Une cigarette allumée pendait au coin de sa bouche, dans un petit fume-cigarette en or. Elle était vêtue d'une robe de chambre bleue qui recouvrait son maigre corps et ses pieds étaient passés dans des pantoufles en forme de lapin blanc. Elle était en train de tricoter. Ses mains remuaient rapidement, d'une façon mécanique, sans s'interrompre ni ralentir, comme si elles étaient indépendantes du reste de son corps. Elle était capable, à force d'habitude, de fumer, de tricoter et de parler en même temps.

— Bonsoir, dit rapidement Zaki en tentant de rejoindre sa chambre.

Daoulet lança immédiatement l'attaque :

— Tu te crois où ? Tu te crois à l'hôtel ? Tu n'as pas froid aux yeux ! Cela fait trois heures que je t'attends en allant de la porte à la fenêtre. J'ai failli appeler la police. J'ai pensé qu'il t'était arrivé quelque chose. Tu n'as pas honte ! Je suis malade. Tu veux me tuer. Mon Dieu, aie pitié de moi, prends-moi et accorde-moi le repos.

Ce n'était là que le bref préambule d'une dispute en quatre actes qui pouvait durer jusqu'au matin. Zaki lui répondit en traversant rapidement le vestibule :

— Je suis désolé, Daoulet, je suis vraiment épuisé. Je vais dormir et demain, si Dieu le veut, je te raconterai ce qui m'est arrivé.

Mais Daoulet comprit qu'il tentait de fuir. Elle posa ses aiguilles à tricoter et se précipita vers lui en hurlant de toutes ses forces :

— Fatigué de quoi, monsieur ? Des femmes que tu passes ton temps à renifler comme un chien ? Reviens à la raison, mon vieux. Tu peux mourir d'un instant à l'autre. Que diras-tu à Notre-Seigneur quand tu le rencontreras ?

Tout en vociférant, Daoulet poussa Zaki avec force dans le dos. Elle le fit un peu vaciller, mais il rassembla ses forces et fila rapidement à l'intérieur de la pièce et, en dépit de la violente résistance de Daoulet, il réussit à fermer la porte derrière lui et mit la clef dans sa poche. Daoulet continua à hurler et à secouer la poignée de la porte pour l'ouvrir, mais Zaki sentit qu'il était sauvé et il se dit qu'elle n'allait pas tarder à se lasser et à s'éloigner. Il s'allongea tout habillé sur son lit et, épuisé et triste, passa en revue les événements de la journée. Il murmura en français :

— Quelle triste journée !

Puis il se mit à penser à Daoulet. Il se demandait comment sa sœur chérie était devenue cette vieille méchante et détestable.

Elle avait seulement trois ans de plus que lui. Il se souvenait d'elle lorsqu'elle était une belle et douce jeune fille, vêtue de l'uniforme bleu marine et jaune de La Mère de Dieu*, apprenant par cœur des fables de La Fontaine et, dans les soirées d'été, jouant du piano dans le salon de leur vieille maison de Zamalek (que le pacha avait vendue après la révolution). Elle jouait si merveilleusement que Mme Chédid, son professeur de musique, s'était ouverte au pacha de la possibilité de la présenter au concours international des jeunes talents à Paris, mais le pacha avait refusé. Elle se maria très vite avec le capitaine d'aviation Hassan Chawket dont elle eut un garçon et une fille (Hanna et Dounia). Puis survint la révolution. Chawket fut mis à la retraite à cause de ses liens étroits avec la famille royale et il mourut rapidement, avant d'avoir atteint ses quarante-cinq ans. Ensuite, Daoulet

* Une des écoles de langues les plus huppées du Caire, appartenant à un ordre catholique mais accueillant dès l'origine des jeunes filles de la bonne société sans distinction de religion. Les écoles de langue sont des écoles privées relevant pour la plupart de congrégations catholiques (même si la majorité des élèves est musulmane) où l'on enseigne les matières scientifiques dans une langue étrangère (généralement le français).

se maria encore deux fois sans avoir d'enfant. Deux mariages ratés qui ne lui apportèrent que de l'amertume, de la nervosité et l'incapacité à se passer du tabac. Sa fille grandit, se maria et émigra au Canada puis, quand son fils eut terminé avec succès ses études de médecine, elle lui livra une bataille acharnée pour l'empêcher de s'exiler. Elle pleura, cria, supplia tous ses proches de le convaincre de rester avec elle, mais le jeune médecin (comme la plupart de ceux de sa génération) était désespéré par l'état dans lequel se trouvait l'Egypte et il persista dans sa volonté d'émigrer. Il proposa à sa mère de l'accompagner mais elle refusa et resta seule. Elle loua en meublé son appartement de Garden City et alla s'installer chez Zaki dans le centre-ville.

Dès le premier jour, les deux vieillards ne cessèrent de se chamailler et de se quereller comme s'ils étaient les pires ennemis. Zaki était habitué à son indépendance et à sa liberté et il lui fut difficile d'accepter de partager sa vie avec une autre personne, d'être obligé d'accepter des horaires pour le sommeil et les repas, d'informer Daoulet à l'avance s'il voulait rentrer tard le soir. Sa présence lui interdisait d'inviter ses maîtresses à la maison et ce qui ajouta à ses tourments, ce fut son ingérence sans retenue dans ses affaires les plus intimes et ses perpétuelles tentatives de le gouverner. De son côté, Daoulet souffrait de sa solitude. Elle était malheureuse. Cela l'attristait de terminer sa vie sans avoir rien acquis ni réalisé, après avoir échoué dans ses mariages et avoir été abandonnée dans sa vieillesse par ses enfants. Ce qui l'irritait au plus haut point, c'était que Zaki, lui, n'avait absolument pas l'allure d'un vieillard décrépit attendant la mort. Il continuait à se parfumer, à se faire beau et à courir les femmes. Dès qu'elle le voyait soigner sa tenue, rire et chantonner devant son miroir, dès qu'elle remarquait qu'il était heureux, elle se sentait pleine de rage et ne se calmait pas avant de l'avoir agressé et fustigé par ses propos. Elle attaquait son comportement puéril et ses incartades, non par sens moral mais parce que sa rage de vivre exacerbée n'était pas en harmonie avec le désespoir qu'elle-même ressentait. Son irritation contre lui ressemblait à la colère de ceux qui viennent tristement présenter leurs condoléances à un homme qui éclate de rire en pleine cérémonie. Entre les deux vieillards, il y avait aussi toute la morosité, l'impatience, l'opiniâtreté qui accompagnent la vieillesse, en plus de cette tension que suscite toujours le rapprochement de deux personnalités plus longtemps que nécessaire. L'un des deux occupe longtemps la salle de bains alors que l'autre veut l'utiliser, l'un voit le visage renfrogné de l'autre au moment du réveil, l'un a besoin de silence tandis que l'autre s'obstine à parler... Il suffit même de la simple présence d'une autre personne qui ne vous quitte ni le jour ni la nuit, dont le regard vous fixe, qui vous prend à partie, qui reprend ce que vous dites, qui s'assoit pour manger avec vous alors que le bruit de ses molaires lorsqu'elle mastique vous irrite et que vous deviez insupportable jusqu'au bruit que produit sa cuillère heurtant l'assiette.

Zaki bey Dessouki resta allongé dans son lit, se remémorant les événements et, peu à peu, le sommeil le gagna, mais sa triste journée n'était pas encore terminée. A peine commença-t-il à plonger dans le sommeil, il entendit le bruit de la clef de secours, dont Daoulet savait où elle se trouvait, qui ouvrait la porte. Elle s'approcha de lui, les yeux exorbités de fureur, et lui dit d'une voix haletante d'émotion :

— Zaki, où est la bague ?

*

… Et ainsi, Votre Excellence, monsieur le président, vous pourrez voir que votre fils Taha Mohammed Chazli a été victime d'une injustice de la part de Son Excellence le général président du jury d'admission de l'école de police. Le Prophète, bénédiction et salut de Dieu sur lui, a dit dans son hadith authentique : "Il anéantit ceux qui sont venus avant vous, car ceux-là, si un noble parmi eux commettait un vol, le laissaient faire, alors que si c'était un pauvre, ils le punissaient… Par Dieu, si Fatima, fille de Mohammed, commettait un vol, je lui trancherais la main." En vérité, ainsi dit le Prophète de Dieu.

Monsieur le président,

J'ai fait beaucoup d'efforts et enduré beaucoup de fatigue pour obtenir une moyenne de quatre-vingt-neuf pour cent au baccalauréat littéraire. Grâce à Dieu, j'ai pu franchir avec succès toutes les épreuves d'admission à l'école de police. Est-il juste, monsieur le président, que je sois privé de cette admission simplement parce que mon père, un homme digne et pauvre, travaille comme gardien d'immeuble ? Le travail de gardien d'immeuble n'est-il pas un travail honorable, monsieur le président ? Je vous prie, monsieur le président, d'accueillir ma plainte avec le regard d'un père affectueux qui ne peut accepter que son fils soit victime d'une injustice.

Monsieur le président, mon avenir est suspendu à la réponse de Votre Excellence et, par la volonté de Dieu, je suis certain d'être traité avec justice par vos mains généreuses.

Que Dieu vous accorde une longue vie pour le bien de l'islam et des musulmans.

Votre fils fidèle,
Taha Mohammed Chazli,
carte d'identité numéro 19578, Kasr-el-Nil.
Adresse : immeuble Yacoubian,
34, rue Talaat-Harb. Le Caire.

*

Heureux et fier comme un chef militaire victorieux entrant à la tête d'un cortège triomphal dans une ville qu'il vient de conquérir à la suite d'âpres combats, Malak Khalo apparut sur la terrasse de l'immeuble pour prendre possession de sa nouvelle pièce. Il était vêtu d'un modeste costume bleu qu'il gardait pour les grandes occasions et autour de son cou était suspendu un mètre ruban qui était pour lui (comme les galons pour l'officier ou le stéthoscope pour le médecin) le signe distinctif de son métier de maître artisan chemisier. Une équipe d'ouvriers était venue avec lui ce matin pour aménager la pièce : un soudeur, un électricien, un plombier ainsi que plusieurs jeunes apprentis.

Maître Malak murmura une prière d'action de grâce à la Vierge puis tendit la main pour ouvrir la pièce pour la première fois. A l'intérieur, l'air sentait le moisi, car elle était restée fermée pendant une année complète depuis la mort d'Atia, le marchand de journaux (dont Malak trouva quelques affaires qu'il ordonna aux jeunes garçons de rassembler dans une grande boîte en carton). Maintenant, Malak se tenait debout au milieu de la pièce. Il avait ouvert la fenêtre et le soleil envahissait le local. Il donnait des instructions détaillées et précises sur ce qu'il fallait faire. De temps en temps, un habitant de la terrasse s'arrêtait et regardait, par simple curiosité, ce qui se passait. Certains regardaient rapidement, puis s'en allaient. D'autres congratulaient Malak pour sa nouvelle pièce en lui souhaitant le succès. Mais tous les habitants de la terrasse n'étaient pas aussi aimables.

En moins d'une demi-heure, la nouvelle se répandit et soudain apparurent à la porte de la pièce deux individus – le professeur Hamed Hawas et Ali le chauffeur – qui ne manifestaient pas la moindre bienveillance à l'égard des nouveaux venus. Le premier était un fonctionnaire de l'Office national de l'assainissement. Son supérieur hiérarchique était mécontent de lui et il avait été transféré de Mansoura où il résidait au Caire. Il avait loué une chambre sur la terrasse où il habitait seul et, depuis des années, il déployait tous ses efforts pour faire annuler sa mutation arbitraire et revenir chez lui. Le professeur Hamed Hawas était un grand rédacteur de plaintes officielles. Il se sentait envahi d'une véritable jouissance à sélectionner un sujet de plainte, à formuler celle-ci avec éloquence, à la rédiger d'une écriture ordonnée, facile à lire puis à suivre l'affaire jusqu'à la fin, quelque peine que cela lui procure, car il se considérait, en quelque sorte, responsable du bon fonctionnement de l'ensemble des services publics que ce soit dans un endroit où il habite, ou qu'il ne fasse qu'y passer. Il trouvait toujours le temps, par exemple, de se rendre quotidiennement à la mairie du quartier, au gouvernorat* ou à la police des services publics où il déposait ses plaintes, qu'il suivait

* Circonscription administrative dirigée par un gouverneur.

ensuite d'une manière pressante et opiniâtre, contre les marchands ambulants qui stationnaient dans des rues très éloignées de l'endroit où il habitait parce qu'il estimait qu'il était de son devoir de pourchasser inlassablement tous les contrevenants par des plaintes incessantes jusqu'à ce que la police finisse par agir, les arrête et saisisse leur marchandise. Alors, le professeur Hawas observait de loin le spectacle, avec la satisfaction de celui qui a accompli son devoir sans défaillance.

Quant à Ali le chauffeur, c'était un ivrogne qui avait dépassé la cinquantaine sans s'être marié. Il était chauffeur à la Société nationale de produits pharmaceutiques. Tous les jours, à la sortie de son travail, il allait au bar *Orabi*, place Tewfikieh, où il déjeunait et restait à boire de l'alcool jusqu'au milieu de la nuit. Sa solitude et les mauvais alcools qu'il avait l'habitude de boire l'avaient rendu brutal et hargneux. Il était toujours à la recherche d'une bagarre pour évacuer son agressivité.

Le professeur Hawas s'approcha de Malak, le salua puis s'adressa à lui d'une manière extrêmement polie :

— Mon frère, en ce qui concerne cette pièce, avez-vous un contrat avec le propriétaire de la maison qui vous donne le droit de l'utiliser comme local commercial ?

— Bien sûr que j'ai un contrat, lui répondit Malak avec fougue. Il sortit de son petit portedocuments en cuir une copie du contrat signé avec Fikri Abd el-Chahid. Hamed saisit la feuille, mit ses lunettes, l'examina soigneusement, puis la rendit à Malak en lui disant calmement :

— Un contrat sous cette forme n'est pas valable.

— Pas valable ? réagit Malak, effrayé.

— Bien sûr, pas valable. D'après la loi, la terrasse relève des parties communes et un bien qui relève des parties communes ne peut être loué pour un usage commercial.

Malak ne comprenait pas ce langage et ouvrit de grands yeux furieux sur le professeur Hamed qui poursuivit d'un ton assuré :

— Il y a toute une jurisprudence en cassation à ce sujet et l'affaire est sans appel. Le contrat n'est pas valable et vous n'avez pas le droit d'utiliser cette pièce.

— Mais vous habitez bien tous sur la terrasse. Pourquoi pas moi ?

— Nous nous servons de nos pièces à usage d'habitation, ce qui est légal, tandis que, vous, vous exploitez cette pièce dans un but commercial, ce qui est illégal. Nous ne pouvons en aucun cas l'admettre.

— Très bien… Plaignez-vous au propriétaire pour m'avoir donné ce contrat.

— Pas du tout. La loi t'interdit formellement d'utiliser cette pièce et c'est à nous, en tant qu'habitants ayant subi un préjudice, de t'en empêcher.

— C'est-à-dire ?

— C'est-à-dire que tu prends tes cliques et tes claques et tu files, ça vaut mieux pour toi, intervint Ali le chauffeur, de sa voix rauque, en regardant Malak avec un air de défi.

Puis il ajouta en lui posant la main sur l'épaule d'une façon clairement menaçante :

— Ecoute, capitaine, cette terrasse, elle est réservée aux familles respectables. Ce n'est pas possible – ni aujourd'hui ni à la fin du monde – que tu viennes y ouvrir un local et que tes ouvriers et tes clients viennent regarder les femmes entrer et sortir. Tu as compris, oui ou non ?

Malak, qui se rendait compte que la situation était grave, répondit rapidement :

— Mais, monsieur le pacha, tous mes ouvriers sont hautement qualifiés, grâce à Dieu. Ils sont tous polis et ils savent vivre. De plus, pour ce qui est des femmes de la terrasse, je m'en porte personnellement garant.

— Ecoute, assez de discours ! Ramasse tes affaires et que Dieu te protège !

— Bon Dieu, mais qu'est-ce qui se passe ? Qu'est-ce que c'est que cette entourloupe ?

— Eh oui, une entourloupe, fils de ta mère ! répondit Ali.

Il tira Malak par le col et lui donna une gifle, en signal du début du combat. C'était un bagarreur expérimenté. Il faisait cela comme s'il accomplissait une formalité routinière et simple, comme s'il pratiquait un hobby. Il commença par donner à Malak un coup de tête énergique, puis deux coups de poing dans l'estomac et un troisième puissant et sonore dans le nez. Un filet de sang se mit à couler sur le visage de Malak qui essaya de résister et envoya un coup de poing symbolique et inefficace dans le visage de son adversaire. Le coup rata son but et Malak se mit à crier pour protester tout en recevant des coups violents. Le tohu-bohu était à son comble. Pour éviter les problèmes, les ouvriers prirent le large. Les gens accoururent de tous côtés pour regarder le spectacle. Abaskharoun apparut soudain sur la terrasse et se mit à crier, à pousser des lamentations en appelant à l'aide. La bagarre dura jusqu'à ce que le chauffeur réussisse à chasser Malak de sa pièce. Le professeur Hamed Hawas s'était esquivé dès le début pour appeler police secours depuis le téléphone du kiosque du marchand de cigarettes, en face de l'immeuble. Un jeune officier de police, accompagné de plusieurs hommes de troupe et d'indicateurs, arriva rapidement et arrêta tous les participants à la bagarre : Malak, les garçons, Abaskharoun et Ali le chauffeur. Pour sa part, Hamed Hawas s'approcha de l'officier, le salua aimablement et lui dit :

— Son Excellence le pacha a étudié le droit. Le frère (désignant Malak) veut ouvrir un local commercial sur la terrasse. Or, la terrasse relève des parties communes et il n'est pas possible de l'utiliser commercialement et, comme Son Excellence le sait, bien sûr, c'est un crime que la loi qualifie de "violation de propriété", ce qui est puni d'une peine de prison pouvant aller jusqu'à trois ans.

— Vous êtes avocat ? demanda l'officier au professeur Hawas qui répondit, sûr de lui :

— Non, monsieur le pacha. Excellence, je suis Hamed Hawas, sous-directeur du contrôle à l'Office national de l'assainissement du secteur de Mansoura et je suis également un des habitants subissant un préjudice du fait de la violation de leurs droits sur les parties communes de la terrasse. Comment le propriétaire pourrait-il, Excellence, louer la terrasse pour un usage commercial ! Ce serait une atteinte flagrante à l'espace collectif des habitants… Après cela, il pourrait aussi bien louer l'ascenseur ou l'entrée de l'immeuble. Est-ce que le pays est laissé à l'abandon ou quoi ?

Le professeur Hamed Hawas s'exprimait d'une manière théâtrale en regardant d'un air provocateur le rassemblement des habitants qui, impressionnés par ses paroles, faisaient bloc et grondaient en signe de protestation. Le jeune officier parut perplexe. Il réfléchit un peu puis dit d'un air dégoûté :

— Allez, tout le monde au poste !

*

Le docteur Hassan Rachid était l'un des plus savants juristes d'Egypte et du monde arabe. De même que Taha Hussein, Ali Badawi, Zaki Naguib Mahmoud et de nombreux autres, c'était l'un de ces grands intellectuels égyptiens qui avaient terminé leurs études supérieures en Occident et étaient revenus dans leur pays pour mettre intégralement en application dans les universités égyptiennes ce qu'ils avaient appris là-bas. Pour eux, Progrès et Occident étaient deux mots presque synonymes, avec tout ce que cela impliquait de comportements positifs et négatifs. Ils avaient en commun de sacraliser les valeurs occidentales : la démocratie, la liberté, la justice, le travail bien fait, l'égalité, mais ils partageaient également la même négligence du patrimoine de la nation et le même mépris pour ses coutumes et ses traditions, car ils les considéraient comme des entraves nous enfermant dans le sous-développement, dont il était de notre devoir de nous débarrasser pour que la Renaissance puisse se réaliser.

Pendant ses études à Paris, le docteur Rachid avait fait la connaissance d'une Française, Jeannette, et en était tombé amoureux. Elle l'accompagna en Egypte, il l'épousa et ils eurent ensemble leur fils unique Hatem. La famille vécut de la tête aux pieds une vie occidentale aussi bien dans la forme que sur le fond. Hatem ne se souvient pas d'avoir jamais vu son père prier ou jeûner. Il avait toujours la pipe à la bouche et il y avait toujours du vin français sur sa table. D'un bout à l'autre de la maison, on entendait les derniers disques sortis à Paris et la langue française était celle de la conversation courante. Sur le modèle des Occidentaux, toute la vie de la famille était organisée et planifiée suivant un horaire précis. Le docteur Rachid réservait des heures déterminées, chaque semaine, à la rencontre de ses amis et de ses proches et à l'écriture de ses lettres personnelles. En plus de ses capacités intellectuelles, il possédait à vrai dire une stupéfiante puissance de travail ininterrompu. En deux décennies, il sut donner un véritable élan aux études de droit civil en Egypte et, avec le temps, son étoile se mit à briller au point qu'il devint doyen de la faculté de droit de l'université du Caire, puis l'Assemblée internationale des juristes de Paris le distingua comme l'un des cent plus éminents juristes du monde.

Comme il était toujours plongé dans ses recherches et dans ses cours et comme le travail de son épouse Jeannette, traductrice à l'ambassade de France, occupait tout son temps, leur fils Hatem eut une enfance triste et solitaire au point que, contrairement aux autres enfants, il aimait les jours de classe et détestait les longues vacances d'été qu'il passait seul, sans amis avec qui jouer. A cette douloureuse solitude s'ajoutaient le sentiment d'aliénation et les troubles de personnalité dont souffrent les enfants des couples mixtes. Le petit Hatem passait beaucoup de temps avec les domestiques et souvent ses parents, toujours occupés, l'envoyaient en compagnie de l'un d'eux au club Gezireh ou au cinéma. Parmi les nombreux domestiques de la maison, Hatem aimait tout particulièrement Idriss le *sufragi*, avec son ample caftan blanc, sa large ceinture rouge, son long tarbouche, son corps élancé et vigoureux, son beau visage sombre, ses yeux brillants d'intelligence et son sourire rayonnant où brillaient des dents éclatantes et bien plantées. Idriss avait l'habitude de jouer avec Hatem dans sa grande chambre donnant sur la rue Soliman-Pacha. Il lui racontait des histoires d'animaux et lui chantait de belles comptines nubiennes qu'il lui traduisait. La voix d'Idriss tremblait et des larmes brillaient à ses yeux quand il lui parlait de sa mère, de ses frères, du village dont on l'avait arraché quand il était petit pour l'envoyer travailler comme domestique. Hatem aimait Idriss et leurs liens s'étaient tellement resserrés qu'ils passaient ensemble de longues heures tous les jours. Quand Idriss commença à embrasser Hatem sur le visage et dans le cou et à lui chuchoter "Tu es beau... je t'aime", Hatem ne ressentit ni répugnance ni crainte à son égard ; au contraire, il fut profondément troublé de sentir son corps enveloppé par la chaleur du souffle de son ami. Les échanges de baisers se poursuivirent jusqu'à ce qu'Idriss lui demande un jour d'enlever ses vêtements. Hatem avait alors neuf ans et il se sentit honteux et gêné mais il finit par céder à l'insistance de son ami tellement ému par son corps blanc et doux que pendant l'acte il hoquetait de plaisir tout en chuchotant des mots nubiens incompréhensibles. Malgré son désir et son impétuosité, Idriss pénétra avec douceur et précaution le corps de Hatem en lui demandant de le prévenir s'il ressentait la moindre douleur. Sa façon de procéder fut couronnée de succès au point que lorsque Hatem se rappelle maintenant sa première relation avec Idriss, la sensation étrange et excitante qu'il avait alors éprouvée revient à sa mémoire, mais il ne se souvient absolument pas d'avoir eu mal. Après qu'Idriss eut joui, il retourna Hatem vers lui et l'embrassa avec ardeur sur les lèvres puis lui chuchota en le regardant dans les yeux :

— J'ai fait cela parce que je t'aime. Si toi aussi tu m'aimes, ne parle à personne de ce qui est arrivé. Si tu le dis, on te battra, on me battra et ton père me fera sans doute emprisonner ou il me tuera et tu ne me verras plus jamais.

Les relations entre Hatem et Idriss se poursuivirent pendant des années, jusqu'à ce que le docteur Rachid meure soudainement d'une attaque cérébrale provoquée par son surmenage. Sa veuve dut alors se passer de nombreux domestiques pour réduire les dépenses. Idriss quitta la maison et l'on n'eut plus de nouvelles de lui. Son absence produisit un tel impact sur le psychisme de Hatem que celui-ci eut une moyenne faible au baccalauréat. Après cela, il plongea dans sa vie tumultueuse d'homosexuel. Deux ans plus tard, sa mère mourut, ce qui le libéra de la dernière entrave à ses plaisirs. Il hérita d'un revenu solide qui lui garantissait une vie aisée (en plus d'un salaire convenable au journal). Il rénova son grand appartement de l'immeuble Yacoubian pour lui enlever son allure traditionnelle et le rendit plus semblable à un atelier d'artiste bohème qu'au logement d'une famille stable. Il avait maintenant la possibilité de recevoir des amants dans son lit pendant des jours ou même des mois.

Hatem connut de nombreux hommes dont il se sépara pour des raisons diverses, mais son désir coupable et secret continua toujours à être relié à Idriss le *sufragi*. De même qu'un homme recherche dans toutes les femmes l'image de sa première amante, celle avec qui il a connu la première fois la jouissance, Hatem, dans tous les hommes, recherchait Idriss, l'homme primordial, l'unique, celui que la nature n'a pas encore poli, avec tout ce qu'il représente de solidité, de rudesse et d'impétuosité. Il n'a jamais cessé de penser à Idriss et souvent il se remémorait avec une cuisante nostalgie la sensation qu'il éprouvait lorsqu'il était allongé à plat ventre sur le sol de sa chambre, comme un petit lapin abandonné à son destin, le regard fixé sur les arabesques persanes des tapis tandis que le corps chaud et débordant de vie d'Idriss épousait le sien, le pressait étroitement, le liquéfiait. Ce qui est étrange, c'est que leurs relations sexuelles, pour nombreuses qu'elles furent, avaient toujours lieu sur le sol de la chambre. Jamais ils n'étaient montés sur le lit, essentiellement à cause du sentiment qu'avait Idriss de son infériorité de domestique à qui il n'était pas possible psychologiquement d'utiliser le lit de son maître, même lorsqu'il le possédait.

Une nuit, voici des mois, en proie à l'ivresse, Hatem fut submergé par un désir impétueux. Il sortit errer dans les rues du centre-ville à dix heures du soir (l'heure de la relève de la garde des appelés de la police, heure bien connue des homosexuels du centre-ville : c'était le moment où ils allaient cueillir leurs amants parmi les soldats). Hatem se mit à inspecter les hommes de troupe qui se préparaient à quitter leur tour de garde. C'est alors qu'il vit Abd Rabo (qui ressemblait beaucoup à Idriss). Il le fit monter dans sa voiture, lui donna de l'argent, le caressa et parvint finalement à le séduire. Après cela, Abd Rabo fit des tentatives nombreuses et acharnées pour se délivrer de sa relation avec Hatem. Ce dernier savait par une longue expérience que l'homosexuel actif débutant (le *barghal*), comme Abd Rabo, était possédé par un énorme sentiment de culpabilité qui se transformait rapidement en amertume et en haine violente contre l'homosexuel passif (la *koudiana*) qui l'avait séduit, mais il savait aussi que les expériences homosexuelles, à force de les répéter et d'y trouver du plaisir, se transformaient peu à peu en un goût sexuel authentique chez l'homosexuel actif, quelque aversion et volonté de fuite qu'il ait pu éprouver à son égard au début. C'est ainsi que la relation entre Hatem et Abdou se mit à osciller entre moments de rapprochement et tentatives de rupture.

Ainsi, la veille, Abd Rabo avait quitté le bar *Chez Nous* en fuyant Hatem, mais ce dernier l'avait rattrapé et, finalement, il l'avait accompagné à son appartement. Ils avaient bu une bouteille entière de vin français avant de faire l'amour. Le lendemain matin, Hatem était allongé dans sa baignoire. Il s'abandonnait au jet d'eau chaude projeté par la douche qu'il ressentait sur son corps comme une délicieuse armée de fourmis. Il revoyait en souriant sa chaude nuit avec Abdou dont l'alcool avait enflammé le désir et qui avait broyé son corps en le possédant plusieurs fois à la suite. Hatem s'essuya devant le miroir, nettoya avec soin ses parties intimes et les enduisit d'une crème parfumée, il se drapa dans une robe de chambre en cachemire rose, puis il sortit de la salle de bains pour aller dans la chambre à coucher où il se mit à contempler Abdou qui dormait : son visage brun foncé, ses lèvres épaisses,

son nez épaté d'Africain et ses deux épais sourcils donnaient à son visage un aspect dur. Il se
pencha vers lui et l'embrassa. Abdou se réveilla
et ouvrit lentement les yeux. "Bonjour" lui chu-
chota-t-il doucement en lui souriant, avant de
reprendre en français : "Bonjour." Abdou se souleva un peu en s'adossant sur le montant du lit
et en découvrant son large torse sombre recouvert d'une dense forêt de poils. Hatem le poursuivit de ses baisers mais il repoussa son visage
de sa main, puis il baissa la tête et dit avec
amertume, comme s'il gémissait :

— Hatem bey, je suis dans une situation cata-
strophique. Demain, l'officier va me sanctionner.

— Oh, Abdou, on ne va pas recommencer à
parler de l'officier. Je t'ai dit que ça n'a pas d'importance, je connais quelqu'un qui te recom-
mandera à l'officier. Un général très important
au ministère.

— Le temps que tu parles à ta relation, moi,
je serai jeté en prison. Ma femme et mon fils
vivent sans le sou au village. J'ai envie de me
débarrasser de mon service le plus tôt possible
et si je suis emprisonné ma famille est perdue.

Hatem lui jeta un regard tendre, lui sourit et
se leva lentement pour aller chercher son portefeuille dont il sortit un billet de cent livres qu'il
lui tendit en disant :

— Prends, envoie-les à ta femme et à ton fils.
Tout ce dont ils auront besoin, je suis prêt à le
faire pour toi… Mais je t'en prie, ne te tourmente
pas.

Abdou baissa la tête et chuchota des paroles
de remerciement. Hatem se rapprocha de lui.
Leurs corps se joignirent totalement et il se dit
en français en approchant de ses lèvres chaudes
"Mon Dieu, quelle belle matinée".

Au citoyen Taha Chazli,
Immeuble Yacoubian, 34, rue Talaat-Harb.
Le Caire.

Monsieur,
Au vu de la plainte que vous avez adressée à la présidence de la République concernant le fait que vous n'avez pas été admis à l'école de police, nous vous informons que, après avoir étudié la question avec le général directeur de l'école, il est apparu que la plainte était sans fondement.
Avec nos vœux de succès, veuillez accepter l'expression de nos sentiments les plus distingués.

Le général Hassan Bazraa,
directeur du bureau des réclamations
des citoyens à la présidence de la République.

*

Les voisins avaient l'habitude d'entendre si souvent des bruits de dispute entre Zaki Dessouki et sa sœur Daoulet que cela n'éveillait plus l'étonnement ni la curiosité de personne. Mais cette fois l'altercation était d'une nature différente. On aurait dit une épouvantable explosion : un vacarme de cris, d'insultes grossières, d'échanges de coups parvint aux voisins qui ouvrirent leurs portes et sortirent voir ce qui se passait. Certains s'agitaient, prêts à intervenir. Daoulet se mit à crier d'une voix hargneuse :

— Tu as perdu la bague de diamants, salopard !

— Un peu de dignité, Daoulet !

— Si ça se trouve, tu l'as donnée à une putain de tes amies.

— Je t'ai dit de montrer un peu de dignité.

— Je suis respectable à ton corps défendant. C'est toi qui es un guignol, un pitre. Fiche le camp de ma maison, fils de chien, drogué !

— C'est mon appartement, à moi, lui répondit Zaki bey d'une voix lasse.

— Non, mon cher, c'est la maison de mon père, le respectable pacha que tu souilles avec tes saletés.

Puis on entendit des coups de poing, le bruit d'une bagarre. La porte s'ouvrit et Daoulet se mit à pousser Zaki vers l'extérieur en criant :

— Dehors, je ne veux plus voir ta sale tête… Compris… Dehors !

En sortant, Zaki bey remarqua le rassemblement des voisins. Il se retourna et dit :

— D'accord, Daoulet, je sors.

Daoulet claqua la porte avec force et on l'entendit fermer le verrou. Les voisins s'approchèrent de Zaki bey et lui dirent que ce qui venait d'arriver n'était absolument pas convenable : quels que soient les différends, c'était une honte que des gens respectables comme Zaki bey et sa sœur Daoulet se disputent de cette façon. Zaki bey secoua la tête en souriant tristement et dit aux voisins en s'excusant d'un ton aimable :

— Mes amis, je suis désolé de vous avoir dérangés. Ce n'est qu'un malentendu. Si Dieu le veut, tout s'arrangera.

*

Les nombreux récits que l'on entend sur Kamel el-Fawli s'accordent sur le fait qu'il naquit dans une famille extrêmement pauvre de Chibine-el-Kom, dans le gouvernorat de Menoufieh et qu'il était, malgré sa pauvreté, d'une grande intelligence et d'une extrême ambition. Il obtint son baccalauréat en 1958 avec la meilleure moyenne au niveau national. Dès son admission en faculté de droit, il s'engagea dans la vie politique. Kamel el-Fawli adhéra successivement à toutes les organisations de masse du pouvoir* : le Comité de libération, l'Union nationale, l'Union socialiste, l'Organisation de l'avant-garde, la Tribune du Centre, le Parti de l'Egypte et finalement le Parti national démocratique. A travers tous ces avatars, c'était toujours lui qui manifestait le plus d'enthousiasme pour les principes du parti du gouvernement et celui qui les exprimait avec le plus de force. A l'époque de Nasser, il prononçait des conférences et rédigeait des ouvrages sur l'inéluctabilité de l'avènement du socialisme et sur sa nécessité historique. Lorsque le gouvernement se retourna vers le capitalisme, il devint l'un des plus farouches partisans des privatisations et de la liberté économique. Il lança alors sous la coupole du parlement une campagne mémorable et acharnée contre le secteur public et, d'une manière générale, contre les idées collectivistes. C'est probablement l'un des rares politiciens égyptiens qui ont été capables de conserver leur siège au parlement pendant plus de trente années consécutives. S'il est vrai qu'en Egypte les élections sont toujours falsifiées en faveur du parti au pouvoir, il est également vrai qu'El-Fawli possède un véritable don politique qui lui aurait à coup sûr permis de

* Après leur prise de pouvoir en 1952, les officiers libres instaurèrent le système du parti unique. Celui-ci évolua par la suite vers un multipartisme de façade, laissant l'héritier du parti unique au centre du dispositif.

parvenir aux fonctions les plus élevées de l'Etat dans une société démocratique, mais ce don authentique lui-même, comme cela arrive à de nombreux dons en Egypte, s'est dévoyé, faussé, mêlé au mensonge, à la duplicité et à l'intrigue au point que le nom de Kamel el-Fawli est devenu, dans l'esprit des Egyptiens, synonyme de corruption et d'hypocrisie. Après en avoir gravi tous les échelons il est parvenu au poste de responsable de l'organisation interne du Parti national démocratique et est devenu ainsi le grand maître des élections dans l'Egypte tout entière. C'est lui qui choisit et écarte qui il veut comme candidats du Parti et qui veille personnellement à l'organisation de la fraude électorale d'Alexandrie jusqu'à Assouan. Il encaisse de gros pots-de-vin de la part des candidats pour leur garantir la falsification des élections en leur faveur. En même temps, il couvre sa corruption par des combines, des échanges de services et de facilités qui rapportent des millions aux grands responsables politiques ainsi que par des rapports de police et des documents secrets révélant les dévoiements des dirigeants, qu'El-Fawli conserve pour les faire chanter ou les éliminer si cela s'avère nécessaire. Dans toutes les réunions politiques, que ce soit à l'Assemblée du peuple où au parti national, tout le monde se tait lorsque El-Fawli parle et il suffit d'un seul regard sévère de sa part pour frapper d'épouvante n'importe quel responsable politique. On rapporte à son sujet des anecdotes célèbres sur la manière dont il a publiquement abattu d'importants dirigeants qui avaient parlé d'une façon qui ne lui convenait pas. Tel fut le cas, lors de la campagne dévastatrice conduite, il y a quelques années (pour le compte de grands responsables) contre le docteur El-Ghamraoui, gouverneur de la banque centrale, et qui fut la cause de son renvoi. Un exemple encore plus proche est ce qui arriva l'an dernier au ministre des *Waqf**. Celui-ci jouissait d'une certaine popularité qui lui fit imaginer qu'il était fort et influent. Au cours d'une réunion du bureau politique, il se leva pour attaquer violemment la corruption des milieux politiques et il demanda que le Parti soit nettoyé de tous les dévoyés et de tous ceux qui tiraient profit de leurs fonctions. El-Fawli fit signe au ministre de terminer son discours mais celui-ci continua sans y prêter attention. Alors El-Fawli lui coupa la parole d'un ton moqueur en tournant ses regards vers l'assistance de manière théâtrale :

— Oh là là, monsieur le ministre, qu'est-ce que c'est que ce discours ! Si Votre Excellence est à ce point préoccupée par la lutte contre la corruption… il faut commencer par vous-même. Vous avez emprunté dix millions de livres à la banque du développement et cela fait cinq ans que vous refusez de les rembourser. D'ailleurs, les responsables de la banque ont l'intention de déposer une plainte et de faire éclater le scandale.

Le ministre blêmit et s'assit en silence au milieu des rires des participants.

*

Le hadj Azzam savait parfaitement tout cela. Aussi, lorsqu'il décida de présenter sa candidature à

---

* Ministre des Affaires religieuses (pour ce qui concerne l'islam exclusivement).

l'Assemblée du peuple, demanda-t-il à rencontrer Kamel el-Fawli qui fit traîner quelques semaines et lui fixa finalement un rendez-vous au bureau de son fils, l'avocat Yasser el-Fawli, rue Chehab à Mohandessine. Le hadj Azzam et son fils arrivèrent après la prière du vendredi. Il n'y avait personne d'autre au bureau que les agents de sécurité, Kamel el-Fawli et son fils Yasser. Azzam et El-Fawli se donnèrent l'accolade et échangèrent formules pieuses, amabilités et flatteries. On aurait dit deux vieux amis pleins d'affection mutuelle, de compréhension et d'estime. Après un long discours alambiqué en guise d'introduction, Azzam entra dans le vif du sujet. Il avait parlé de son amour des gens et de son souhait de se mettre à leur service, cité plusieurs hadiths relatifs au mérite qu'acquièrent ceux qui s'efforcent de satisfaire les besoins des musulmans. El-Fawli avait hoché la tête en signe d'approbation puis Azzam était parvenu au point crucial :

— C'est pourquoi, après avoir demandé conseil à Dieu et m'être mis sous sa garde, j'ai décidé, suivant sa volonté, de me présenter aux prochaines élections dans ma circonscription, celle de Kasr-el-Nil. Je souhaite que le Parti national démocratique donne son accord à ma candidature. Je suis à tes ordres, Kamel bey, pour quoi que ce soit…

Bien qu'il se soit attendu à ce que venait de lui dire Azzam, El-Fawli fit semblant de réfléchir profondément.

El-Fawli laissait dans l'esprit de celui qui le voyait une impression contradictoire. D'un côté, son intelligence, sa vivacité d'esprit, sa présence écrasante, de l'autre, son corps obèse, son ventre tombant, son nœud de cravate toujours dénoué,

les couleurs laides et mal assorties de ses vêtements, ses cheveux teints d'une manière grossière, son épais visage charnu, son regard effronté,
brutal et faux, sa façon vulgaire de parler en tendant les bras en avant, en remuant les doigts et
en secouant les épaules et le ventre comme une
femme de la rue, tout cela rendait son apparence
un peu comique (comme s'il jouait un numéro
pour distraire les spectateurs), mais tout cela
laissait également à l'esprit un désagréable sentiment de répulsion.

El-Fawli demanda à ses assistants une feuille
et un stylo puis il se mit à dessiner. Quelques
instants s'écoulèrent pendant lesquels il se con-
centra sur son dessin, au point que le hadj
Azzam crut qu'il avait commis une erreur mais
El-Fawli en eut vite fini. Il tendit la feuille en
direction d'Azzam qui fut surpris de voir que le
dessin représentait un grand lapin et resta un
moment silencieux avant de demander d'un ton
aimable :

— Je ne comprends pas ce que Votre Excellence veut dire.

El-Fawli répondit rapidement :

— Vous voulez assurer votre succès aux élections et vous m'interrogez sur les conditions.
Moi, je vous ai dessiné les conditions.

— Un lapin* tout entier ? Un million de livres,
Kamel bey ? C'est vraiment beaucoup.

Azzam s'attendait à ce montant mais il préférait
marchander. On ne savait jamais. El-Fawli lui dit :

— Ecoutez, hadj, vous croyez en Dieu ?

Toute l'assistance répéta : "Il n'y a de Dieu
que Dieu."

* Le mot *arneb* qui veut dire lapin signifie aussi dans un
langage argotique un million de livres.

— Je prends un million et demi ou deux millions pour des circonscriptions moins importantes que Kasr-el-Nil. Mon fils Yasser qui est là devant vous peut vous le dire. Mais Dieu m'est témoin que j'ai de l'affection pour vous, hadj. J'ai envie que vous soyez avec nous à la chambre. De plus, cette somme-là, ce n'est pas moi tout seul qui la touche. Je ne suis qu'un intermédiaire. Je vous prends et je donne à d'autres, vous savez cela mieux que personne.

Le hadj Azzam prit un air préoccupé puis demanda :

— C'est-à-dire, Kamel bey, que si je paie cette somme je suis sûr d'être élu, avec la permission de Dieu.

— Vous n'avez pas honte, hadj ? Vous parlez à Kamel el-Fawli. Une expérience de trente ans au parlement ! Oh ! Egypte, il n'y a pas un seul de tes candidats qui puisse gagner si nous ne le désirons pas. Par la volonté de Dieu.

— J'ai entendu parler de gens solides qui veulent se présenter à Kasr-el-Nil.

— Ne vous en préoccupez pas, hadj. Si nous nous mettons d'accord, avec la bénédiction de Dieu, vous l'emporterez à Kasr-el-Nil. Même si le Djinn bleu* se présentait contre vous ! J'en fais mon affaire.

Ensuite El-Fawli se mit à rire, se redressa, caressa son gros ventre et dit avec fatuité :

— Les gens naïfs croient que nous truquons les élections. Absolument pas ! Le bon Dieu a créé les Egyptiens à l'ombre d'un gouvernement. Aucun Egyptien ne peut être en désaccord avec son gouvernement. Bien sûr, il y a des peuples qui se soulèvent et se révoltent mais, de tout temps, l'Egyptien a baissé la tête pour manger

* Etre céleste redoutable dont on menace les enfants.

son morceau de pain. Tout cela est écrit dans l'histoire. Le peuple égyptien est le plus facile à gouverner de tous les peuples de la terre. Dès que tu prends le pouvoir, ils se soumettent à toi, ils plient devant toi, et tu peux faire d'eux ce qui te passe par la tête. N'importe quel parti au pouvoir, lorsqu'il fait des élections, est obligé de les gagner parce que les Egyptiens sont obligés de soutenir le gouvernement. Le bon Dieu les a créés comme ça.

Azzam sembla perplexe et peu convaincu par les paroles d'El-Fawli puis il l'interrogea sur les modalités du règlement. Ce dernier lui répondit avec simplicité :

— Béni soit le Prophète, hadj. Si la somme est en liquide, c'est moi qui la recevrai. Si c'est un chèque, vous l'écrirez au nom de mon fils Yasser el-Fawli, l'avocat, et vous passerez avec lui un contrat pour une affaire quelconque, comme si vous en faisiez votre mandataire. Vous comprenez bien sûr que ce sont là des formalités…

Le hadj Azzam se tut un instant, puis il sortit son carnet de chèques et dit en ouvrant son stylo en or :

— Bien, avec la bénédiction de Dieu, je fais un chèque avec la moitié de la somme et après la victoire, avec la permission de Dieu, je paierai le reste.

— Non, mon joli. Vous n'avez pas honte ? Là, vous allez me mettre en colère. Gardez ça pour les débutants. Avec moi, le système c'est : Tu donnes et tu reçois. Vous payez la somme tout entière et, moi, je vous félicite dès maintenant pour votre élection à l'Assemblée et je récite avec vous la *fâtiha**.

---

* Première sourate du Coran, récitée dans toutes les grandes occasions.

C'était la dernière tentative de marchandage d'Azzam. Lorsque celle-ci échoua, il se rendit et remplit le chèque pour un montant d'un million de livres. Il l'examina avec soin, selon son habitude, et le tendit à El-Fawli qui le prit et le donna à son fils. Ses traits se détendirent et il dit d'une voix enjouée :

— Félicitations, hadj. Allons, récitons la *fâtiha* pour que Dieu nous bénisse et nous soit favorable. Le contrat avec Yasser est prêt.

Tous les quatre baissèrent les yeux, tendirent les mains en avant en signe d'oraison et se mirent à réciter la *fâtiha* à voix basse.

*

Le hadj Azzam avait payé la somme à El-Fawli et il s'imaginait que les élections lui étaient acquises. Mais ce n'était pas aussi simple. La compétition se déchaîna dans la circonscription de Kasr-el-Nil entre plusieurs hommes d'affaires dont chacun voulait remporter ce siège réservé aux travailleurs*. Le plus fort des concurrents du hadj Azzam était le hadj Abou Hamido, propriétaire de la fameuse chaîne de magasins de vêtements *Béatitude et Lumière Céleste*. De même que, dans la nature, deux pôles semblables se repoussent mutuellement, de la même façon, la vive animosité qui existait entre les deux hadjs Azzam et Abou Hamido venait fondamentalement

---

* Selon la constitution égyptienne d'origine nassérienne toujours en vigueur, cinquante pour cent des sièges à l'Assemblée du peuple sont réservés aux paysans et travailleurs, c'est-à-dire souvent, dans la pratique, à ceux qui possèdent des terres ou des usines.

de leur ressemblance sur de nombreux plans. Ainsi qu'Azzam, Abou Hamido avait d'abord été simple ouvrier au port de Port-Saïd puis, en moins de vingt ans, sa fortune s'était accrue jusqu'à ce qu'il devienne l'un des plus riches millionnaires d'Egypte. Les gens entendirent parler d'Abou Hamido la première fois, il y a des années, lorsqu'il inaugura sa chaîne de grands magasins au Caire et à Alexandrie. Il inonda alors la presse et la télévision de publicités dans lesquelles il promettait de donner plusieurs robes cachant tout le corps ainsi que des voiles de couleur pour couvrir leur tête à toutes les femmes qui décideraient de s'habiller conformément à la charia* et qui remettraient leurs vieux vêtements à la mode occidentale à l'administration des magasins, comme preuve de leur sérieux. A l'époque, les gens furent surpris par cet étrange prosélytisme et leur étonnement s'accrut lorsque les magasins *Béatitude et Lumière Céleste* reçurent effectivement les vieux vêtements de dizaines de femmes et qu'ils leur fournirent en échange et sans contrepartie des vêtements islamiques neufs et coûteux. Toutefois le noble objectif du projet n'empêcha pas certaines dames déjà voilées qui voulaient profiter des vêtements gratuits de s'y infiltrer. Elles faisaient comme si elles n'étaient pas encore voilées et elles apportaient au magasin des vêtements occidentaux qui ne leur appartenaient pas pour recevoir en échange des vêtements neufs. Les magasins *Béatitude et Lumière Céleste* se rendirent compte de cette escroquerie et diffusèrent un communiqué mettant en garde ces tricheuses contre des poursuites judiciaires. En effet, le contrat que signaient

* Loi islamique.

116

les femmes qui prenaient dans le magasin la décision de se voiler prévoyait des pénalités en cas de mensonge. Malgré ces infractions, le projet connut un énorme succès et contribua à voiler des milliers de musulmanes. Des reportages payants parurent dans la presse à ce sujet, dans lesquels le hadj Hamido déclarait qu'il avait fait vœu de consacrer une somme importante aux bonnes œuvres pour complaire à Dieu, qu'il soit glorifié et exalté, et que, après avoir consulté les autorités religieuses, il avait estimé que la meilleure façon pour lui de contribuer à la prédication était d'aider les musulmanes à se vêtir d'une façon conforme à la religion, premier pas vers un respect complet de la noble loi divine. Comme on lui demandait combien cela lui coûtait de distribuer gratuitement des milliers de vêtements islamiques neufs, Abou Hamido refusait de faire état de ce qu'il avait dépensé et affirmait que cette dépense était imputée à Dieu, qu'il soit glorifié et exalté. L'opération du voile projeta à coup sûr le nom d'Abou Hamido dans le monde de la célébrité. Elle en fit une des étoiles de la société égyptienne. Mais la rumeur ne cessa pas pour autant de se répandre avec force qu'Abou Hamido était l'un des plus grands marchands d'héroïne, que son projet islamique était une vitrine pour blanchir des capitaux et que les pots-de-vin qu'il payait aux grands dirigeants empêchaient son arrestation. Abou Hamido avait fait de grands efforts pour obtenir l'investiture du Parti national démocratique pour la circonscription de Kasr-el-Nil. Lorsque le Parti annonça la candidature du hadj Azzam, Abou Hamido entra dans une violente colère, puis il déploya des efforts pressants auprès des personnalités haut placées, mais en vain.

C'était la parole d'El-Fawli qui pesait le plus lourd. A tel point qu'un important responsable intimement lié à Abou Hamido lui avait dit en souriant, après avoir entendu ses plaintes :

— Ecoute, Abou Hamido, tu sais que je t'aime beaucoup et que je veille à tes intérêts. Fais attention à ne pas accroître ton différend avec El-Fawli. Si tu n'entres pas cette fois-ci à l'Assemblée du peuple, ce sera pour une prochaine fois, avec la permission de Dieu. Mais ne t'aliène jamais El-Fawli. Il a des appuis et des contacts au-delà de ce que tu peux concevoir. Il a les dents longues et, s'il se fâche, il peut te créer plus de problèmes que tu ne peux imaginer.

Mais Abou Hamido n'était pas revenu sur sa décision et s'était présenté officiellement comme candidat indépendant.

Il recouvrit la circonscription de Kasr-el-Nil de centaines d'affiches électorales avec sa photographie, son nom et son symbole électoral (une chaise) et il se mit à animer chaque soir, au centre-ville, de grandes réunions électorales où affluaient ses partisans. Il y prenait la parole pour attaquer le hadj Azzam, lançant des insinuations sur l'origine malhonnête de sa fortune et sur son engouement pour la luxure (en allusion à son second mariage). Ces calomnies irritèrent Azzam qui alla chez El-Fawli et lui dit sans détour :

— A quoi cela sert-il que je sois le candidat du Parti si cela n'empêche pas que l'on m'insulte tous les soirs publiquement ?

El-Fawli hocha la tête, lui promit que tout irait pour le mieux puis émit le lendemain un communiqué que tous les journaux mirent en première page : "Le Parti national démocratique a un seul candidat par circonscription et il est du devoir de la totalité des membres du Parti de se tenir de toutes leurs forces derrière le candidat du Parti. Tout membre qui se présenterait lui-même contre un candidat du Parti serait soumis à une commission de discipline et exclu après le déroulement des élections."

Cette déclaration s'appliquait clairement à Abou Hamido qui ne fut pas impressionné par la menace et qui continua sa campagne violente contre Azzam. Tous les jours avaient lieu des réunions électorales. Des centaines de cadeaux étaient distribués aux habitants de la circonscription. Les deux parties faisaient de la surenchère de toutes les façons possibles pour rassembler leurs militants et leurs partisans. De violentes bagarres se déclenchaient quotidiennement, qui se terminaient avec de nombreux blessés. En raison de la grande influence dont jouissaient les deux adversaires, les services de sécurité s'en tenaient toujours à une attitude de neutralité et les forces de police arrivaient généralement sur les lieux de la bagarre quand tout était terminé ou bien elles arrêtaient symboliquement plusieurs des participants qui étaient relâchés sans enquête, aussitôt arrivés au poste.

*

Pour une raison ou pour une autre, la faculté d'économie et de sciences politiques avait la réputation d'attirer un public aisé et distingué. Si l'on demandait à ses étudiants quelle était leur faculté, ils répondaient avec assurance : "Economie et sciences politiques" d'un ton présomptueux et détaché (comme s'ils disaient : Oui, nous sommes l'élite comme vous le voyez). Personne ne connaissait le secret de cette auréole qui entourait cette faculté. C'était peut-être d'avoir été créée toute seule, de longues années après les autres, qui lui avait donné un cachet particulier, ou bien, à ce que l'on disait, d'avoir été créée par le gouvernement spécialement pour y inscrire la fille du président Gamal Abdel Nasser, ou bien parce que les sciences politiques mettaient solidement et quotidiennement ceux qui les étudiaient en relation avec les événements du monde, ce qui influençait leur mode de pensée et leur comportement, ou bien encore parce que cette faculté était restée pendant de longues années la voie royale vers le ministère des Affaires étrangères. Les enfants des puissants s'y inscrivaient comme premier pas assuré vers la carrière diplomatique. Taha Chazli, quant à lui, lorsqu'il avait mis en tête de sa fiche de vœux la faculté d'économie, n'avait pas la moindre idée de tout cela. L'espoir qu'il avait mis dans la police s'était définitivement évanoui et il voulait juste tirer le meilleur profit de ses notes excellentes. Le premier jour, lorsqu'il passa sous l'horloge de l'université et qu'il entendit son fameux tic tac, il fut saisi d'un sentiment de crainte et de respect. Puis, lorsqu'il entra dans l'amphithéâtre et qu'il fut enveloppé par le vrombissement retentissant provenant des bavardages mêlés de rires de centaines d'étudiants qui faisaient connaissance et échangeaient des propos joyeux, Taha se sentit tout petit au milieu de cette énorme affluence qui ressemblait à une hydre aux mille têtes dont les yeux tous ensemble le regardaient et l'observaient. Il se surprit à grimper pour s'asseoir tout en haut de l'amphithéâtre, comme s'il se cachait dans un endroit d'où il voyait l'assistance sans qu'elle le voie.

Il était vêtu d'un jean bleu et d'un tee-shirt blanc et, jusqu'à ce qu'il soit sorti de la maison, il se trouvait l'air élégant mais, après avoir vu ses condisciples, il se rendit compte que ses vêtements n'étaient pas du tout comme il fallait et que son pantalon en particulier n'était qu'une mauvaise copie du jean authentique. Il prit la résolution de convaincre son père de lui acheter au moins un ensemble à Mohandessine ou à Zamalek au lieu des magasins *Béatitude et Lumière Céleste* où il prenait ses vêtements bon marché. Taha décida intérieurement de ne faire la connaissance de personne. Faire connaissance, cela voulait dire échanger des informations personnelles. Il s'imaginait au milieu d'un groupe de condisciples (peut-être même avec des filles). Quelqu'un lui demanderait le métier de son père. Que dirait-il alors ? Il fut ensuite obsédé par l'idée lancinante que l'un des étudiants assis dans l'amphithéâtre était peut-être le fils d'un des habitants de l'immeuble et que, peut-être, un jour, Taha lui avait acheté un paquet de cigarettes ou avait lavé sa voiture. Il se mit à imaginer ce fils d'un habitant inconnu découvrant que le fils du portier étudiait dans la même faculté. Que se passerait-il alors ?

Ainsi allaient ses pensées.

Les cours se succédèrent jusqu'à ce que s'élève l'appel à la prière. Certains étudiants se levèrent pour aller prier, Taha les suivit à la mosquée de la faculté et il remarqua – avec soulagement – qu'ils étaient pauvres eux aussi. La plupart d'entre eux étaient visiblement d'origine paysanne et sans doute cela l'encouragea-t-il à la fin de la prière à interroger l'un d'entre eux :

— Tu es en première année ?

Il lui répondit en souriant amicalement :

— Si Dieu le veut.

— Comment t'appelles-tu ?

— Khaled Abderrahim, d'Assiout. Et toi ?

— Taha Chazli, d'ici, du Caire.

C'était la première connaissance que faisait Taha. En vérité, dès le premier instant, de même que l'huile se sépare immédiatement de l'eau pour former une couche séparée au-dessus d'elle, de la même façon, les étudiants riches s'étaient isolés des pauvres. Il se forma ainsi des groupes nombreux et fermés d'anciens élèves des écoles de langues, de ceux qui avaient des voitures et des vêtements importés et fumaient des cigarettes étrangères, autour desquels gravitaient les filles les plus belles et les plus élégantes tandis que les étudiants pauvres s'agglutinaient comme des rats épouvantés et se parlaient timidement à voix basse. Moins d'un mois plus tard, Taha était devenu l'ami de tout le groupe de la mosquée, mais le plus cher à son cœur était toujours Khaled Abderrahim : de petite taille, le corps maigre et sec comme une canne à sucre, le teint brun foncé, il portait des lunettes bon marché avec une monture noire, qui donnaient à son visage une touche sérieuse et grave. Avec ses vêtements classiques et modestes, il ressemblait à un professeur débutant de l'enseignement public. Taha l'aimait beaucoup, peut-être parce qu'il était pauvre comme lui et même en réalité plus pauvre que lui (comme en témoignaient ses chaussettes déchirées qu'il découvrait toujours au moment de la prière). Il l'aimait aussi parce qu'il était profondément pieux. Quand il priait, il se tenait debout, invoquant Dieu, au plein sens du terme, plaçant ses mains jointes contre son cœur et inclinant la tête dans un complet recueillement au point qu'il donnait à ceux qui le voyaient l'impression que si un incendie se déclarait ou que si une fusillade avait lieu près de lui, cela ne le distrairait pas un seul instant de sa prière. Combien Taha aurait aimé prier avec la même ferveur que Khaled, avec le même amour de l'islam ! Leur amitié se renforça. Ils se firent des confidences, échangèrent des secrets. Ensemble ils réprouvaient le spectacle quotidien de la frivolité de certains de leurs condisciples vivant dans le luxe, leur éloignement de la véritable religion, les excès vestimentaires de certaines étudiantes qui allaient à l'université comme si c'était à une soirée dansante. Khaled présenta Taha à ses amis de la cité universitaire, des paysans bons, pieux et pauvres à la fois. Taha leur rendait visite tous les jeudis soir. Ils faisaient ensemble la prière du soir et il passait la veillée à discuter avec eux. A vrai dire, il tira un grand profit de ces discussions. Pour la première fois, il comprit que la société égyptienne en était encore à l'âge de l'Ignorance* et qu'elle n'était pas une société musulmane parce que son chef faisait obstacle à la loi de Dieu dont les commandements étaient violés au grand jour, que la loi de l'Etat autorisait l'alcool, la fornication, le prêt à intérêt. Il apprit également la signification du communisme qui était contre la religion

---

* Concept central chez les islamistes pour qui le monde est partagé entre ceux qui pratiquent un islam pur (eux-mêmes) et tous les autres (qu'ils se proclament ou non musulmans) qui vivent encore dans la Jahiliya, la période d'Ignorance qui chronologiquement précède la révélation de Mohammed mais dont les mécréants perpétuent l'existence. C'est donc une véritable reconquête qui doit être opérée.

et les crimes d'Abdel Nasser contre les frères musulmans. Il lut avec eux les écrits d'Abu el-Ala el-Mawdudi, de Sayyed Qotb, de Youssef el-Karadaoui et de Abû Hâmid al-Ghazâlî*.

Quelques semaines plus tard, le jour fatidique arriva. Après une agréable soirée avec les amis de la cité universitaire, ceux-ci lui firent leurs adieux comme d'habitude mais soudain, à la porte, Khaled Abderrahim lui demanda :

— Taha, où pries-tu le vendredi ?

— Dans une petite mosquée, près de la maison.

Khaled échangea un regard avec ses amis puis lui dit d'un ton enjoué :

— Ecoute, Taha, j'ai décidé de mériter, grâce à toi, une récompense du Tout-Puissant. Attends-moi demain à dix heures place Tahrir devant le café *Ali Baba*. Nous irons prier ensemble à la mosquée Anas ibn Malik et je te ferai connaître Son Excellence le cheikh Chaker, avec la permission de Dieu.

*

Deux grandes heures avant l'appel à la prière du vendredi, la mosquée était bondée de fidèles venus accomplir leurs dévotions. C'étaient tous des étudiants islamistes, quelques-uns vêtus à l'occidentale mais la plupart à la mode pakistanaise : une *galabieh* blanche ou bleue qui descendait au-dessous des genoux, avec un pantalon de la même couleur et, sur la tête, un turban blanc dont une extrémité tombait sur la nuque. Tous

* Tous, à des degrés divers, théoriciens et inspirateurs du mouvement islamiste contemporain.

étaient des admirateurs et des disciples du cheikh Mohammed Chaker. Ils venaient tôt pour réserver leurs places avant l'arrivée de la foule. Ils occupaient leur temps à faire connaissance les uns des autres, à lire le Coran et à discuter de religion. Leur nombre augmentait tellement que l'espace vint à manquer. Les responsables sortirent alors de la mosquée des dizaines de tapis qu'ils étendirent sur la place en face qui s'emplit complètement de fidèles au point d'interrompre toute circulation. Il parvenait un tel vacarme de la galerie surélevée réservée aux étudiantes que, bien qu'elle soit dérobée aux regards, on devinait qu'elle aussi était pleine à craquer. On alluma le micro qui fit entendre un bruit strident, puis le son devint plus clair et l'un des étudiants commença à psalmodier le Coran d'une voix mélodieuse et déférente. Les étudiants l'écoutaient de tous leurs sens. Il régnait une atmosphère de légende, de sincérité, de pureté et le spectacle primitif, fruste et austère ramenait la pensée aux premiers temps de l'islam. Soudain s'éleva une clameur : *"Allah, Allah, Allah akbar*."* Les étudiants se levèrent et se bousculèrent pour serrer la main du cheikh qui venait enfin d'arriver. Agé d'une quarantaine d'années, de taille moyenne, il avait une barbe légère, teinte au henné, un visage non dépourvu de beauté et deux grands yeux pénétrants couleur de miel. Il était vêtu à la mode islamique comme les étudiants, avec un gilet noir. Il connaissait la plupart de ceux qui se pressaient autour de lui et il se mit à leur serrer la main, à les serrer dans ses bras et à demander de leurs nouvelles. Cela prit beaucoup de temps avant qu'il ne monte en chaire.

* "Dieu, Dieu est grand."

Il sortit de sa poche un bâtonnet de *saouak**, s'en frotta les dents puis il invoqua Dieu** et les cris de *Allah akbar* s'élevèrent à nouveau très haut, faisant vibrer la mosquée de part en part. Le cheikh fit un signe de la main et un silence total s'établit. Il commença alors son prêche en rendant grâce à Dieu et en l'exaltant, puis il dit :

— Mes chers fils et mes chères filles, je souhaite que chacun d'entre vous se pose cette question : combien d'années l'homme vit-il sur cette terre ? La réponse est que la durée moyenne de la vie de l'homme, dans la meilleure des hypothèses, ne dépasse pas soixante-dix ans. Cet intervalle, quand on y pense, est extrêmement bref. De plus, l'homme peut à n'importe quel instant être atteint par la maladie ou être victime d'un accident et mourir. Si vous regardez parmi vos connaissances et vos amis, vous trouverez plus d'une personne qui est morte soudainement dans sa jeunesse et aucun de ceux à qui cela est arrivé n'avait à l'esprit qu'il allait mourir. Si nous poursuivons ce raisonnement, nous voyons que sur cette terre l'homme a deux choix possibles, pas trois : ou bien il concentre tous ses efforts sur sa courte et éphémère existence terrestre qui peut s'interrompre au moment où on s'y attend le moins et il en sera de lui

---

* Il s'agit de bâtonnets ressemblant à du réglisse. Utilisés comme brosse à dents par les islamistes par fidélité aux usages des premiers temps de l'islam, ils sont devenus un véritable signe distinctif arboré comme tel.
** En prononçant la formule *Bismillah Arrahmane Arrahim* ("au nom de Dieu, celui qui fait miséricorde, le Miséricordieux") qui se trouve au début de presque toutes les sourates.

comme de celui qui voudrait bâtir une maison élégante et luxueuse et qui la bâtirait en sable sur la plage : elle serait en permanence exposée à l'arrivée d'une forte vague qui la détruirait facilement. C'est là le mauvais choix.

Quant au second choix, celui auquel appelle Notre-Seigneur, qu'il soit glorifié et exalté, il implique que le musulman vive cette existence terrestre comme une étape qui mène à la vie éternelle de l'âme. Celui qui vit sa vie avec ce sens-là gagne à la fois sa vie terrestre et sa vie éternelle. Il est toujours heureux, l'esprit et la conscience en repos. Le véritable croyant n'est pas effrayé par la mort car il ne considère pas que c'est la fin de l'existence comme le croient les matérialistes. Au contraire, pour le croyant, la mort est un simple passage du corps terrestre à la vie éternelle. Cette foi sincère est celle qui a permis aux quelques centaines de premiers musulmans de vaincre les armées des grands empires de l'époque comme ceux des Perses et des Romains. Ces simples musulmans ont réussi à hisser le drapeau de l'islam dans tous les coins du monde grâce à la force de leur foi, à leur amour sincère de la mort pour la cause de Dieu et à leur profond mépris des pérennes jouissances terrestres. Dieu nous a prescrit le djihad* dans le but d'exalter sa parole. Le djihad est non seulement l'une des obligations islamiques, comme la

---

* Combat sacré sur le chemin de Dieu. Le djihad *el Akbar* est le combat sacré que l'homme mène en lui-même contre l'ignorance de Dieu, contre la tentation de la mécréance. L'autre djihad est celui que le musulman mène à l'extérieur contre les ennemis de l'islam. Selon les interprétations, ce dernier peut avoir une nature offensive ou défensive.

prière et le jeûne, c'est aussi la plus importante de toutes. Mais les dirigeants corrompus, courant après l'argent et les plaisirs, qui ont gouverné le monde musulman dans les temps de décadence, ont délibérément décidé, avec l'aide de leurs théologiens hypocrites, d'écarter le djihad des obligations de l'islam car ils ont compris que l'attachement des gens au djihad allait se retourner contre eux à la fin et leur faire perdre leurs trônes. En en retranchant le djihad, l'islam a été vidé de sa véritable signification et notre sublime religion s'est transformée en un ensemble de rites vides de sens que le musulman accomplit comme des exercices physiques, de simples mouvements corporels, sans âme.

Quand les musulmans ont abandonné le djihad, ils sont devenus des esclaves de l'existence terrestre, attachés à elle, redoutant la mort, lâches. Leurs ennemis les ont vaincus et humiliés et Dieu leur a envoyé la défaite, le sous-développement, la pauvreté car ils avaient rompu leurs engagements à son égard – qu'il soit glorifié et exalté.

Mes chers fils et mes chères filles, ceux qui nous gouvernent prétendent appliquer la loi de l'islam et ils assurent en même temps qu'ils gouvernent démocratiquement. Dieu sait qu'ils mentent doublement. La loi de l'islam est contrecarrée dans notre infortuné pays. Nous sommes gouvernés par la loi française laïque qui autorise l'alcoolisme, la fornication, l'homosexualité tant que cela a lieu avec le consentement des deux parties. Qui plus est, le gouvernement lui-même tire profit du jeu et de la vente d'alcool puis il injecte l'argent du péché aux paieries qui versent les salaires des musulmans, ainsi frappés par la malédiction divine et à qui Dieu retire sa bénédiction. Quant au prétendu Etat démocratique, il organise la fraude des élections, emprisonne des musulmans et les soumet à la torture pour que la clique au pouvoir puisse se maintenir sur le trône pour l'éternité. Ils mentent, ils mentent, ils mentent et ils voudraient que nous croyions en leurs mensonges !

Eh bien, nous leur disons tout haut : nous ne voulons pas que notre nation soit socialiste ni démocratique. Nous la voulons islamique, islamique, islamique. Nous mènerons le djihad, nous nous prodiguerons nous-mêmes et tout ce qui nous est cher jusqu'à ce que l'Egypte redevienne islamique. L'islam et la démocratie sont deux contraires qui ne se rejoignent jamais. Comment l'eau pourrait-elle se joindre au feu et le feu aux ténèbres ? La démocratie signifie que les gens se gouvernent eux-mêmes et pour eux-mêmes, et l'islam ne reconnaît que le gouvernement de Dieu. Ils veulent soumettre la loi de Dieu à l'Assemblée du peuple pour que messieurs les députés décident si la loi est applicable ou pas. "Quelle énormité que la parole qui sort de leur bouche, eux qui ne disent que mensonges*." La charia du Dieu de Vérité, qu'il soit glorifié et exalté, ne se discute pas et ne s'examine pas. On lui obéit et on la met immédiatement en application par la force, "quelque détestation qu'en aient ceux qui détestent". Allons, faisons tous revenir Dieu dans nos cœurs et, dans cette assemblée bénie que voici, faisons-lui le vœu, qu'il soit glorifié et exalté, de délivrer pour lui la religion, de mener pour lui le djihad avec chaque atome de notre être et de faire bon

---

* Verset de la sourate de la Caverne qui s'applique habituellement à ceux qui disent que Dieu a un fils.

marché de nos vies pour que la parole de Dieu soit exaltée.

Les acclamations et les cris de *Allah akbar* s'élevèrent, faisant vibrer l'endroit de part en part. Le cheikh s'arrêta de parler, resta immobile et baissa la tête un instant jusqu'à ce que le silence revienne, puis il dit :

— Mes chers enfants, la mission de la jeunesse islamique aujourd'hui est de retrouver la notion de djihad et de la faire revenir dans l'esprit des musulmans et dans leurs cœurs. C'est précisément ce que craignent l'Amérique et Israël et, avec eux, ces traîtres qui nous gouvernent. Ils tremblent de peur devant le grand réveil de l'islam qui, jour après jour, s'affirme avec plus d'ardeur dans notre pays. Un petit nombre de moudjahi-din du Hezbollah ou du Hamas ont été capables de vaincre l'Amérique toute-puissante et l'irrésistible Israël tandis que les énormes armées d'Abdel Nasser se sont effondrées, car elles avaient combattu selon les principes du monde et qu'elles avaient oublié la religion.

L'enthousiasme du cheikh était parvenu à son comble. Il cria :

— Le djihad, le djihad, le djihad ! O, petits-fils d'Abû Bakr, d'Omar, de Khaled et de Saad*, l'espoir de l'islam aujourd'hui est suspendu à vous comme il le fut à vos glorieux ancêtres. Divorcez par trois fois** de ce bas monde comme

---

* Les deux premiers califes sous lesquels ont été réalisées les premières conquêtes, puis deux guerriers célèbres des premiers temps de l'islam.
** Si un musulman prononce trois fois la formule "je te répudie", le divorce est définitif et la vie matrimoniale ne peut reprendre qu'après que la femme répudiée a consommé un nouveau mariage.

l'a fait Ali ibn Abi Taleb, que Dieu soit satisfait de lui. Dieu vous regarde pour que vous accomplissiez sa promesse. Soyez fermes, ne flanchez pas, sinon c'est vous qui serez perdants. Des millions de musulmans humiliés par le sionisme, à qui le sionisme a confisqué leur honneur vous exhortent de leur rendre leur dignité bafouée. O jeunesse de l'islam, les sionistes s'enivrent et forniquent avec des prostituées dans l'enceinte de la mosquée d'Al-Aqsa... et vous, que faites-vous ?

L'émotion des étudiants redoublait. L'un d'eux, dans la première rangée, se leva, se tourna en direction de l'assistance et cria d'une voix entrecoupée par l'enthousiasme : "Islamique, islamique, ni occidentale, ni orientale." Des centaines de gorges derrière lui reprirent son slogan, puis l'ensemble des étudiants se mit à entonner d'une seule voix, puissante et rugissante comme le tonnerre, l'hymne du djihad. Des dizaines de youyous s'élevèrent de la galerie des femmes. Le cheikh Chaker, dont l'enthousiasme était à son comble, éleva la voix et dit :

— Par Dieu, je vois que cet endroit est pur et béni et que s'y empressent les anges. Par Dieu, je vois avec vous ressusciter l'Etat islamique fort et fier et je vois les légions des ennemis de la nation trembler devant la force de notre foi. Par vos mains propres et pures, nos dirigeants traîtres et esclaves, serviteurs de l'Occident croisé vont trouver leur juste fin, avec la permission de Dieu.

Ensuite, il dirigea la prière et des centaines d'étudiants se regroupèrent derrière lui. Il leur lut d'une voix douce et séductrice des versets de la sourate d'al-Imran :

— "Au nom de Dieu, celui qui fait miséricorde, le Miséricordieux...

Tranquillement assis, ils disaient à leurs frères :
Ils n'auraient pas été tués s'ils nous avaient obéi.
Dis : Ecartez donc de vous la mort, si vous êtes
véridiques.

Ne crois pas que ceux qui sont tués sur le chemin de Dieu sont morts. Ils sont vivants, com-
blés de bienfaits auprès de leur seigneur,

Se réjouissant de ce que Dieu, par sa grâce, leur
a donné. Et ils annoncent à ceux derrière eux
qui ne les ont pas rejoints cette bonne nouvelle :
qu'ils ne craignent rien car ils ne seront pas
affligés.

Ils annoncent la bonne nouvelle d'un bienfait
de Dieu, et d'une grâce, et que Dieu en vérité ne
laisse pas perdre le salaire des croyants.

Ceux qui, atteints d'une blessure, répondirent
à l'appel de Dieu et de son Prophète, ceux
d'entre eux qui ont fait le bien et ont cru auront
une splendide récompense.

Ceux à qui l'on disait : Les gens sont rassem-
blés contre vous, craignez-les, et dont la foi s'est
alors accrue et qui ont dit : Dieu nous suffit, il
est la meilleure protection,

Ils sont revenus avec un bienfait et une grâce
de Dieu, nul mal ne les a touchés. Ils ont recher-
ché à satisfaire Dieu. Dieu est le maître d'une
grâce incommensurable."

En vérité, Parole de Dieu tout-puissant.

*

Après la prière, les étudiants affluèrent pour serrer
la main du cheikh, puis allèrent s'asseoir par terre
par petits groupes de quatre, dans la cour de la
mosquée, pour faire connaissance, pour scander
le Coran ou pour l'étudier. Pendant ce temps, le

cheikh se glissait par une petite porte derrière la chaire vers son bureau plein à craquer d'étudiants voulant le rencontrer pour des raisons diverses. Ceux qui étaient là se précipitèrent vers lui, certains pour l'étreindre tandis que d'autres s'avancèrent pour lui baiser la main qu'il retira d'une manière résolue. Ensuite il s'assit pour écouter avec attention le problème de chaque étudiant. Ils avaient tous deux une conversation à voix basse, puis l'étudiant s'en allait. A la fin, il ne restait plus dans la pièce que quelques personnes, parmi lesquelles Khaled Abderrahim et Taha Chazli. Ceux-là étaient les plus proches du cheikh qui fit signe à l'un d'eux de se lever pour pousser le verrou de la porte du bureau. C'est un étudiant de forte taille, à la barbe longue qui parla le premier. Il dit au cheikh d'une voix forte et fougueuse :

— Monseigneur, ce n'est pas nous qui avons provoqué la police. Ce sont eux qui nous ont attaqués. Ils ont arrêté nos camarades dans leurs maisons, ils les ont détenus sans qu'ils n'aient rien fait. Tout ce que je demande, c'est une protestation, n'importe laquelle : une occupation, ou une manifestation pour obtenir la libération de nos frères détenus.

Khaled chuchota à Taha en lui montrant l'élève corpulent : "C'est le frère Taher, l'émir de la Jamaa* pour l'université du Caire tout entière. Il est en dernière année de médecine."

---

* La Jamaa islamiya est un mouvement extrémiste qui, à la différence des Frères musulmans, a prôné la violence qu'il a pratiquée dans les années 1990 sur le sol égyptien avant d'y renoncer à la veille du troisième millénaire. Soucieux de ne rien devoir à l'Occident, pas même leur vocabulaire, les islamistes donnent à leurs chefs le nom d'émir.

Le cheikh écouta le jeune homme avec attention, réfléchit un peu puis lui dit avec calme, sans se départir de son sourire :

— Il n'est pas bon de provoquer la police contre nous en ce moment. Le régime s'est empêtré dans son alliance avec les Américains et les sionistes sous prétexte de la libération du Koweït. Dans quelques jours à peine va commencer la guerre injuste et impie où, sous commandement américain, des musulmans égyptiens vont tuer leurs frères irakiens. En Egypte, les gens vont alors se soulever contre le gouvernement et, avec la permission de Dieu, ils seront guidés par le mouvement islamique. Je pense que maintenant tu as compris, mon fils. La Sécurité d'Etat nous cherche querelle dans l'espoir de nous faire réagir, ce qui leur donnera un prétexte pour porter un grand coup aux islamistes. N'as-tu pas remarqué que, dans le prêche d'aujourd'hui, je me suis contenté de propos généraux et que je n'ai pas directement mentionné la guerre attendue ? Si j'avais attaqué l'adhésion de l'Egypte à l'Alliance, ils auraient dès demain fermé la mosquée, alors que j'en ai besoin pour rassembler la jeunesse quand la guerre commencera. Non, mon fils, il n'est pas sage de leur donner prise sur nous maintenant. Laisse-les tuer nos frères musulmans en Irak sous le commandement des impies et des sionistes et tu verras toi-même ce que nous ferons alors, avec la permission de Dieu.

— Et qui vous dit qu'ils nous laisseront jusqu'au début de la guerre ? D'où vous vient cette confiance ? Aujourd'hui ils ont arrêté vingt des dirigeants du mouvement islamique et demain ils arrêteront le reste si nous ne leur résistons pas, répondit le jeune homme avec emportement.

Le silence se fit. L'atmosphère était tendue. Le cheikh lança un regard de reproche au jeune homme et lui dit avec le même calme :

— J'invoque Dieu, mon fils, pour que tu te débarrasses un jour de ce caractère emporté. Le croyant fort est celui qui se contrôle lorsqu'il est en colère comme nous l'a appris El-Habib el-Mustapha*, prière et salut de Dieu sur lui. Je sais que ce sont ton amour pour tes frères et ton zèle pour la foi qui te poussent à cette colère. Je te rassure mon fils, je jure par Dieu tout-puissant que nous allons donner un coup mortel à ce régime impie, mais au moment opportun, avec la volonté de Dieu.

Le cheikh se tut un instant puis regarda longuement le jeune homme et ajouta d'un ton définitif :

— Ceci est mon dernier mot : je ferai mon possible, avec la permission de Dieu, pour libérer les détenus. Grâce à Dieu, nous avons des amis partout. Quant aux occupations et aux manifestations, je ne suis pas d'accord, à ce stade.

Le jeune homme baissa la tête – il se taisait visiblement à contrecœur – puis prit rapidement congé. Il serra la main des personnes présentes et quand il arriva près du cheikh il s'inclina vers lui et lui embrassa deux fois la tête comme s'il voulait effacer les traces de la controverse. Le cheikh lui répondit par un sourire affectueux et lui tapota l'épaule. Puis les jeunes gens partirent les uns après les autres. Il ne resta plus que Taha et Khaled Abderrahim qui s'approcha du cheikh et lui dit :

— Monseigneur, voici le frère Taha Chazli, mon condisciple à la faculté d'économie, dont je vous ai parlé.

* Le prophète Mohammed.

Le cheikh s'approcha de Taha pour l'accueillir :

— Sois le bienvenu. Comment vas-tu ? J'ai beaucoup entendu parler de toi par ton ami Khaled.

*

Au poste de police, la bagarre avait atteint son paroxysme. Dans le procès-verbal officiel, Hawas avait accusé Malak Khalo de viol de la propriété de la pièce qu'il occupait et il avait demandé qu'il soit traduit pour cela devant le tribunal. De son côté Malak avait annexé au procès-verbal une copie du contrat de location de la pièce et demandé que soit dressé un autre procès-verbal dans lequel il accusait Hamed Hawas et Ali le chauffeur de l'avoir agressé et de l'avoir frappé. Il avait demandé que ses blessures soient authentifiées. On l'avait envoyé avec un policier à l'hôpital Ahmed-Maher et il en était revenu avec un certificat médical qui fut annexé au procès-verbal. Ali le chauffeur avait complètement nié avoir agressé Malak et l'avait accusé d'avoir simulé ses blessures.

Voilà pour ce qui concernait les démarches judiciaires.

Quant à la guerre psychologique, chacun la livra à sa façon. Hamed Hawas n'arrêta pas un seul instant d'exposer les arguments juridiques sur les servitudes de la copropriété des habitants de la terrasse en s'appuyant sur la jurisprudence. Pendant ce temps s'élevaient les gémissements d'Abaskharoun qui suppliait l'officier en soulevant sa *galabieh* pour montrer sa jambe coupée – comme il avait coutume de le faire en cas de nécessité :

— Pitié, monsieur le pacha, pitié, nous voulons juste gagner notre pain et ils nous chassent et nous battent.

Quant à Malak, sa façon d'adjurer la police était unique en son genre. Il savait depuis longtemps que les policiers avaient trois critères d'appréciation : l'apparence, le métier et la façon de parler. C'est en fonction de ces critères que dans les commissariats les citoyens étaient respectés ou bien méprisés et frappés. Comme le costume modeste de Malak ne pouvait guère impressionner les policiers, et que son métier d'artisan chemisier n'était pas non plus susceptible de lui garantir suffisamment de respect, il ne lui restait plus que sa manière de parler. Quelle que soit la raison pour laquelle il entrait dans un commissariat, il avait l'habitude d'adopter immédiatement l'allure d'un homme d'affaires préoccupé par des questions urgentes et graves, extrêmement fâché d'être ainsi retardé. Il parlait aux policiers dans une langue très proche de la langue classique qui les faisait hésiter à le traiter avec mépris. Il tenait des propos quelconques puis renchérissait en apostrophant le policier :

— Vous, monsieur, vous le savez, moi, je le sais, Son Excellence le commissaire le sait et M. le directeur de la Sûreté le sait également.

L'utilisation de la langue classique, ajoutée à la mention du directeur de la Sûreté (comme s'il s'agissait d'une personnalité proche qu'il avait l'intention d'appeler au téléphone), était une méthode efficace qui faisait renoncer à contrecœur les policiers à faire subir de mauvais traitements à Malak.

Les voilà tous, Abaskharoun, Malak, Hamed Hawas debout devant l'officier, hurlant sans arrêt et, derrière eux, Ali, le chauffeur ivrogne, tel un joueur de contrebasse expérimenté, connaissant son rôle dans l'orchestre, répétant sans arrêt la même phrase de sa voix profonde et rauque :

— Monsieur le pacha, sur la terrasse, il y a des femmes et des familles. Nous ne pouvons pas accepter que des ouvriers viennent y porter atteinte à notre pudeur, monsieur le pacha…

Ils étaient tellement parvenus à exaspérer l'officier que, si ce n'était la crainte des conséquences, celui-ci aurait donné aux inspecteurs l'ordre de tous les suspendre à une barre et de les frapper*. Mais finalement il visa le procès-verbal avec mention de transfert au parquet. Les parties adverses passèrent la nuit au cachot jusqu'au lendemain où le procureur décréta que Malak pouvait prendre possession de la pièce, à charge pour la partie qui estimait avoir subi le préjudice de porter l'affaire en justice.

C'est ainsi que Malak retourna victorieux sur la terrasse. Des personnes respectables firent ensuite une médiation et le réconcilièrent avec ses adversaires, Ali le chauffeur et Hamed Hawas (ce dernier fit semblant d'être réconcilié sans cesser pour autant de déposer des plaintes contre Malak et d'en suivre le cours avec soin). Mais l'arrêt du parquet fut un point de départ pour Malak qui, en une semaine, changea complètement la pièce : il ferma la porte qui donnait sur la terrasse, puis ouvrit une large porte sur le palier où il suspendit une grande enseigne en plastique sur laquelle était écrit en lettres arabes et latines : "Chemises Malak." A l'intérieur, il y avait

---

* C'est le supplice de la *falaka*, méthode de base, largement utilisée dans les commissariats moins pour faire parler les prévenus que pour leur imprimer une terreur révérencielle. On passe la barre sous les genoux, on y attache les poignets puis on frappe, à commencer par la plante des pieds.

une grande table de couture et quelques sièges d'attente pour les clients. Une image de la Vierge Marie était accrochée au mur ainsi que la photocopie d'un article en anglais du journal américain *The New York Times*, dont le titre était "Malak Khalo, grand couturier égyptien" et dans lequel le journaliste américain parlait pendant toute une page du talent de "maître" Malak en matière de découpe de chemises. Au milieu de la page, il y avait une grande photographie de Malak, son mètre ruban autour du cou, complètement absorbé dans la coupe d'un morceau de tissu, comme s'il ne se rendait pas compte qu'on le photographiait. A ceux qui l'interrogeaient sur cet article, Malak racontait qu'un étranger (qui s'était avéré par la suite être le correspondant du *New York Times* au Caire) était un jour venu se faire confectionner quelques chemises. Malak avait eu la surprise, le lendemain, de le voir revenir avec des photographes étrangers. Ensuite, ils avaient tellement admiré son adresse qu'ils avaient fait cet article à son sujet. Malak racontait cette aventure d'une manière naturelle, puis il jetait un coup d'œil à ses auditeurs et, s'il les voyait donner des signes d'agacement ou d'incrédulité, il changeait immédiatement de sujet comme si de rien n'était. Si, au contraire, ils avaient l'air de le croire, alors Malak poursuivait en assurant que le *khawaga** avait beaucoup insisté pour qu'il parte avec lui en Amérique

---

* En Egypte, on appelle *khawaga* essentiellement un étranger ou une personne de nationalité égyptienne mais appartenant à une communauté non autochtone comme les Levantins, ou ayant une origine ottomane. N'a pas de valeur péjorative, mais crée toutefois une distance avec l'authentique Egyptien de souche.

y travailler comme artisan chemisier, pour le salaire qu'il voudrait bien fixer. Bien sûr, il avait repoussé la proposition car il détestait l'idée de l'exil. Ensuite, il terminait son numéro en disant avec fierté et assurance :

— C'est connu que tous ces pays étrangers voudraient bien trouver des chemisiers de talent.

La vérité dans cette affaire, c'est que Bassiouni, le photographe de la place Ataba, est capable de contrefaire un article parlant des talents professionnels de n'importe qui, dans n'importe quel journal selon la demande : dix livres pour un journal arabe et vingt livres pour un journal étranger. Pour ce faire, Bassiouni a seulement besoin du titre du journal et d'une photographie du client. Il a chez lui des articles tout prêts où le rédacteur parle de la grande surprise qu'il a eue à découvrir dans les rues du Caire l'atelier du génial chemisier un tel ou bien l'établissement du grand marchand de brochettes un tel. Bassiouni dispose tout cela dans une photocopieuse et on dirait que la reproduction qui en sort a réellement été tirée d'un journal.

Mais que fait Malak dans son nouveau local ? Bien sûr, il y coupe des chemises, mais cela n'épuise qu'une petite partie de son activité quotidienne. En bref, il agit dans tout ce qui rapporte de l'argent, à commencer par le commerce des devises et des alcools de contrebande, le courtage des biens immobiliers, des terres, des appartements meublés, jusqu'au mariage des cheikhs du Golfe avec de petites paysannes qu'il attire grâce à des intermédiaires depuis certains villages de la province de Gizeh et du Fayoum, jusqu'à l'émigration des travailleurs dans le Golfe, moyennant deux mois de salaire.

Du fait de ce large champ d'activité, il est avide de recueillir le plus d'informations possible sur les gens et de connaître leurs secrets les plus intimes. Toute personne est, à n'importe quel moment, susceptible d'être en affaires avec lui : de petites informations peuvent l'aider à un moment donné à avoir une influence déterminante sur son partenaire et l'amener à signer un accord comme il le veut. Chaque jour, depuis le matin jusqu'à dix heures du soir, toutes sortes de gens se succèdent dans la boutique de Malak : des clients riches ou pauvres, des cheikhs du Golfe, des intermédiaires, des femmes de ménage, des filles pour les appartements meublés, des petits commerçants et des commissionnaires. Au milieu de tout ce monde, Malak va, vient, parle, crie, flatte, se met en colère, se dispute, jure cent fois mensongèrement et conclut des transactions. On dirait un splendide acteur, très professionnel, jouant en y prenant du plaisir une pièce qu'il a longuement répétée.

*

Malak voyait deux fois par jour Boussaïna Sayed, une fois lorsqu'elle allait au travail et une fois à son retour. Elle avait tout de suite attiré son attention par sa beauté et l'attrait de son corps mais une autre sensation, difficile à décrire avec exactitude, le persuadait que l'expression sérieuse de son visage était superficielle et mensongère et qu'elle n'était pas aussi honnête qu'elle essayait de le laisser paraître. Il recueillit des renseignements sur elle et apprit tout. Il se mit à la saluer, à lui demander des nouvelles de madame sa mère. Il lui demanda si le magasin de

Chanane où elle travaillait n'avait pas besoin de chemises à un excellent prix (bien sûr, elle aurait sa commission). Peu à peu, il se mit à parler avec elle des sujets les plus variés : le temps, les voisins, le mariage. A vrai dire, Boussaïna ne s'est jamais sentie à l'aise avec Malak. Elle ne pouvait pas non plus le repousser parce qu'elle passait devant lui chaque jour, qu'il était leur voisin et qu'il lui parlait avec politesse, ce qui lui enlevait toute occasion de s'affronter à lui. En même temps, si elle s'était résignée à lui parler, c'était surtout parce que quelque chose qui transperçait de sa conduite l'amenait à obtempérer. Quel que soit le sujet dont il lui parlait, le ton de sa voix, ses regards semblaient dire : "Ne joue pas à la femme honnête, je suis au courant de tout."

Ce message tacite devint de plus en plus clair et de plus en plus fort au point qu'elle se demanda si Talal avait divulgué le secret de leurs relations. Malak se rapprocha progressivement d'elle jusqu'à ce qu'arrive le jour où, tout à coup, en jetant un regard appuyé sur sa poitrine charnue et son corps au teint frais, il lui demande grossièrement :

— Combien te paie Talal Chanane par mois ?

Elle se sentit pleine de rage et voulut, cette fois-ci, lui tenir tête avec la plus extrême violence, mais, à la fin, elle lui répondit en évitant son regard :

— Deux cent cinquante livres.

Sa voix était étrange, une sorte de râle, comme si c'était une autre qui parlait. Malak éclata de rire. Il se rapprocha d'elle, déployant son attaque :

— Tu es idiote, ma fille. Ce sont des miettes. Ecoute-moi : moi, je vais te procurer un travail à six cents livres par mois. Ne me réponds pas maintenant. Réfléchis tranquillement un jour ou deux et puis viens me voir.

*

Zaki Dessouki se sent détendu au restaurant *Maxim*. Dès qu'il traverse la place Soliman-Pacha en direction du petit passage qui fait face à l'Automobile Club, dès qu'il pousse la petite porte de bois aux deux ouvertures vitrées, dès qu'il franchit le seuil, il a l'impression qu'une machine magique à remonter le temps l'a transporté à la belle époque des années 1950... Les murs peints d'un blanc éclatant sur lesquels sont accrochées des toiles de maîtres, l'éclairage discret émanant d'élégantes appliques murales, les tables couvertes de nappes d'un blanc éclatant sur lesquelles sont dressés les assiettes, les serviettes pliées, les couverts et les verres de toutes dimensions, à la française, l'entrée des toilettes cachée aux regards par un grand paravent bleu et, tout au fond, un petit bar élégant avec un vieux piano à sa gauche, sur lequel Christine, la propriétaire du restaurant, joue pour ses amis. Au *Maxim*, tout porte l'empreinte d'un passé élégant, à l'image des Rolls-Royce, des longs gants blancs des femmes, et de leurs chapeaux ornés de plumes, des gramophones à l'aiguille d'or munis de pavillons, des vieilles photographies en noir et blanc avec des cadres sombres que l'on accroche au salon, que l'on oublie et que l'on contemple de temps en temps avec nostalgie et tristesse.

La propriétaire du restaurant *Maxim*, Mme Christine Nicolas, est une Grecque qui a dépassé de quelques années la soixantaine. Elle est née et a vécu en Egypte. Douée pour la peinture, pour le piano et le violon, elle chante avec talent. Plusieurs fois mariée, elle a eu une existence tumultueuse et gaie. Ses relations avec Zaki bey ont commencé dans les années 1950 par une passion ardente qui s'est éteinte par la suite pour laisser place à une amitié profonde et solide. Zaki bey se détourne d'elle pendant de longs mois puis, dès qu'il se sent déprimé ou qu'il a des problèmes, il va la voir et la trouve toujours disponible, lui prêtant une oreille attentive, le conseillant avec sincérité et le couvrant de tendresse comme une mère.

Aujourd'hui, lorsqu'elle le vit pousser la porte du bar, elle eut un air épanoui, elle le serra dans ses bras, l'embrassa sur les deux joues puis le prit par les épaules, en penchant la tête en arrière et l'observa de ses yeux bleus :

— Tu as l'air préoccupé, mon ami ?

Zaki sourit tristement. Il était sur le point de dire quelque chose mais resta silencieux. Christine secoua la tête comme si elle comprenait, puis elle l'invita à s'asseoir à sa table préférée près du piano. Elle commanda une bouteille de vin rosé et des mezzés froids.

De même qu'une fleur séchée conserve un peu de son ancien parfum, de la même façon, Christine portait la trace de sa beauté révolue. Son corps ferme et mince, ses cheveux teints peignés en arrière, son maquillage discret conféraient à son visage ridé une allure élégante et digne. Quand elle riait, son visage oscillait entre la tendresse et l'indulgence d'une gentille grand-mère et cette ancienne séduction qui revenait et brillait parfois un instant avant de s'estomper. Christine goûta le vin puis elle fit signe au vieux serveur nubien qui en remplit deux grands verres.

Après quelques gorgées, Zaki lui raconta ce qui était arrivé. Elle l'écouta attentivement puis lui dit :

— Zaki, tu exagères, c'est une simple dispute.

— Daoulet m'a mis à la porte.

— C'est un comportement stupide dû à la colère. Dans un jour ou deux, elle s'excusera. Daoulet est nerveuse, mais elle a bon cœur. N'oublie pas que tu lui as perdu une bague de prix. N'importe quelle femme au monde à qui tu aurais fait perdre un de ses bijoux t'aurait mis à la porte.

Christine avait dit cela d'un ton jovial, mais Zaki paraissait toujours accablé. Il lui dit d'un ton affligé :

— Daoulet a tout planifié depuis longtemps pour me chasser de l'appartement. Elle a trouvé un prétexte dans la perte de la bague. Je lui ai proposé de lui en acheter une nouvelle mais elle a refusé.

— Je ne comprends pas.

— Daoulet veut s'emparer de l'appartement pour elle toute seule.

— Pourquoi ?

— Ma chère amie, je ne suis pas croyant, comme tu le sais, et il y a des choses auxquelles je ne pense jamais comme l'héritage, le partage des successions.

Christine le regarda d'un air interrogateur et il continua à lui expliquer tout en se servant un nouveau verre de vin.

— Je ne me suis pas marié et je n'ai pas eu d'enfant et, quand je mourrai, mes biens iront à Daoulet et à ses enfants. Elle veut tout garantir pour ses enfants dès maintenant. Hier, pendant la dispute, elle m'a dit : "Je ne te permettrai pas de dilapider nos droits." Tu imagines… elle m'a dit ça comme ça, clairement. Elle considère que tout ce que je possède revient de droit à ses enfants et que je ne suis que le simple gardien de ma fortune. Elle veut hériter de moi avant ma mort. Tu as compris maintenant ?

— Non, Zaki ! s'exclama Christine, légèrement ivre.

Zaki essaya de parler et elle l'interrompit avec véhémence :

— Ce n'est pas possible que Daoulet pense de cette façon.

— A ton âge, tu es encore naïve. Pourquoi t'étonnes-tu que le mal existe ? Tu penses comme les enfants. Tu imagines que ceux qui sont bons sont souriants et affables et que les visages des méchants sont laids, leurs sourcils épais et broussailleux. La vie est beaucoup plus compliquée que cela. Le mal existe chez les meilleures personnes et chez les plus proches de nous.

— Mon cher philosophe, tu exagères. Ecoute, parions une grande bouteille de Black Label. Je vais appeler Daoulet ce soir et vous réconcilier et alors je t'obligerai à acheter la bouteille. Attention à ne pas revenir sur ta parole !

Zaki quitta le restaurant *Maxim* et se mit à marcher sans but dans le centre-ville, puis revint au bureau. Abaskharoun, qui était au courant de ce qui était arrivé, l'accueillit avec un air triste de circonstance. Il lui servit un verre ainsi que des mezzés avec un empressement chaleureux, comme s'il lui présentait ses condoléances. Zaki se remit à boire sur le balcon. Jusqu'à cet instant il avait encore l'espoir de se réconcilier avec Daoulet. Il se disait qu'après tout c'était sa sœur et qu'elle ne pouvait pas lui faire de mal. Une demi-heure s'écoula, puis le téléphone sonna. Il entendit la voix embarrassée de Christine :

— Zaki, j'ai appelé Daoulet. Je suis désolée. On dirait vraiment qu'elle est devenue folle. Elle est décidée à te chasser de l'appartement. Elle a dit qu'elle avait changé la clef et qu'elle allait t'envoyer tes vêtements demain. Je n'arrive pas à croire ce qui arrive. Imagine-toi qu'elle a parlé de démarches judiciaires qu'elle allait entamer contre toi.

— Quelles démarches judiciaires ? demanda Zaki, la gorge nouée.

— Elle ne m'a pas expliqué. Mais fais attention, Zaki, attends-toi à n'importe quoi de sa part.

*

Le jour suivant Abaskharoun se présenta accompagné d'un garçon de la rue portant une grande valise dans laquelle Daoulet avait mis tous les vêtements de Zaki. Vinrent ensuite les convocations au commissariat de police où Daoulet avait déposé plusieurs procès-verbaux pour établir ses droits sur l'appartement et pour mettre en garde Zaki contre toute tentative de voie de fait. Plusieurs amis essayèrent de s'entremettre entre le frère et la sœur mais Daoulet ne voulut rien entendre. Zaki lui téléphona à plusieurs reprises et elle lui raccrocha au nez. Finalement, il consulta un avocat qui lui dit que sa position n'était ni bonne ni mauvaise, car l'appartement était loué au nom de son père et Daoulet avait le droit d'y habiter. Il lui rappela que les procédures judiciaires étaient longues et que la bonne façon de procéder, face à une telle situation, était d'employer la force. Il lui fallait (même si c'était regrettable) louer les services de plusieurs hommes de main, chasser Daoulet de l'appartement et l'empêcher d'y rentrer. Que ce soit à elle d'avoir recours aux tribunaux ! C'était la seule façon de régler ce genre de litiges. Zaki donna son accord à l'idée de l'avocat et proposa que la porte soit fracturée et la serrure changée un dimanche matin quand Daoulet, selon son habitude, allait à la banque. Il assura l'avocat que ni le portier ni aucun des voisins ne l'empêcheraient de réaliser son plan. Il parlait avec fougue et sérieux mais, au fond de lui-même, il savait bien qu'il ne ferait rien de la sorte. Il ne louerait pas les services d'hommes de main, il ne chasserait pas Daoulet et il ne la traduirait pas en justice. Il ne pouvait pas le faire. Avait-il peur d'elle ? Peut-être. Jamais il ne lui tenait tête. Il battait toujours en retraite devant elle. Lui n'avait pas un caractère combatif. Depuis son enfance, il n'aimait pas les conflits et les problèmes et les évitait à n'importe quel prix. Mais également il ne la chasserait pas parce que c'était sa sœur. Même s'il récupérait son appartement et la mettait à la rue, il ne serait pas heureux. Se battre contre elle l'attristait, car il ne parvenait pas à penser à elle comme à une personne dure et méchante. Quoi qu'elle ait fait, il ne parvenait pas à oublier l'ancienne image d'elle qu'il aimait. Comme elle était douce et pleine de retenue et comme elle avait changé ! Il était triste que sa relation avec sa sœur unique se soit dégradée à ce point. Il considérait ce qu'elle lui avait fait et se demandait d'où lui était venue cette cruauté. Comment avait-elle pu le mettre à la porte devant les voisins et comment avait-elle pu s'asseoir devant l'officier de police, au commissariat, pour rédiger un procès-verbal contre son frère ? N'avait-elle pas pensé un seul instant qu'il était son frère et qu'il ne lui avait jamais fait aucun mal pour être récompensé de cette façon ? Et puis, est-ce que quelques biens méritent que l'on perde sa famille ? Bien sûr, les terres qu'il avait récupérées de la réforme agraire avaient vu leur valeur plusieurs fois multipliée, mais elles reviendraient de toute façon à Daoulet et à ses enfants après sa mort. Pourquoi ces problèmes et cette absence de principes ?

Zaki ressentit peu à peu la tristesse le recouvrir et étendre son ombre noire sur sa vie. Il passa des nuits entières sans pouvoir dormir, veillant jusqu'à l'aube sur le balcon, buvant, fumant et considérant des événements du passé. Il pensait parfois que, depuis sa venue au monde, il n'avait pas eu de chance. A commencer par la date de sa naissance qui n'était pas favorable. S'il était né cinquante ans plus tôt, sa vie aurait été complètement différente. Si la révolution avait échoué, si le roi Farouk avait arrêté à temps les officiers libres qu'il connaissait tous un par un, la révolution n'aurait pas éclaté et Zaki bey aurait vécu sa véritable vie, celle qui était digne de lui, Zaki bey fils du pacha Abd el-Aal Dessouki. Il serait fatalement devenu ministre, voire président du conseil. Une vie magnifique qui lui correspondait vraiment, à la place de cet engluement, de cette humiliation : une prostituée qui le drogue et le vole puis sa sœur qui le met à la porte et lui fait un scandale devant les voisins et finalement le voilà qui dort au bureau avec Abaskharoun. Etait-ce de la malchance ou un défaut de sa personnalité qui le poussait toujours à prendre la mauvaise décision ? Pourquoi était-il resté en Egypte après la révolution ? Il avait la possibilité d'aller en France commencer une vie nouvelle comme avaient fait de nombreux fils des grandes familles. Il serait fatalement parvenu là-bas à une situation considérable comme certains de ses amis qui lui étaient inférieurs sur tous les plans. Au lieu de cela, il était resté en Egypte et s'était habitué peu à peu à sa déchéance jusqu'à tomber tout au fond. Et puis, pourquoi ne s'était-il pas marié ? Quand il était jeune, de nombreuses femmes belles et riches l'avaient désiré mais il avait toujours repoussé le mariage jusqu'à ce que l'occasion soit passée. S'il s'était marié, il aurait maintenant de grands enfants qui s'occuperaient de lui ou des petits-enfants à gâter et à aimer. Même s'il avait eu un seul fils, Daoulet ne lui aurait pas fait tout cela. S'il s'était marié, il n'aurait jamais éprouvé ce sentiment de solitude douloureux et mortifère, ce sentiment noir et lancinant de l'approche de la mort qui le submergeait toutes les fois qu'il apprenait le décès d'un de ses amis, cette sombre interrogation qui le poursuivait chaque nuit lorsqu'il se réfugiait dans son lit : quand viendrait son tour à lui, et de quelle façon ? Il se souvenait maintenant d'un ami qui avait prédit sa propre mort. Il était assis avec lui au balcon du bureau, puis, tout à coup, il lui avait lancé un regard sombre, comme s'il distinguait quelque chose à l'horizon et lui avait dit avec calme :

— Ma mort est proche, Zaki. Je sens son odeur.

Ce qui est étrange, c'est que son ami mourut véritablement quelques jours plus tard, alors qu'il n'était pas malade. Cette aventure l'avait amené à se demander (quand il était déprimé et d'humeur lugubre) si la mort avait une odeur particulière qui s'exhalait de la personne, à la fin de sa vie, et lui faisait sentir l'imminence de son terme. Comment serait la fin ? Serait-ce un long sommeil dont on ne se réveille jamais ? Ou bien y aurait-il résurrection, récompense et châtiment comme le pensent les croyants ? Dieu le torturerait-il après sa mort ? Il n'était pas croyant, il ne priait pas et ne jeûnait pas, mais tout au long de sa vie il n'avait fait de mal à personne. Il n'avait ni fraudé ni volé ni usurpé les droits du prochain. Il avait toujours été parmi les premiers à aider les pauvres et, en dehors de l'alcool et des femmes, il ne croyait pas avoir commis de péchés à proprement parler.

Ces pensées oppressantes obsédèrent Zaki durant de longues journées. Pendant près de trois semaines il ne quitta pas le bureau, trois semaines d'anxiété et d'affliction qui se terminèrent, un beau matin, par une agréable surprise qui dissipa la tristesse comme une longue nuit est balayée en un instant magique. Zaki se souviendrait longtemps du spectacle heureux. Il le rappellerait cent fois à sa mémoire, accompagné de musiques enjouées : il était assis au balcon, sirotant son café du matin en fumant et en regardant le spectacle animé de la rue lorsque Abaskharoun était apparu, se balançant sur ses béquilles, avec sur le visage, en contradiction avec son caractère implorant, un sourire indéchiffrable et malin.

— Que veux-tu ?

Zaki bey l'avait accueilli d'un ton réprobateur et d'une voix revêche et menaçante, mais quelque chose d'exceptionnel donnait à Abaskharoun une confiance inhabituelle. Il s'approcha de son maître, se pencha vers lui et lui murmura :

— Excellence, mon frère Malak et moi, il y a une question…

— Quelle question ?

— Une question… euh… Excellence, c'est-à-dire…

— Parle, espèce d'âne, il ne me manquait plus que toi ! Quelle question ?

Alors, Abaskharoun se pencha vers lui et chuchota :

— Nous avons une "soucritaire" pour Votre Excellence, une jeune fille sérieuse… excusez-moi, mais… Votre Excellence, dans ces pénibles circonstances, a besoin d'une soucritaire qui s'occupe de Votre Excellence.

Zaki bey devint attentif. Il plongea un regard interrogatif dans celui d'Abaskharoun, comme s'il venait de recevoir un message chiffré ou d'entendre une phrase dans un langage secret qu'il comprenait, puis il répondit rapidement :

— Bon, eh bien je la verrai.

Abaskharoun resta silencieux. Il ne résistait pas à la tentation de titiller un peu son maître. Puis il lui dit lentement :

— Alors, Votre Excellence veut la voir ?

Le bey hocha rapidement la tête, puis fit semblant de regarder la rue pour cacher son trouble. Comme un magicien qui fait apparaître une surprise à la fin de son tour, Abaskharoun tourna le dos et s'éloigna en frappant le sol de ses béquilles. Il disparut et, au bout d'une dizaine de minutes, revint avec elle.

Jamais il n'oublierait ce moment où il la vit pour la première fois. Elle portait une robe blanche recouverte de grandes feuilles vertes qui moulait son corps et en faisait apparaître tous les détails. Ses manches courtes laissaient voir des bras nus, frais et dodus. Abaskharoun la tirait par la main. Il dit :

— Mlle Boussaïna Sayyed. Son défunt père était un homme bien qui habitait avec nous, ici, sur la terrasse. Que Dieu lui fasse miséricorde*, c'était plus qu'un frère pour moi et pour Malak.

Boussaïna s'avança d'un pas menu et chaloupé, puis sourit et son visage s'illumina d'une façon qui subjugua le cœur de Zaki. Elle lui dit :

— Bonjour, monsieur le bey.

*

Ceux qui avaient connu Taha Chazli autrefois auraient eu du mal à le reconnaître maintenant. Il avait complètement changé, comme s'il avait troqué sa personnalité ancienne pour une nouvelle. Cela ne se limitait pas à la tenue islamique par laquelle il avait remplacé ses vêtements occidentaux, ni à la barbe qu'il avait laissée pousser et qui lui donnait un aspect imposant et grave le faisant paraître plus vieux que son âge, ni au petit local à prière qu'il avait aménagé à côté de l'ascenseur, près de l'entrée, où il se relayait pour l'appel à la prière avec un frère barbu, étudiant en Polytechnique qui habitait au cinquième étage. Tous ces changements n'affectaient que son apparence, mais, à l'intérieur, c'était une âme nouvelle, forte et fougueuse qui avait pris possession de lui. Il marchait, s'asseyait, parlait avec les gens d'une manière nouvelle. Avaient disparu à jamais ces manifestations d'humilité, ce respect plein de timidité, ce dos courbé devant les habitants de la maison. Maintenant il les affrontait, plein de confiance en lui.

* *Allah yerhamo* que l'on peut traduire par "que Dieu lui accorde sa miséricorde" est une expression qui accompagne obligatoirement la mention d'une personne décédée.

Il n'en faisait aucun cas. Il ne pouvait plus supporter la moindre remontrance de leur part, ni le moindre signe de mépris. Les petits billets de banque dont ils le gratifiaient et qu'il économisait pour subvenir à ses nouveaux besoins n'avaient plus d'importance pour lui, tout d'abord parce qu'il croyait fermement que Dieu y pourvoirait, ensuite parce que le cheikh Chaker l'avait associé à son commerce de livres religieux – de simples courses qu'il faisait à ses moments perdus et qui lui rapportaient une somme convenable. Il s'entraînait maintenant à aimer les gens ou à les détester par rapport à Dieu. Il avait appris du cheikh Chaker que le genre humain était trop méprisable pour qu'on l'aime ou qu'on le déteste en fonction de ses qualités séculières, mais que nous devons fixer nos sentiments à son égard en fonction de son observance de la loi divine. C'est ainsi que son point de vue changea sur de nombreux points : autrefois, il aimait certains habitants de l'immeuble parce qu'ils étaient bons envers lui et généreux. Il se mit à les détester parce qu'ils ne faisaient pas la prière et que certains buvaient de l'alcool. Il se mit à aimer ses frères de la Jamaa au point d'être prêt à donner sa vie pour eux. Tous ses anciens critères séculiers s'écroulèrent comme s'effondre un bâtiment ancien lézardé et furent remplacés par une juste appréciation islamique des êtres et des choses. La force de la foi avait jailli dans son cœur et avait fait de lui un être nouveau, libéré de la peur et du mal, qui ne craignait plus la mort et ne redoutait plus aucune créature, quels que soient son pouvoir et son autorité. Il ne craignait plus, dans sa vie tout entière, que de désobéir à Dieu et de susciter sa colère. De cela, le mérite revenait d'abord à Dieu, qu'il soit vénéré et exalté, ensuite au cheikh Chaker qui, à chacune de leurs rencontres, augmentait sa foi en Dieu et sa connaissance de l'islam. Taha l'aimait. Il s'attacha à lui et devint un de ses proches au point que le cheikh l'autorisa à lui rendre visite à tout moment, à son domicile, ce qui lui conférait une position exceptionnelle que le cheikh n'accordait qu'aux meilleurs de ses fidèles.

De l'ère ancienne, Taha n'avait gardé à l'esprit que son amour pour Boussaïna. Il déploya tous ses efforts pour soumettre ses sentiments envers elle à sa pensée nouvelle, mais sans succès. Il s'efforça de la convaincre de devenir pratiquante. Il lui apporta un livre dont le titre était *Plutôt le hidjab que la damnation* et il insista jusqu'à ce qu'elle l'accompagne à la mosquée Anas ibn Malik. Elle écouta avec lui le cheikh Chaker mais – il en fut stupéfait et attristé – elle ne fut pas impressionnée par le prêche et, au contraire, lui déclara qu'il était ennuyeux, ce qui provoqua une dispute entre eux. Ils se disputaient beaucoup, toutes les fois qu'ils se rencontraient. Elle le provoquait toujours jusqu'à ce qu'ils se disputent. Il se mettait en colère et la quittait en décidant de rompre définitivement avec elle. Il revoyait le sourire serein du cheikh Chaker, chaque fois qu'il lui parlait de Boussaïna :

— Mon fils, ce n'est pas toi qui ramèneras sur le droit chemin ceux que tu aimes. C'est Dieu qui met sur le droit chemin qui il veut.

Les paroles du cheikh résonnaient dans son esprit et il se promettait de ne plus la voir, mais quelques jours plus tard il fléchissait, il se sentait désespéré et brûlait à nouveau de la retrouver. Chaque fois qu'il revenait pour se réconcilier avec elle après une dispute, elle devenait plus dure.

Aujourd'hui, il n'était pas allé à l'université spécialement pour la voir. Il l'attendait à la sortie de l'immeuble et, quand elle était sortie le matin, il l'avait interpellée :

— Bonjour, Boussaïna, je voudrais te dire un mot, s'il te plaît.

— Je suis occupée, avait-elle répondu froidement.

Elle avança de quelques pas en faisant semblant de l'ignorer mais il ne se contrôla plus et la tira par la main. Elle résista un instant, puis obtempéra en lui murmurant, effarouchée :

— Lâche ma main, ne fais pas de scandale.

Ils marchèrent tous les deux en silence, sur leurs gardes, au milieu des passants jusqu'à ce qu'ils arrivent à leur endroit préféré, place Tewfikieh. Dès qu'ils furent assis, elle lui dit avec colère :

— Qu'est-ce que tu attends de moi ? Tous les jours tu crées un problème.

Etrangement, sa colère à lui avait disparu tout à coup, comme si elle n'avait jamais existé. Il attendit un instant, puis il lui dit d'une voix qu'il s'efforça de rendre calme, comme s'il voulait l'apitoyer :

— Je t'en prie, Boussaïna, ne te mets pas en colère.

— Je te demande ce que tu veux.

— Je veux savoir si ce qu'on dit de toi est vrai.

— Tu peux en être sûr.

— C'est-à-dire ?

— C'est-à-dire que tout ce que tu as entendu est vrai.

Elle le défiait. Elle le poussait à bout.

— Tu as quitté le magasin de Talal ?

— J'ai cessé de travailler chez Talal pour aller travailler chez Zaki Dessouki. C'est un péché ou c'est permis, monsieur le cheikh ?

Il dit d'une voix faible :

— Zaki Dessouki a mauvaise réputation.

— Oui, sa réputation est mauvaise et il court les femmes, mais il me paie six cents livres par mois et, attendu que j'ai la charge d'une famille, attendu que Votre Excellence ne peut pas me payer les frais scolaires, la nourriture et la boisson, eh bien, cela ne regarde pas Votre Excellence.

— Boussaïna, crains Dieu. Tu es un être bon. Garde-toi d'irriter le Seigneur. Fais ce qui est juste et Dieu pourvoira à ta subsistance.

— Dieu pourvoit à tout, bien sûr, mais, nous, nous ne trouvons rien à manger.

— Je peux te chercher un travail respectable.

— Trouves-en un pour toi, mon cher, moi, je suis satisfaite du mien.

— Ah bon, c'est comme ça ?

— Oui, c'est comme ça. Il y a quelque chose d'autre ? lui demanda-t-elle ironiquement.

Un sentiment d'irritation l'envahit à nouveau. Elle se leva et, debout devant lui, lui dit en arrangeant ses cheveux et en se disposant à partir :

— Ecoute, Taha, je te le dis pour la dernière fois. Notre histoire est terminée. Chacun s'en va de son côté et, s'il te plaît, il n'y a plus de raison pour qu'on se revoie.

Elle sourit vaguement et lui dit en s'éloignant :

— Te voilà maintenant qui portes la barbe et qui es devenu pratiquant alors que, moi, je m'habille court et j'ai les bras nus. On n'est pas assortis.

*

L'appartement du cheikh Chaker était petit et modeste. La maison était un bâtiment de deux étages en brique rouge dans une étroite ruelle du quartier de Dar-el-Salam. Le cheikh Chaker, ses deux épouses et ses sept garçons et filles de différents niveaux scolaires y habitaient dans deux chambres et une salle de séjour. Le cheikh s'était mis d'accord avec ses visiteurs étudiants sur un signal grâce auquel il pourrait les reconnaître : trois coups isolés les uns des autres que Taha Chazli tambourina à la porte. La voix du cheikh lui répondit immédiatement de l'intérieur "Je suis là". Il entendit bouger et comprit que les femmes rentraient dans la pièce du fond. Ensuite résonnèrent les pas lourds et lents du cheikh et le bruit de sa respiration. Il ouvrit rapidement la porte en invoquant Dieu.

— Taha, sois le bienvenu, mon fils.

— Je suis désolé de vous déranger, mais je voudrais parler un peu avec vous.

— Entre, je t'en prie. Tu n'es pas allé à l'université aujourd'hui ?

Taha s'assit sur le canapé à côté de la fenêtre et raconta tout ce qui s'était passé avec Boussaïna. Il exposa ses sentiments au cheikh qui l'écoutait avec attention tout en égrenant son chapelet. Le cheikh alla chercher le plateau de thé et le récit s'interrompit un instant, puis il continua à écouter jusqu'à ce que Taha eût terminé. Il réfléchit un moment silencieusement et dit :

— Mon fils, notre noble religion n'interdit pas l'amour tant qu'il est conforme à la charia et qu'il ne conduit pas à la désobéissance. Au contraire, même : la plus noble des créatures de Dieu, l'Elu, prière et salut de Dieu sur lui, était amoureux de notre dame Aïcha comme le rapportent des récits authentiques sur lesquels existe un consensus. Le problème est de choisir la femme qui mérite ces sentiments. Quelles sont les caractéristiques de cette femme ? Le Prophète de Dieu, prière et salut de Dieu sur lui, a dit : "On épouse une femme pour sa beauté, pour sa fortune et pour sa religion. Mais c'est la religion qui l'emporte. Que tes mains soient comblées." Paroles du Prophète. L'authentique éducation islamique est celle qui t'empêche de tomber dans des problèmes comme celui qui te fait souffrir maintenant. Toi, ainsi que l'ensemble des fils de ta génération, vous n'avez pas reçu d'éducation islamique car vous êtes nés dans un Etat laïque, vous avez reçu un enseignement laïque et vous vous êtes habitués à penser d'une manière éloignée de la religion. Vous êtes revenus à l'islam dans vos cœurs mais cela prendra encore du temps pour que vos esprits se débarrassent de la laïcité et se purifient pour l'islam. Apprends, comme je te l'ai souvent dit, à aimer en Dieu et à haïr en Dieu. Sans cela, ton islam ne sera jamais achevé. La tristesse que tu ressens maintenant est la conséquence naturelle de ton éloignement de Dieu, fût-ce sur un seul aspect de ta vie. Si tu t'étais interrogé au début de ta relation avec cette amie sur la dimension de sa pratique religieuse, si tu avais fait de son attachement à l'islam la condition de ton attachement pour elle, tu n'en serais pas arrivé là où tu es maintenant.

Le cheikh versa deux verres de thé et en tendit un à Taha, puis il remit la théière sur un plateau en métal tellement vieux que sa couleur était passée. Il lui dit en sirotant lentement son thé :

— Dieu sait combien je t'aime, mon fils, et combien cela me fait de la peine que tu viennes voir ton cheikh, plein de tristesse, et qu'il te fasse une conférence au lieu de te consoler mais, par Dieu, j'insiste : oublie cette fille, Taha. Elle se perd et, toi, tu es un croyant pratiquant. Ce qu'il te faut, c'est une fille musulmane comme toi. Entraîne-toi à l'oublier et va chercher de l'aide dans la prière et la lecture du Coran. Ce sera dur au début mais ensuite cela deviendra plus facile, avec la permission de Dieu.

Et puis, as-tu oublié ta religion, Taha ? Où en est le djihad, Taha ? Où en est ton devoir envers l'islam et les musulmans ? Hier, la sale guerre a commencé et nos dirigeants ont été poussés à combattre des musulmans sous le commandement des mécréants. Le devoir de toute la jeunesse musulmane d'Egypte est de se soulever contre ce pouvoir mécréant. Choisiras-tu, Taha, de faire défection et de ne pas venir au secours des musulmans qui se font tuer par milliers chaque jour, pour te préoccuper d'une fille perdue qui t'a abandonné afin de se livrer à la turpitude ? Le jour du Jugement dernier, Dieu, qu'il soit exalté et glorifié, ne te demandera pas de comptes au sujet de Boussaïna, il te demandera des comptes sur ce que tu as fait pour venir au secours de l'islam. Que diras-tu à Dieu, lorsque le grand jour sera arrivé ?

— J'ai promis à Dieu plus d'une fois de l'oublier, mais malheureusement j'ai recommencé à penser à elle.

— Le démon qui t'habite ne se rendra pas facilement et tu ne parviendras pas en une seule fois à la piété. Le djihad que l'on mène à l'intérieur de soi est le grand djihad, comme l'appelle le Prophète de Dieu, prière et salut de Dieu sur lui.

— Que dois-je faire, maître ?

— Il te faut prier, lire le Coran. Persiste dans ces deux pratiques, mon fils, jusqu'à ce que Dieu ouvre ton cœur. Promets-moi, Taha, que tu ne reverras pas cette fille, quelles que soient les circonstances.

Taha regarda le cheikh et resta silencieux.

— C'est un pacte entre nous, Taha, et j'ai confiance que tu le respecteras, avec la permission de Dieu.

Puis le cheikh se leva et ouvrit le tiroir du vieux bureau. Il en sortit des photographies découpées dans des journaux étrangers qu'il lança à Taha :

— Regarde ces photographies, observe-les bien. Ce sont nos frères musulmans d'Irak dont les corps ont été mis en lambeaux par les avions de l'Alliance. Regarde comme leurs corps sont déchiquetés. Parmi eux, il y a des femmes et des enfants. C'est cela qu'ils font aux musulmans et nos dirigeants traîtres participent aux crimes des infidèles.

Puis il prit au hasard une photographie et la mit devant les yeux de Taha :

— Contemple le visage de cette petite fille irakienne qui a été déchirée par les bombes américaines. Est-ce que tu n'es pas responsable de cette petite fille comme de ta sœur ou de ta mère ? Qu'as-tu fait pour leur venir en aide ? Est-ce qu'il reste encore dans ton cœur de la place pour la tristesse à l'égard de ton amie dévoyée ?

La photographie de la petite fille défigurée était extrêmement douloureuse et Taha dit avec amertume :

— Les enfants des musulmans sont massacrés de cette manière horrible tandis que la télévision égyptienne mobilise les plus grands oulémas* d'al-Azhar** pour qu'ils certifient que la position du gouvernement égyptien est juste et conforme à la charia. Ils prétendent que l'islam autorise l'alliance avec l'Amérique pour frapper les Irakiens.

Pour la première fois le cheikh se mit en colère et éleva la voix :

— Ce sont des cheikhs hypocrites et dépravés, les jurisconsultes des princes. Leur péché à l'égard de Dieu est énorme. L'islam n'autorise absolument pas que nous nous associons aux infidèles pour combattre des musulmans, quelle qu'en soit la cause. N'importe quel étudiant en première année d'étude de la charia est capable de démontrer cela en s'appuyant sur une chaîne de garants.

Taha secoua la tête en acquiesçant aux paroles du cheikh qui ajouta soudain, comme s'il venait de se souvenir :

— Ecoute, demain, avec la permission de Dieu, tes frères vont organiser une grande manifestation à l'université. Je te prie de ne pas y manquer.

Il se tut un instant avant de poursuivre :

— Je ne peux pas conduire moi-même la manifestation, mais votre frère Tahar sera votre émir demain, avec la permission de Dieu. Le

---

* *Oulamâ* est le pluriel de *âlim* qui veut dire savant. Il s'agit ici de savants en matière religieuse, ceux dont l'autorité est reconnue et que l'on consulte sur les points de doctrine.
** Mosquée université la plus célèbre de l'islam sunnite, celle dont la parole est la plus reconnue. Son cheikh est souvent considéré comme la plus haute autorité religieuse. Mais cette autorité est parfois contestée. Elle l'est notamment par les courants islamistes.

rassemblement aura lieu devant la salle des fêtes, après la prière de midi.

Taha hocha la tête et se leva pour prendre congé, mais le cheikh lui fit signe de patienter. Il disparut un instant à l'intérieur et revint en souriant. Il lui dit en lui tendant un petit livre :

— Voici la charte de l'action islamique. Je veux que tu la lises seul et ensuite nous en discuterons. Avec la permission de Dieu, Taha, ce livre va te faire oublier toutes les mauvaises idées qui te viennent à l'esprit.

*

Les animaux ont été égorgés, le matin du vendredi. Trois jeunes taureaux qui ont passé la nuit près de l'ascenseur, dans l'entrée de l'immeuble Yacoubian. Lorsque s'est élevé l'appel à la prière de l'aube, cinq bouchers se sont précipités sur eux, les ont ligotés, puis égorgés. Ils ont mis ensuite des heures à les écorcher, les découper en morceaux qu'ils ont emballés dans des poches prêtes à être distribuées. Aussitôt après la prière de l'aube, la foule commença à s'assembler dans la rue Soliman-Pacha. Des cohortes de gens se mirent à déferler vers les magasins Azzam. Ils étaient extrêmement pauvres : des mendiants, des appelés faisant leur service dans la police, des enfants pieds nus, des femmes voilées de noir portant ou traînant leurs enfants en bas âge. Ils venaient tous chercher leur part de la viande des bêtes sacrifiées dont le hadj Azzam leur faisait cadeau à l'occasion de sa victoire aux élections. Devant la porte principale du magasin se tenait Fawzi, le fils aîné du hadj, vêtu d'une *galabieh* blanche. Il prenait des sacs de viande et les jetait aux gens qui se bousculaient violemment et jouaient des coudes pour les attraper, à tel point que des bagarres éclatèrent, des gens furent blessés et les employés du magasin furent obligés de former un cordon et de frapper à coups de ceinture ceux qui se bousculaient pour les éloigner des vitrines avant que la pression de leurs corps ne les brise.

A l'intérieur, le hadj Azzam était assis au centre de la pièce, vêtu d'un élégant costume bleu avec une chemise blanche et une cravate rouge chamarrée. Son visage débordait de bonheur. Le résultat des élections avait été annoncé officiellement le jeudi soir et le hadj Azzam avait remporté le siège de Kasr-el-Nil (siège réservé aux travailleurs) de l'Assemblée du peuple. Sa victoire sur son concurrent Abou Hamido qui n'avait obtenu qu'un nombre de voix extrêmement limité était écrasante : El-Fawli avait eu à cœur que cela soit une défaite accablante et retentissante pour servir de leçon à tous ceux qui, à l'avenir, contreviendraient à ses instructions. Le hadj Azzam ressentait une véritable et profonde gratitude envers Dieu – qu'il soit loué et exalté – qui l'avait comblé de ses bienfaits et lui avait accordé une victoire éclatante. Dès qu'il avait appris la nouvelle, il avait fait plus de vingt prosternations d'actions de grâce, puis avait donné des instructions pour que soient égorgés les jeunes taureaux et avait secrètement distribué à peu près vingt mille livres aux familles pauvres qu'il prenait directement en charge ainsi que vingt mille autres livres au cheikh Samman pour qu'il les dépense à bon escient dans ses œuvres caritatives, sans compter vingt livres d'or dont il avait fait personnellement cadeau au cheikh à cette occasion.

Un autre sentiment titillait le cœur du hadj quand il pensait à Soad et à la manière dont ils allaient fêter ensemble son éclatante victoire ! Il revit dans son esprit les détails de son corps tendre et chaud et il sentit qu'il l'aimait véritablement. Il se dit que le Prophète de Dieu – prière et salut de Dieu sur lui – avait raison de bien augurer des femmes. Certaines femmes sont vraiment bénies et dès qu'un homme les épouse il est comblé de bienfaits. Soad était de celles-là. Elle avait apporté avec elle la victoire et la bénédiction de Dieu et le voilà qui triomphait et entrait à l'Assemblée du peuple. Comme les voies de Dieu sont merveilleuses ! C'est lui maintenant qui représente à l'Assemblée du peuple les habitants de la circonscription de Kasr-el-Nil, eux qui autrefois lui tendaient leurs chaussures à cirer, le regardaient de haut et lui faisaient l'aumône de leur menue monnaie. Maintenant, il est le respectable M. le député. Il jouit d'une immunité judiciaire qui interdit à qui que ce soit de s'en prendre à lui sans l'accord de l'Assemblée. A partir de maintenant, sa photographie paraîtra dans les journaux et il passera à la télévision. Tous les jours, il se réunira avec des ministres et leur serrera la main d'égal à égal. Il n'est plus simplement un riche homme d'affaires. Il fait désormais partie des hommes d'Etat et il faut qu'il se comporte avec tout le monde sur cette base. A partir de maintenant, il va se lancer dans de grandes entreprises qui le feront passer d'un bond au niveau des géants. La prochaine étape lui fera atteindre le sommet. Il sera l'une des cinq ou six personnalités les plus importantes du pays tout entier. Si les contrats qu'il planifie parviennent à se réaliser, il passera du groupe des millionnaires à celui des milliardaires.

Peut-être deviendra-t-il le plus riche des Egyptiens, peut-être deviendra-t-il ministre, oui, ministre ! Et pourquoi pas ? Si Dieu le veut, il n'y a rien d'impossible. Aurait-il pu rêver de devenir membre de l'Assemblée du peuple ? L'argent aplanit les difficultés et rapproche ce qui est éloigné. Le ministère deviendra un jour une réalité comme l'est devenue l'Assemblée.

Il resta plongé dans ses réflexions jusqu'à ce que s'élève l'appel à la prière du milieu de l'après-midi. Suivant son habitude, il conduisit la prière des employés du magasin même si pendant ce temps – et il en demandait pardon à Dieu – son esprit s'évada plus d'une fois vers le corps de Soad. Dès qu'il eut fini la prière et la récitation de son chapelet, il partit précipitamment. Il entra dans l'immeuble Yacoubian et monta avec l'ascenseur jusqu'au septième étage. Avec quel désir ardent, pressant et délicieux tourna-t-il la clef dans la serrure et trouva-t-il Soad devant lui, exactement comme il l'avait imaginée. Elle l'attendait dans sa robe de chambre rouge qui faisait ressortir ses glorieux attraits, avec ce parfum qui s'insinuait dans sa narine et titillait ses sens. Elle s'avança lentement vers lui. En entendant le bruit de ses pas et le froissement de sa robe, il fut possédé par l'amour. Elle le prit dans ses bras et lui chuchota en lui caressant le nez de ses lèvres : "Bravo, mon chéri, mille fois bravo."

*

Ce n'est qu'à des instants rares et exceptionnels que Soad Jaber laisse paraître sa vérité. Un coup d'œil furtif comme un éclair lui échappe et son visage retrouve son apparence originelle, exactement comme le comédien, après avoir terminé son rôle, retrouve sa personnalité, ôte ses habits de scène et enlève le maquillage de son visage. Ainsi apparaît parfois sur le visage de Soad le même regard sérieux, lentement éveillé, qui fait remonter quelque chose du plus profond d'elle-même et le dévoile d'une manière insistante et implacable. Cela peut arriver n'importe quand. Lorsqu'elle prend son repas avec le hadj en le câlinant, ou même lorsqu'elle est dans le lit avec lui, se trémoussant dans ses bras et s'efforçant d'éveiller sa virilité languissante, cet éclair se met tout à coup à luire dans ses yeux, confirmant que son esprit ne s'est pas arrêté de réfléchir, même au plus fort de l'action. Souvent, elle est étonnée par sa capacité nouvelle à se métamorphoser en personnages mensongers. De toute sa vie elle n'avait pas connu le mensonge. Tout ce qui lui passait par l'esprit sortait sur ses lèvres. D'où est venue toute cette comédie ? Elle joue avec virtuosité le rôle de l'épouse aimante, pleine de désir, affectueuse, jalouse. Comme les comédiens professionnels, elle contrôle complètement ses sentiments : elle pleure, rit, se met en colère quand elle l'a décidé. Maintenant, dans le lit avec le hadj Azzam, elle joue la comédie : celle de la femme surprise par la vigueur de son homme et qui se soumet à lui pour qu'il fasse de son corps tout ce que veut sa force implacable. Elle ferme les yeux, soupire, gémit, alors qu'elle ne ressent rien d'autre qu'un frottement, le simple frottement froid et ennuyeux de deux corps nus. Dans sa conscience acérée, tapie en arrière-plan et qui ne s'endort pas un seul instant, elle observe le corps épuisé du hadj qui a perdu sa flamme et, un mois à peine après son mariage, laisse paraître sa faiblesse. Elle détourne le regard de sa peau blanche et ridée de vieillard, des rares poils parsemés sur sa poitrine et de ses deux mamelons petits et sombres. Elle éprouve de la répulsion lorsqu'elle touche son corps, comme si elle saisissait entre ses mains un lézard ou une grenouille visqueuse et répugnante.

Chaque fois, elle se souvient du corps de Messaoud, son premier mari, svelte et robuste, avec qui elle avait connu la première fois l'amour. C'étaient de beaux jours. Elle sourit en se souvenant à quel point elle l'aimait et combien elle désirait être avec lui. Ses caresses et son souffle chaud sur son cou et sur sa poitrine embrasaient son corps. Elle se couchait avec lui dans la fièvre, elle se dissolvait dans l'évanouissement du plaisir. Lorsqu'elle s'en rendait compte, elle avait honte. Elle détournait la tête et pendant un moment évitait de regarder son visage. Lui éclatait de rire et disait de sa voix forte et grave :

— Et alors ? Pourquoi as-tu honte ? Est-ce qu'on fait un péché ? C'est la loi du bon Dieu, ma petite sotte !

Comme cette époque était belle et comme elle est lointaine ! Elle aimait son mari et ne souhaitait rien d'autre au monde que de vivre avec lui en élevant leur fils. Par Dieu tout-puissant, elle ne voulait pas la fortune, elle ne demandait rien. Elle était heureuse dans son petit appartement d'Assafra-sud, à côté du chemin de fer. Elle lavait, cuisinait, préparait la tétée de Tamer, nettoyait le sol puis, à la fin de la journée, elle faisait sa toilette, se maquillait et attendait Messaoud. Son appartement, elle le voyait vaste, propre, lumineux, comme un palais.

Lorsqu'il lui avait dit qu'il avait un contrat de travail pour l'Irak, elle s'y était opposée, elle s'était révoltée et s'était disputée avec lui, elle lui avait refusé son lit pendant des jours pour le dissuader de partir. Elle lui criait au visage :

— Tu émigres, tu nous laisses seuls.

— Un an ou deux, et je reviendrai avec une jolie petite somme.

— Tous les gens disent la même chose et ils ne reviennent jamais.

— Alors, tu aimes la pauvreté ? On vit au jour le jour. On restera toute notre vie endettés.

— "Peu à peu, le petit grandit*."

— Pas dans notre pays. Ici tout est à l'envers. Chez nous c'est le grand qui grandit et le petit qui meurt. L'argent apporte l'argent et la pauvreté apporte la pauvreté.

Il parlait avec le calme de celui qui a pris sa décision. Comme elle regrette maintenant de lui avoir obéi ! Si elle s'était mise en colère, si elle avait quitté la maison, il aurait cédé et aurait renoncé au départ. Il l'aimait et il n'aurait pas supporté qu'elle s'éloigne de lui. Mais elle s'était soumise et l'avait laissé partir. C'est le destin qui commande ! Messaoud est parti et il n'est jamais revenu. Elle est sûre qu'il est mort à la guerre, qu'on l'a enterré là-bas et qu'on l'a déclaré disparu. C'est arrivé à de nombreuses familles à Alexandrie. Il était absolument impossible que Messaoud l'ait abandonnée et ait laissé son fils. Impossible. C'était certain qu'il était mort. Il avait rejoint Dieu et l'avait laissée toute seule dans la peine.

Fini le temps de l'amour, des vrais sentiments passionnés et de la pudeur. Finies les belles années. Elle avait été piétinée, elle avait eu faim

* Proverbe équivalent à notre "Petit à petit, l'oiseau fait son nid".

pour nourrir son fils. Les visages, les corps et les vêtements des hommes étaient différents, mais leurs regards étaient toujours les mêmes : ils la déshabillaient, la violaient, lui promettaient tout si elle acceptait. Elle résistait avec acharnement mais ce n'était pas facile. Elle avait peur de se lasser un jour et de céder. Son travail aux galeries Hanneaux était épuisant pour un salaire très faible. Les dépenses pour son fils augmentaient sans cesse. C'était une lourde charge pour elle, comme si elle devait soulever une montagne. Quant à sa famille (même son frère Hamido), ou bien ils étaient pauvres comme elle, sans travail fixe, ou bien c'étaient des salauds qui ne lui apportaient d'autre aide que leurs vœux et s'excusaient de ne pas l'aider financièrement sous des prétextes mensongers. Elle avait vécu des années difficiles au point qu'elle avait failli renier Dieu. Plus d'une fois elle sentit sa volonté faiblir, sur le point de tomber dans le péché, poussée par le désespoir et le besoin.

Lorsque le hadj Azzam avait demandé sa main dans le respect de la loi de Dieu et de son Prophète, elle avait bien calculé : elle donnerait au hadj son corps en échange de l'entretien de son fils. Elle ne toucha pas à la dot payée par Azzam, mais la plaça à la banque au nom de Tamer pour que son montant soit multiplié par trois en l'espace de dix ans. Le temps des sentiments était fini. Maintenant tout était calculé. C'était une chose en échange d'une autre, d'un commun accord et pour le contentement des deux parties. Elle couchait avec ce vieillard deux heures par jour et elle laissait son fils à Alexandrie, mais elle en récoltait le prix.

Pourtant le besoin de Tamer la déchirait. La nuit, souvent, elle sentait sa place vide à côté d'elle et elle pleurait à chaudes larmes. Un matin, en passant devant une école primaire, elle vit des enfants en uniforme scolaire, elle se souvint de lui et pleura. Pendant des jours, elle fut broyée par la tristesse et la passion maternelle. Elle se revoyait, prenant son petit corps chaud dans le lit, lui lavant le visage dans la salle de bains, le revêtant de son uniforme, lui préparant son petit-déjeuner, rusant pour qu'il boive son verre de lait jusqu'au bout, puis descendant avec lui et prenant le tram jusqu'à l'école. Où était-il maintenant ? Comme elle avait pitié de lui, seul au loin pendant qu'elle vivait seule ici, dans cette grande ville froide et détestable où elle ne connaissait personne, dans un vaste appartement où rien ne lui appartenait. Elle se cachait des gens comme une voleuse ou une femme de mauvaise vie. Sa seule fonction était de s'accoupler avec ce vieil homme qui, tous les jours, venait se jucher sur elle avec son impotence ballante et lasse, et le contact de son corps lisse et dégoûtant.

Il ne voulait pas qu'elle aille voir Tamer. Toutes les fois qu'elle parlait de lui son visage s'assombrissait comme s'il était jaloux. Mais elle soupirait sans cesse après son fils. Elle voudrait le voir maintenant, le serrer avec force dans ses bras, sentir son odeur, caresser ses doux cheveux noirs. Ah ! si elle avait pu le faire venir vivre au Caire avec elle ! Mais le hadj Azzam n'accepterait jamais. Dès le début, il avait mis comme condition qu'elle abandonne son fils. Il lui avait dit clairement :

— Je t'épouse seule, sans enfants, nous sommes d'accord ?

Quand elle se rappelait le visage froid et dur qu'il avait à ce moment-là, elle le détestait du plus profond de son cœur. Puis elle se ressaisissait et se convainquait que tout ce qu'elle faisait était dans l'intérêt de Tamer et de son avenir. A quoi cela lui servirait de vivre dans le giron de sa mère s'ils devaient se retrouver tous les deux à mendier à droite et à gauche ? Elle devait remercier Azzam et faire preuve de gratitude à son égard au lieu de le détester. Au moins, il l'avait épousée dans les règles et il pourvoyait à ses dépenses. C'était cette idée pratique et sans détour qui régissait ses relations avec le hadj. Il avait des droits sur son corps en fonction d'un accord réglementaire. Il avait le droit de la prendre quand il le voulait et où il voulait. Elle devait toujours être prête. Il fallait qu'elle l'attende toute la journée, après s'être faite belle et parfumée. C'était son droit de ne pas ressentir sa froideur. C'était son droit qu'elle ne lui fasse pas éprouver sa faiblesse et son impuissance au lit. Pour le mettre à l'aise, elle avait maintenant recours à une ruse que l'instinct lui avait apprise : elle hoquetait, elle lui griffait le dos de ses ongles, elle simulait l'orgasme, étreignait son corps épuisé et posait sa tête sur sa poitrine, comme si elle était enivrée par le plaisir. Ensuite, elle ouvrait les yeux et se mettait à lui embrasser le menton et le cou tout en lui caressant la poitrine de ses doigts.

Elle lui susurra d'une voix tendre :

— J'y pense… où est ma récompense pour ton élection ?

— Tu auras ta récompense, bien sûr, un beau cadeau.

— Merci, mon chéri, écoute, je vais te poser une question. Réponds-moi franchement.

Le hadj s'appuya contre le montant du lit et la regarda avec attention, laissant sa main posée sur son épaule nue.

— Tu m'aimes ?

— Je t'aime énormément, Soad, tu le sais.

— Alors, si je te demandais n'importe quoi au monde, tu le ferais pour moi ?

— Bien sûr.

— Bon, souviens-toi de ce que tu viens de dire.

Il la regarda d'un air hésitant, mais elle avait décidé de ne pas l'affronter ce soir :

— Je te dirai quelque chose d'important la semaine prochaine, avec la permission de Dieu.

— Dis-le-moi ce soir.

— Non mon chéri. Il faut d'abord que je sois sûre.

Le hadj rit et dit :

— C'est une devinette ?

Elle l'embrassa et lui dit d'une voix aguichante :

— Oui, c'est une devinette.

*

Les homosexuels excellent généralement dans les métiers qui reposent sur le rapport avec les gens, comme les relations publiques, le métier de comédien, celui d'agent immobilier ou celui d'avocat. On dit que leur succès dans ces domaines vient de ce qu'ils n'ont pas cette gêne qui fait perdre aux autres des occasions de réussite. De même, la vie des homosexuels, pleine d'expériences humaines variées et insolites, leur permet de mieux comprendre la nature des gens et d'être plus capables de les influencer. Les homosexuels se distinguent également dans les métiers qui font appel au goût ou à l'imagination comme la décoration et la mode, et il est bien connu que les plus grands couturiers du monde sont homosexuels, peut-être parce que le dédoublement de leur nature sexuelle les rend capables de concevoir des vêtements de femmes attrayants pour les hommes, et vice-versa.

Ceux qui connaissent Hatem Rachid peuvent avoir sur lui des points de vue divers, mais ils sont tous obligés de reconnaître son goût raffiné et son don authentique pour choisir les couleurs et les vêtements. Même dans sa chambre à coucher, avec ses amants, Hatem rejette l'allure efféminée vulgaire que se donnent beaucoup d'homosexuels. Il ne met pas de poudre sur son visage et ne porte pas de chemises de nuit de femme ni de fausse poitrine. Il s'efforce, par des touches expertes, de faire ressortir sa beauté androgyne. Il porte sur son corps nu des *galabieh* transparentes brodées de belles couleurs et rase de près sa barbe. Il épile ses sourcils avec soin. Il passe légèrement du khôl autour de ses yeux puis peigne en arrière ses cheveux fins ou en laisse retomber des mèches désordonnées sur son front. Par ces apprêts, il cherche toujours à parvenir au modèle du bel éphèbe des temps anciens. C'est avec le même goût raffiné que Hatem a acheté les nouveaux vêtements de son ami : des pantalons étroits faisant ressortir la force de ses muscles, des chemises et des tee-shirts de couleur pâle pour éclairer son visage sombre, avec des cols toujours ouverts pour laisser voir les muscles de sa nuque et les poils touffus de sa poitrine.

Hatem était généreux avec Abdou, il lui donnait beaucoup d'argent que celui-ci envoyait à sa famille. Il était parvenu à le recommander auprès du commandant de la caserne, ce qui le fit bénéficier d'un meilleur traitement : on lui accorda, l'une après l'autre, des permissions qu'il passait toutes avec Hatem, comme deux jeunes mariés en lune de miel. S'abandonnant à l'oisiveté et à la paresse, ils se réveillaient à midi, mangeaient dans les restaurants les plus luxueux, allaient au cinéma, faisaient des courses. Tard dans la nuit, ils allaient au lit ensemble et, après s'être rassasiés de leurs corps, restaient allongés dans les bras l'un de l'autre à la lumière d'une faible lampe. Parfois ils veillaient jusqu'au matin. Hatem n'oublierait jamais ces tendres moments. Il s'abreuvait d'amour puis se collait comme un enfant craintif contre le corps puissant d'Abdou. Il enfouissait son nez comme un chat dans sa peau sombre et rude. Il lui parlait de tout : de son père et de sa mère française, d'Idriss, son premier amour, et, ce qui était le plus surprenant, c'était qu'Abdou, en dépit de son jeune âge et de son ignorance, comprenait les sentiments de Hatem et commençait à mieux accepter leur relation. La répulsion initiale avait disparu pour faire place à une délicieuse passion coupable. Il y avait aussi l'argent, la vanité, les vêtements nouveaux, la bonne nourriture, les endroits élégants où Abdou n'aurait jamais pu rêver entrer un jour. La nuit, dans la rue, quand il revenait en compagnie de Hatem, cela faisait plaisir à Abdou de passer, avec son allure élégante, à côté des appelés de la police et de les saluer de loin, comme pour s'assurer qu'il était pour un temps différent de ces pauvres misérables qui se tenaient debout, sans signification et sans perspective, pendant de longues heures au soleil ou dans le froid. Les deux amis vécurent des jours d'un bonheur sans mélange.

Puis arriva l'anniversaire d'Abdou. Celui-ci avait dit à Hatem que c'était un événement sans grande importance pour lui parce que dans le Saïd on ne célébrait que le mariage et la circoncision. Mais Hatem avait insisté pour le fêter avec lui. Il l'avait pris dans sa voiture et lui avait dit en souriant :

— Ce soir, je vais te faire une surprise.

— Quelle surprise ?

— Sois patient, tu vas le savoir tout de suite, avait murmuré Hatem avec un air d'espièglerie enfantine.

Il conduisit la voiture dans une direction inhabituelle. Il coupa la Salah-Salem*, entra dans Medinat Nasr puis traversa pour parvenir à une petite voie secondaire. Les magasins étaient fermés et la rue presque plongée dans l'obscurité, mais un kiosque métallique fraîchement repeint y brillait dans l'ombre. Tous les deux descendirent de voiture et s'arrêtèrent devant le kiosque. Abdou entendit un cliquetis puis il vit Hatem sortir un paquet de petites clefs, tendre la main vers lui et lui dire avec tendresse :

— C'est pour toi, Abdou, *joyeux anniversaire***. *Koll sana w'enta tayyeb*. C'est mon cadeau. J'espère qu'il te plaît.

— Je n'y comprends rien.

Hatem éclata d'un rire bruyant :

— Ah ! Le Saïdi, tu as le cerveau bouché. Ce kiosque est à toi. J'ai fait intervenir quelqu'un

---

* Voie rapide qui permet de rejoindre le quartier de Maadi à Héliopolis en passant derrière la citadelle, au pied du Mouqattam, à travers les cimetières. Le très vaste quartier de Medinat Nasr se trouve à l'est de cet axe ouvert dans les années 1970.

** En français dans le texte. En arabe égyptien, pour les anniversaires comme pour les célébrations de toutes sortes, on dit : *Koll sana w'enta tayyeb* ("Que tu sois bien toute l'année").

d'important et je l'ai obtenu du gouvernorat pour toi. Dès que tu auras fini ton service, je t'achèterai de la marchandise et tu pourras venir la vendre.

Puis il lui murmura :

— Comme ça, mon chéri, tu travailleras, tu gagneras de l'argent et tu pourras entretenir ta famille et, en plus, je suis sûr que tu resteras toujours avec moi.

Abdou poussa un grand cri et se mit à rire, puis il serra Hatem dans ses bras et le remercia en balbutiant.

C'était une belle nuit. Ils dînèrent ensemble dans un restaurant de poissons de Mohandessine et Abdou mangea tout seul à peu près un kilo de crevettes avec du riz. Ils burent pendant le repas deux bouteilles de vin suisse. L'addition dépassait sept cents livres que Hatem paya avec sa carte Visa. Le soir, lorsqu'ils se retrouvèrent au lit, Hatem fut sur le point de pleurer de douleur de sa jouissance. Il avait l'impression d'être sur un nuage et il aurait voulu que le temps s'arrête à ce moment. Après l'amour, ils restèrent, selon leur habitude, collés l'un à l'autre dans le lit. La lumière pâle d'une bougie dansait et projetait son ombre sur le mur opposé, couvert de papier peint. Hatem parla longuement de ses sentiments pour Abdou qui resta silencieux. Il regardait devant lui et son visage prit soudain un air sérieux. Hatem lui demanda, inquiet :

— Qu'as-tu, Abdou ?

— …

— Qu'as-tu ?

— J'ai peur, monsieur Hatem.

Abdou parlait lentement, d'une voix profonde.

— Peur de quoi ?

— Du Seigneur, qu'il soit glorifié et exalté !

— Que dis-tu ?

— Le Seigneur, qu'il soit glorifié et exalté ! J'ai peur qu'il nous punisse pour ce que nous faisons.

Hatem se tut et se mit à l'observer dans l'obscurité. Cela lui semblait étrange de se mettre à parler de religion avec son amant. C'était la dernière chose à laquelle il pouvait s'attendre.

— Qu'est-ce que tu dis, Abdou ?

— Toute ma vie, mon bey, j'ai respecté Notre-Seigneur. Au village, on m'appelait le cheikh Abd Rabo. Je faisais toujours mes prières à la mosquée, à l'heure exacte. Je jeûnais pendant le mois de ramadan ainsi que tous les jours facultatifs… jusqu'à ce que je te rencontre et que je change.

— Tu veux prier, Abdou ? Eh bien prie.

— Comment prier, alors que je bois du vin tous les soirs et que je couche avec toi ? Je sens que Dieu est en colère contre moi et qu'il va me punir.

— Tu veux dire que Dieu va nous punir parce que nous nous aimons ?

— Dieu nous a interdit cet amour-là. C'est un très grand péché. Il y avait chez nous un imam, à la mosquée, qui s'appelait le cheikh Draoui, que Dieu lui fasse miséricorde. C'était un homme saint, un homme de Dieu. Il nous disait dans son prêche du vendredi : "Attention au péché de Loth, c'est un énorme péché qui fait trembler de colère le trône de Dieu."

Hatem ne pouvait plus se contrôler. Il se leva du lit et ouvrit la lumière. Il alluma une cigarette. Avec son beau visage, sa chemise flottante sur son corps nu, il ressemblait à une belle femme en colère. Il souffla la fumée et cria soudain :

— Abdou, vraiment, je ne comprends plus rien avec toi. Je ne sais pas ce qu'il faut que je fasse de plus. Je t'aime, je pense à toi, j'essaie toujours de te rendre heureux et toi, au lieu de me remercier, voilà que tu te mets à m'embêter avec ces histoires.

Abdou resta allongé en silence à regarder le plafond, les deux mains derrière la tête. Hatem termina de fumer sa cigarette, puis se versa un verre de whisky qu'il ingurgita d'un seul coup, puis revint s'asseoir à côté d'Abdou et lui dit calmement :

— Ecoute mon chéri, Dieu est grand et il est vraiment miséricordieux, contrairement à ce que disent les cheikhs ignorants de ton village. Il y a beaucoup de gens qui prient et qui jeûnent, mais qui volent et font du mal. Ceux-là, Dieu les punira. Mais, nous, je suis convaincu que Dieu nous pardonnera parce que nous ne faisons de mal à personne. Nous, nous nous aimons, simplement… Abdou, je t'en prie, ne complique pas tout… Aujourd'hui, c'est ton anniversaire et il faut que nous soyons gais.

*

Cela arriva un dimanche soir. Depuis deux semaines, Boussaïna était dans son nouvel emploi. Deux semaines pendant lesquelles Zaki Dessouki avait effectué toutes les approches préliminaires. Il lui avait d'abord confié quelques tâches : tenir son agenda téléphonique, payer ses factures d'électricité, classer de vieux papiers. Puis il s'était mis à parler de lui, de son sentiment de solitude et du regret qu'il ressentait parfois de ne pas s'être marié. Il se plaignit à elle de sa sœur Daoulet et lui dit qu'il était triste de son mauvais comportement à son égard. Il commença à lui poser des questions sur sa famille, sur ses jeunes frère et sœurs et, de temps en temps, il lui faisait la cour. Il faisait des compliments sur sa robe ou sur sa coiffure qui mettait en valeur la beauté de son visage. Son regard s'attardait sur son corps. Il était comme un joueur de billard expérimenté qui ajuste son tir avec confiance et précision. Elle accueillait ses signaux avec un sourire compréhensif : la comparaison entre son salaire élevé et son travail dérisoire était suffisante pour lui faire comprendre le rôle qu'on attendait d'elle. Les insinuations entre eux durèrent longtemps, jusqu'à ce qu'un jour il lui dise, alors qu'elle s'apprêtait à partir :

— Je suis très satisfait de toi, Boussaïna. J'espère que nous resterons toujours ensemble.

— Je suis à vos ordres.

Elle lui avait dit cela avec douceur pour lui ouvrir la route. Il avait pris sa main et l'avait interrogée :

— Si je te demandais n'importe quoi, tu le ferais pour moi ?

— Si cela dépend de moi, je le ferai, bien sûr. Il leva ses mains jusqu'à sa bouche et les baisa pour confirmer son intention puis il murmura :

— Demain, viens l'après-midi pour que nous soyons tranquilles.

Le lendemain, pendant l'heure que Boussaïna passa dans la salle de bains à s'épiler, à frotter ses talons avec une pierre ponce, à adoucir sa peau et ses mains avec de la crème, elle pensa à ce qui arrivait. Il lui parut que des relations physiques avec un vieillard comme Zaki Dessouki devaient être étranges et piquantes d'une certaine façon. Elle se souvenait que, souvent, lorsqu'elle s'approchait de lui, elle sentait, mélangée à l'odeur tenace de la cigarette qu'exhalaient ses vêtements, une autre odeur, surannée, qui emplissait sa narine lorsqu'elle était petite et se cachait dans la garde-robe en bois de sa mère. Elle pensa aussi qu'elle ressentait de l'affection à son égard, car c'était un homme courtois qui se comportait aimablement avec elle et qu'il était effectivement malheureux parce que, à cet âge-là, il vivait complètement seul, sans épouse et sans enfants. Dans la soirée, elle alla le rejoindre au bureau et elle le trouva assis à l'attendre, tout seul, après avoir renvoyé Abaskharoun plus tôt que d'habitude. Il avait devant lui une bouteille de whisky, un verre et un seau à glace. Ses yeux étaient un peu rouges et une odeur d'alcool flottait dans la pièce. Il se leva pour l'accueillir, puis s'assit et vida le reste du verre en lui disant tristement :

— Tu ne sais pas ce qui est arrivé ?

— Rien de grave ?

— Daoulet a demandé ma mise en tutelle.

— C'est-à-dire ?

— C'est-à-dire qu'elle a demandé au tribunal de m'interdire de disposer de mes biens.

— Dieu tout-puissant ! Mais pourquoi ?

— Pour pouvoir hériter de moi pendant que je suis en vie.

Il lui dit cela avec amertume en se servant un nouveau verre. Boussaïna ressentit de l'affection pour lui.

— Les frères et les sœurs peuvent se fâcher, mais jamais ils ne peuvent s'humilier l'un l'autre.

— C'est ce que tu crois. Daoulet ne voit rien d'autre devant elle que l'argent.

— Mais si vous lui parliez ?

Il secoua la tête d'une façon qui voulait dire que cela ne servirait à rien. Puis il changea de conversation :

— Tu veux boire avec moi ?

— Non, merci.

— Tu n'as jamais bu ?

— Jamais.

— Essaie un seul verre. C'est amer, mais ensuite cela vous rend heureux.

— Merci...

— Dommage. C'est une chose agréable de boire. Les étrangers savent mieux que nous la valeur de la boisson.

— J'ai remarqué, monsieur, que vous viviez exactement comme les étrangers.

Il sourit et contempla son visage avec amour et sympathie, comme si elle était une petite fille diserte, puis il lui dit :

— Je t'en prie, ne me dis pas monsieur. C'est vrai que je suis vieux mais ce n'est pas la peine que tu me le rappelles tout le temps. Oui, j'ai passé toute ma vie avec des étrangers. J'ai été éduqué dans une école française et la plupart de mes amis étaient étrangers. Je connais Paris aussi bien que Le Caire...

— On dit que Paris est une belle ville.

— Belle ? Paris, c'est le monde entier !

— Mais alors, pourquoi n'avez-vous pas vécu là-bas ?

— C'est une longue histoire.

— Racontez-moi, on a tout notre temps.

Elle rit pour le détendre et lui aussi rit pour la première fois. Elle se rapprocha de lui et lui demanda affectueusement :

— C'est vrai : pourquoi n'avez-vous pas vécu en France ?

— Il y a beaucoup de choses dans ma vie que je n'ai pas faites et que j'aurais dû faire.

— Pourquoi ?

— Je ne sais pas. Lorsque j'étais jeune, que j'avais ton âge, j'imaginais que j'allais réussir tout ce que j'entreprendrais. Je faisais des plans pour ma vie et j'étais convaincu qu'ils allaient se réaliser. En vieillissant, j'ai compris que l'homme n'a presque rien entre ses mains. La vie tout entière est conduite par la destinée.

Il ressentait la tristesse s'insinuer en lui. Il soupira et lui demanda en souriant :

— Et toi, tu aimerais partir ?

— Bien sûr !

— Tu voudrais aller où ?

— N'importe où, loin de ce fichu pays.

— Tu détestes l'Egypte ?

— Bien sûr.

— Comment est-ce possible ? Détester son pays ?

— Je n'y ai rien vu de bon pour que je puisse l'aimer.

Elle détourna le regard en prononçant ces mots. Zaki reprit avec fougue :

— Il faut aimer son pays. Ton pays, c'est comme ta mère. Y a-t-il quelqu'un qui déteste sa mère ?

— Ça, c'est ce qu'on dit dans les films et dans les chansons. Zaki bey, les gens n'en peuvent plus…

— La pauvreté n'empêche pas le patriotisme. La plupart des dirigeants nationalistes du pays étaient pauvres.

— Tout cela, c'était de votre temps, maintenant les gens en ont marre.

— Quelles gens ?

— Tout le monde. Par exemple, les filles qui étudiaient avec moi en section commerciale, toutes ont envie de partir par n'importe quel moyen.

— A ce point ?

— Bien sûr !

— Celui qui n'a rien dans son pays n'a rien dans...

Cette phrase avait échappé à Zaki et il se rendait compte qu'elle était dure. Il sourit pour diminuer son impact sur Boussaïna qui s'était levée et disait avec amertume :

— Vous ne comprenez pas parce que vos conditions de vie sont bonnes. Si vous deviez attendre deux heures un autobus ou prendre trois moyens de transport différents et être humilié chaque jour pour rentrer chez vous, si votre maison s'effondrait et que le gouvernement vous laissait avec votre famille sous une tente dans la rue, si les policiers vous insultaient et vous frappaient uniquement parce que vous montez dans un microbus, la nuit, si vous deviez passer toute la journée à faire le tour des magasins pour chercher un travail et ne pas en trouver, si vous étiez un homme en pleine forme, instruit et que vous n'aviez dans votre poche qu'une livre et parfois rien du tout, alors vous sauriez pourquoi nous détestons l'Egypte.

Un silence lourd s'établit entre eux. Zaki décida de changer de sujet. Il se leva de son siège et se dirigea vers le magnétophone en disant d'un ton enjoué :

— Maintenant, je vais te faire écouter la plus belle voix au monde. Une chanteuse française qui s'appelle Edith Piaf. La plus grande chanteuse de l'histoire de France. Tu en as entendu parler ?

— Mais d'abord, je ne comprends pas le français.

184

Zaki fit un signe pour indiquer que cela n'avait pas d'importance. Il appuya sur le bouton du magnétophone et il en jaillit un air de danse au piano. La voix de Piaf s'éleva chaude, forte et pure. Zaki se mit à remuer la tête en cadence et dit :

— Cette chanson me rappelle des jours heureux.

— Que veulent dire les paroles ?

— Elles parlent d'une fille qui est debout au milieu de la foule. Les gens la poussent malgré elle vers quelqu'un qu'elle ne connaît pas et, dès qu'elle le voit, elle se sent attirée par lui. Elle voudrait rester à ses côtés toute sa vie mais, soudain, les gens la poussent loin de lui. A la fin, elle se retrouve toute seule et l'homme qu'elle a aimé est perdu pour toujours.

— La pauvre !

— Bien sûr, cette chanson est symbolique. Cela veut dire que quelqu'un peut passer toute sa vie à chercher la personne qui lui convient et, au moment où il la trouve, il la perd…

Ils étaient debout à côté du bureau et, tout en parlant, il s'était rapproché d'elle et avait posé les mains sur ses joues. Ses narines se remplissaient de son parfum âpre et suranné. Il lui dit en la regardant dans les yeux :

— La chanson te plaît ?

— Elle est belle.

— Tu sais, Boussaïna, j'avais vraiment besoin de rencontrer quelqu'un comme toi.

— …

— Tu as de très beaux yeux.

— Merci, murmura-t-elle en rougissant.

Elle le laissa encore s'approcher jusqu'à ce que ses lèvres lui caressent le visage puis il la prit dans ses bras et elle ne tarda pas à sentir dans sa bouche le goût piquant du whisky.

— Où vas-tu, ma belle ? lui demanda effrontément Malak, un matin, en lui barrant la route devant l'ascenseur.

— Je descends travailler.

Malak éclata d'un rire bruyant et lui demanda :

— Le travail a l'air de te plaire ?

— Zaki bey est un homme gentil.

— Tout le monde est gentil. Tu as fait quoi au sujet de notre affaire ?

— Pas encore…

— C'est-à-dire ?

— L'occasion ne s'est pas encore présentée.

Malak fronça les sourcils et la regarda avec colère. Il lui prit violemment la main et lui dit :

— Ecoute, petite futée, ce n'est pas une plaisanterie. Cette semaine, il faut qu'il signe le contrat.

— D'accord, lui répondit-elle en libérant sa main et en pénétrant dans l'ascenseur.

*

La protestation des étudiants avait commencé tôt le matin dans la plupart des facultés. Ils s'étaient mis en grève et avaient fermé les amphithéâtres, puis un grand nombre s'étaient mis en mouvement, en criant et en portant des banderoles qui condamnaient la guerre du Golfe. Quand, à midi, retentit l'appel du muezzin, près de cinq mille étudiants et étudiantes se mirent en rang pour prier sur l'esplanade de l'université, en face de la salle des fêtes (les garçons devant et les filles derrière). Ce fut le frère Taher, émir de la Jamaa islamiya, qui officia comme imam. Ensuite, l'assemblée récita la prière de l'absent pour les âmes des martyrs musulmans en Irak, puis Taher monta en haut des marches. Il se tenait debout dans sa *galabieh* blanche avec sa redoutable barbe noire. Sa voix s'éleva dans le haut-parleur :

— Mes frères, nous sommes venus aujourd'hui pour mettre fin au massacre des musulmans en Irak. Notre Nation islamique n'est pas morte comme le voudraient ses ennemis. Le Prophète de Dieu – prière et salut de Dieu sur lui – a promis : "Le Bien pour ma nation, jusqu'au jour du Jugement dernier." Elevons nos voix haut et fort, mes frères, pour que les entendent ceux qui ont mis leurs mains entre les mains de l'ennemi, impures et souillées du sang des musulmans. Jeunesse de l'islam, tandis que nous parlons maintenant, les missiles des infidèles pilonnent l'Irak frère. Ils se glorifient d'avoir complètement réduit Bagdad en poussière et de l'avoir transformé en champ de ruines. Ils disent qu'ils ont fait revenir Bagdad à l'âge de pierre, après avoir complètement détruit ses centrales électriques et ses usines de purification des eaux. Maintenant, mes frères, à chaque instant, des milliers d'Irakiens tombent en martyrs, la peau arrachée par les bombes américaines. Mais la tragédie a atteint son apogée lorsque ceux qui nous gouvernent ont obtempéré aux ordres de l'Amérique et d'Israël : au lieu que les armées musulmanes dirigent leurs armes sur les sionistes qui violent la Palestine et piétinent la mosquée Al-Aqsa, ceux qui nous gouvernent ont donné l'ordre aux soldats égyptiens de tuer leurs frères musulmans en Irak. Oh, mes frères dans l'islam, criez avec force une parole de vérité, dites-la haut et fort pour que l'entendent ceux qui ont vendu le sang des musulmans et entassé les fruits de leur pillage dans les banques suisses.

Les slogans s'élevèrent de toute part, criés par des étudiants portés sur les épaules et repris par des milliers de gorges au comble de l'exaltation :

"Islamique, islamique, ni à l'est, ni à l'ouest."

"Khaybar, Khaybar* ! Ho, le juif,

L'armée de Mohammed est de retour."

"Oh ! Gouvernants indignes, pour combien avez-vous vendu le sang des musulmans ?"

Puis Taher leur fit un signe. Ils se turent et sa voix s'éleva rugissante de colère :

— Hier, les écrans de télévision ont diffusé dans le monde entier l'image d'un soldat américain s'apprêtant à tirer un missile pour tuer notre peuple en Irak. Savez-vous ce qu'avait écrit ce porc américain sur le missile avant de le lancer ? Il avait écrit : "Avec mes salutations à Allah !" Ils se moquent de votre Dieu, et, vous, que faites-vous ? Ils tuent vos femmes, ils offensent leur pudeur et ils se moquent de votre Seigneur, qu'il soit glorifié et exalté, et, vous, que faites-vous ? Votre honneur et votre virilité sont-ils descendus si bas ? Le djihad, le djihad, le djihad ! Et que tous entendent haut et fort notre parole ! Non à cette sale guerre ! Non au massacre des musulmans ! Oh, Dieu, oui, certainement, nous mourrons plutôt que de laisser la Nation de l'islam devenir une bouchée appétissante entre les mâchoires de nos ennemis ! Nous ne serons pas les godillots de l'Amérique, qu'elle chausse et qu'elle enlève à son gré…

Puis Taher cria d'une voix entrecoupée par l'émotion : "*Allah akbar, Allah akbar !* A bas le sionisme, mort à l'Amérique, à bas les traîtres. Islamique, islamique…"

* La bataille de Khaybar, gagnée par les musulmans dans des conditions difficiles.

Les étudiants portèrent Taher sur leurs épaules et la foule nombreuse se dirigea vers le grand portail de l'université. Le but des manifestants était de sortir dans la rue pour que les gens se joignent à la manifestation mais les forces de la Sécurité nationale les attendaient devant l'université et dès que les étudiants sortirent sur la place les soldats, armés d'énormes matraques, de casques et de boucliers métalliques lancèrent l'assaut et se mirent à les frapper avec une extrême violence. De nombreux étudiants tombèrent ou furent blessés et leur sang coula sur l'asphalte de la rue. Malgré tout, un flot abondant de manifestants continua à se déverser à travers l'ouverture du portail. Beaucoup purent s'enfuir. Ils s'élancèrent en courant loin des policiers qui se mirent à les pourchasser. Ces étudiants parvinrent à traverser la place de l'université. Ils se regroupèrent à nouveau à côté du pont où de nouveaux détachements de police se jetèrent sur eux, puis ils s'élancèrent par centaines en direction de l'ambassade d'Israël d'où surgirent un grand nombre de recrues des Forces spéciales qui se mirent à lancer sur les étudiants des gaz lacrymogènes. La fumée s'éleva, dérobant la scène aux regards puis retentit le bruit d'une abondante mitraille.

*

Toute la journée, Taha Chazli participa aux manifestations et, au dernier moment, lorsque les forces de sécurité commencèrent à interpeller les étudiants devant l'ambassade d'Israël, il réussit à s'enfuir. Comme convenu, Taha alla au café *L'Auberge*, place Sayyida-Zeinab, où il rencontra plusieurs frères, parmi lesquels l'émir Taher qui fit un compte rendu et une évaluation des événements de la journée. Puis il dit d'une voix triste :

— Ces criminels ont employé les gaz lacrymogènes comme camouflage, puis ils ont tiré à balles réelles sur les étudiants et votre frère Khaled Harbi, de la faculté de droit, est tombé en martyr. Nous le comptons parmi ceux qui sont retournés à Dieu. Nous demandons à Dieu de lui pardonner tous ses péchés, de le recouvrir de sa grâce et de lui accorder sa récompense au paradis, avec la permission de Dieu.

Ceux qui étaient présents récitèrent la *fâtiha* pour l'âme du martyr et ils furent saisis d'un sentiment d'effroi sacré et de tristesse. Puis le frère Taher leur expliqua leurs missions du lendemain : la prise de contact ave les agences de presse étrangères pour confirmer la nouvelle du martyre de Khaled Harbi, la recherche des familles des détenus et l'organisation de nouvelles manifestations partant d'endroits auxquels ne s'attendraient pas les forces de sécurité. La tâche qui avait été confiée à Taha était d'écrire des affiches et de les placarder tôt le matin sur les murs de la faculté. Dans ce but, il acheta des feutres de couleur et plusieurs rames de papier cartonné. Il s'enferma dans sa chambre sur la terrasse et s'absorba dans son travail au point qu'il ne descendit pas à la salle de prière et qu'il fit seul les prières du crépuscule et du soir. Il termina au milieu de la nuit. Il se sentait extrêmement fatigué et se dit qu'il lui restait peu d'heures de sommeil car il devait aller à l'université avant sept heures du matin. Il ajouta deux prosternations surérogatoires à la prière du soir, puis éteignit la lumière et s'allongea sur le côté droit, en récitant avant de dormir son invocation habituelle : "O mon Dieu, j'ai tourné mon visage vers toi et je me suis mis sous ta protection. Pour ce qui me concerne, je m'en suis remis à toi, plein de désir de toi et de crainte de toi. Il n'y a ni refuge ni protection contre toi, si ce n'est en toi. O mon Dieu, je crois en ton Livre, que tu as fait descendre et en ton Prophète, que tu as envoyé."

Il plongea ensuite dans un sommeil profond. Au bout d'un moment il eut la sensation qu'il rêvait. Il fut éveillé par un concert de bruits. Il ouvrit les yeux et distingua des ombres qui bougeaient dans l'obscurité de la pièce. Soudain, la lumière se fit et il vit trois hommes énormes debout devant son lit. L'un d'eux s'approcha et le gifla violemment, puis lui prit la tête et la tourna brutalement vers la droite et Taha vit pour la première fois un jeune officier de police qui lui demanda d'un air goguenard :

— Tu es Taha Chazli ?

Il ne répondit pas et les indicateurs le frappèrent brutalement sur la tête et au visage. L'officier posa à nouveau sa question et Taha lui dit d'une voix faible :

— Oui…

L'officier sourit d'un air provocateur et lui dit :

— Tu joues les chefs, fils de pute !

C'était le signal : les coups se mirent à pleuvoir sur Taha. Le plus étrange, c'est qu'il ne protesta pas, ne cria pas. Il ne protégea même pas, de ses mains, son visage qui resta figé sous l'effet de la surprise. Il s'abandonna complètement aux coups des indicateurs qui se saisirent de lui et l'entraînèrent hors de la pièce.

Parmi les dizaines de clients qui emplissaient la salle du restaurant oriental de l'hôtel *Sheraton Gezireh* ne se trouvent qu'une petite minorité de citoyens ordinaires qui viennent les jours de fête, en compagnie de leurs fiancées ou de leurs épouses et de leurs enfants, manger d'appétissants kebabs. La plupart des clients sont des notabilités : hommes d'affaires, ministres, actuels ou anciens gouverneurs. Ils vont dans ce restaurant pour manger et se retrouver, loin des yeux des journalistes et des curieux. C'est ce qui explique la concentration de policiers dans ce lieu, sans compter les gardes du corps privés qui accompagnent toutes les personnalités d'envergure. Le *Kababgi** du *Sheraton* en est venu à jouer le même rôle que celui qu'avait eu longtemps le Royal Automobile Club dans la vie politique égyptienne d'avant la révolution. Combien de manœuvres, de transactions, de lois affectant des millions d'Egyptiens ont été élaborées puis conclues au *Kababgi* du *Sheraton*, autour d'une table regorgeant de viandes grillées. La différence entre l'Automobile Club et le *Kababgi* du *Sheraton* traduit avec précision le changement qui est intervenu dans l'élite au pouvoir en Egypte, avant et après la révolution. Les ministres aristocratiques des temps révolus, avec leur éducation et leurs manières authentiquement occidentales, s'accordaient parfaitement avec l'Automobile Club où ils veillaient tous les soirs, sirotant leur whisky en jouant au poker ou au bridge, accompagnés de leurs épouses en robes de soirée décolletées. Quant aux "grands" de l'époque contemporaine,

* Restaurant oriental du *Sheraton Gezireh*, au bord du Nil.

d'origine généralement populaire, strictement attachés aux apparences extérieures de la religion, éprouvant un appétit vorace pour les nourritures alléchantes, le *Kababgi* du *Sheraton* leur convient parfaitement. Ils y mangent du kebab, de la *kefta* et des pigeons farcis de la meilleure qualité, ils y boivent des verres de thé et y fument du *mouassel* dans des *chicha* que l'administration de l'établissement a introduites à leur demande. Pendant qu'ils mangent, boivent et fument, la conversation porte sans interruption sur l'argent et les affaires.

Kamel el-Fawli avait demandé au hadj Azzam de le rencontrer au *Kababgi* du *Sheraton*. Ce dernier arriva en avance avec son fils Fawzi. Ils s'assirent tous les deux et fumèrent une *chicha* en buvant du thé. Puis arrivèrent Kamel el-Fawli et son fils Yasser avec trois gardes du corps qui se mirent à inspecter les lieux. L'un d'eux chuchota discrètement quelque chose à El-Fawli qui hocha la tête et dit au hadj Azzam, après l'avoir chaleureusement serré dans ses bras :

— Je vous en prie, hadj… il faut changer de place. Les gardes du corps ne veulent pas que l'on reste ici parce que c'est trop exposé.

Le hadj Azzam s'exécuta. Lui et son fils se levèrent avec El-Fawli et ils se dirigèrent ensemble vers une table indiquée par les gardes du corps, à l'endroit le plus éloigné, près du jet d'eau. Ils s'y assirent et les gardes du corps s'installèrent à une table proche, à une distance calculée pour leur permettre de surveiller la table sans entendre ce qu'on y disait.

Au début, cela commença par des généralités, des échanges de questions sur la santé et les enfants, et par les plaintes habituelles sur le surmenage et l'accroissement des responsabilités.

Puis El-Fawli dit au hadj Azzam d'un ton aimable :

— A propos, votre campagne à l'Assemblée du peuple contre les publicités impudiques à la télévision était excellente. Elle a eu beaucoup d'écho chez les gens.

— Le mérite vous en revient, Kamel bey, c'est vous qui avez eu l'idée.

— Mon but était que les gens vous connaissent parce que vous êtes un nouveau député. Grâce en soit rendue à Dieu, tous les journaux ont écrit sur vous.

— Que Dieu nous permette de vous rendre vos bienfaits.

— Je vous en prie, hadj, Dieu sait que vous êtes un frère très cher pour moi.

— Vous pensez, Kamel bey, que la télévision réagira favorablement à la campagne et retirera ces ignobles publicités ?

El-Fawli s'écria avec une ardeur toute "parlementaire" :

— Elle réagira, qu'elle le veuille ou non. J'ai dit au ministre de l'Information, pendant la réunion du bureau politique, que cette mascarade ne pouvait plus durer. Il est de notre devoir de protéger la moralité des familles de notre pays. Qui accepte que sa sœur regarde ces danses et ces obscénités ? Et où ? En Egypte, le pays d'al-Azhar !

— Ces filles qui apparaissent toutes nues à la télévision, je me demande où est leur famille ? Où est leur père ou bien leur frère pour qu'il les laisse se montrer de cette façon dégoûtante ?

— Qu'est-il devenu, le sens de l'honneur ? Je me le demande ! Celui qui laisse sa femme se dévêtir est un proxénète et le Prophète de Dieu

194

– prière et salut de Dieu sur lui – a maudit les proxénètes.

Le hadj Azzam hocha la tête et dit d'un air plein de componction :

— Le destin du proxénète est précisément l'enfer – quel horrible destin – et le recours est en Dieu.

Ce dialogue n'était qu'un prélude, une prise de pouls, une façon d'aiguiser ses capacités, comme les exercices d'échauffement qu'exécutent les footballeurs avant un match. Maintenant, l'appréhension s'était dissipée, l'atmosphère de l'entretien s'était réchauffée. Kamel el-Fawli pencha la tête en avant et dit avec un sourire entendu, en agitant l'embout de sa *chicha* entre ses gros doigts :

— Au fait, j'ai oublié de vous féliciter.

— Que Dieu vous bénisse. Mais pourquoi ?

— Pour la concession des voitures japonaises Tasso.

— Ah, répondit Azzam d'une voix faible, les yeux soudain brillants d'attention.

Puis il se tut et tira lentement une bouffée de la *chicha* pour se donner le temps de réfléchir avant d'ajouter en pesant chacun de ses mots :

— Mais l'affaire n'est pas encore faite, Kamel bey. Je viens de présenter ma demande de concession et les Japonais font des investigations sur moi. Il se peut qu'ils m'accordent la concession ou qu'ils me la refusent. Souhaitez-moi bonne chance et invoquez le Prophète.

— Allons, mon vieux, me raconter ça à moi ! Non, monsieur, vous avez obtenu la concession cette semaine et la preuve, c'est que l'accord est arrivé par fax, jeudi. Qu'en pensez-vous ?

Azzam le regarda en silence et il poursuivit d'un ton sérieux :

— Vous voyez, hadj Azzam. Je m'appelle Kamel el-Fawli. Je suis un homme droit comme une épée (et il fit un signe de la main pour indiquer la rectitude). Je n'ai qu'une parole. Je crois que vous en avez fait l'expérience.

— Que Dieu fasse durer les bonnes actions.

— Je vous dis tout jusqu'au bout, hadj ? Les revenus de cette concession dépassent trois cents millions de livres par an. Bien sûr, vous savez que je vous veux du bien, mais cette bouchée-là est un peu grosse pour vous.

— C'est-à-dire ? s'écria Azzam d'une voix altérée.

El-Fawli lui répondit en le regardant avec intensité :

— Cela veut dire que vous ne pouvez pas la manger tout seul. Nous voulons le quart.

— Le quart de quoi ?

— Le quart des bénéfices.

— Vous, c'est qui ?

El-Fawli éclata de rire et lui dit :

— C'est une question, ça ? Mais, mon vieux, vous êtes un enfant du pays, vous comprenez vite.

— Que voulez-vous dire ?

— Je veux dire que je vous parle par procuration, au nom du Grand Homme. Le Grand Homme a demandé à être associé à vous dans votre concession et il prendra le quart des bénéfices. Quand le Grand Homme demande, il faut qu'il prenne.

*

Un malheur ne vient jamais seul, se répétait le hadj Azzam toutes les fois qu'il se rappelait cette journée. Il avait quitté le *Sheraton* aux environs de dix heures du soir, après avoir donné son accord à la demande de Kamel el-Fawli. Il était obligé d'accepter car il connaissait la puissance du Grand Homme, mais, malgré tout, l'idée d'avoir à donner le quart de ses bénéfices l'indignait. Un grand projet pour lequel il avait travaillé dur, pris de la peine, dépensé des millions : le Grand Homme arrivait et prenait le quart des bénéfices, comme sur un plateau ! C'était une imposture et du gangstérisme. Ainsi se disait-il en lui-même avec colère, bien décidé intérieurement à s'efforcer de trouver une solution pour empêcher cette injustice. La voiture poursuivit sa route vers chez lui, à Mohandessine, lorsque le hadj se tourna vers son fils Fawzi et lui dit :

— Va à la maison et dis à ta mère que je dormirai à l'extérieur cette nuit. Il faut que je passe des coups de fil au sujet de l'affaire d'El-Fawli.

Fawzi hocha la tête en silence et descendit devant la maison après avoir baisé la main de son père qui lui tapota l'épaule et lui dit :

— Demain, nous nous retrouverons de bonne heure au bureau, si Dieu le veut.

Le hadj Azzam s'étira, soudain détendu, sur le siège de la voiture. Il demanda au chauffeur d'aller à l'immeuble Yacoubian. Il n'avait pas vu Soad depuis des jours, tant il était occupé par l'affaire de la concession japonaise. Il sourit en l'imaginant surprise par sa venue. Comment allait-il la trouver ? Que faisait-elle toute seule maintenant ? Il désirait si ardemment une nuit avec elle, une nuit où il se débarrasserait de ses soucis et dont il se réveillerait rasséréné. Il avait pensé l'appeler depuis le téléphone de sa voiture pour qu'elle se prépare à leur rencontre, mais il avait préféré tomber sur elle à l'improviste pour voir comment elle l'accueillerait. Il renvoya donc le chauffeur, monta à l'appartement, tourna doucement la clef et entra dans le vestibule. Il entendit du bruit du côté du salon et il s'approcha lentement… et là, il la trouva, allongée sur le canapé, vêtue d'un pyjama rouge, les cheveux dans des bigoudis et le visage recouvert de crème. Elle regardait la télévision. Dès qu'elle le vit, elle poussa un cri et l'accueillit avec chaleur. Elle sauta de son siège et le serra dans ses bras en lui disant d'un ton de reproche :

— Alors, c'est comme ça, hadj ? Tu aurais pu au moins me téléphoner pour que je me prépare ! Ou bien, tu as envie de me voir affreuse ?

— Tu es belle comme la lune, lui chuchota le hadj en se collant à son corps et en l'étreignant avec force.

Elle ressentit son désir, comme une piqûre, rejeta la tête en arrière et se déroba en disant d'un air aguicheur :

— Allons, hadj, tu es toujours aussi pressé ? Attends un peu que je passe à la salle de bains et que je te prépare quelque chose à manger.

Leur nuit s'était passée comme d'habitude. Elle lui avait préparé le charbon et la *chicha*, et il avait fumé plusieurs pipes de haschich en attendant qu'elle se prépare dans la salle de bains puis il avait enlevé ses vêtements, pris un bain, passé sa *galabieh* blanche et s'était couché avec elle. Il faisait partie de ces hommes que le sexe débarrasse de leurs soucis. Il recommença plusieurs fois avec plus de chaleur et d'abondance que d'habitude, au point que lorsqu'ils eurent terminé elle l'embrassa et lui chuchota en frottant son nez contre le sien :

— C'est dans les vieux pots qu'on fait la meilleure soupe.

Il éclata de rire. Elle appuya son dos sur l'oreiller et lui dit d'un ton jovial :

— Allez, je te dis la devinette.

— Quelle devinette ?

— Ah, tu oublies vite ? La devinette, hadj, l'affaire par laquelle tu vas me prouver que tu m'aimes.

— Ah, c'est vrai, excuse-moi. Ce soir, j'ai l'esprit complètement ailleurs. Allez, madame, dites-moi la devinette.

Soad se tourna vers lui, le regarda en silence, comme si elle essayait de prévoir sa réaction, puis un grand sourire s'épanouit sur son visage et elle dit :

— Vendredi, je suis allée chez le médecin ?

— Chez le médecin ? Tout va bien ?

— Je me sentais fatiguée.

— Rien de grave ?

Elle éclata de rire :

— Non, c'était une bonne fatigue.

— Je ne comprends pas.

— Que Dieu te bénisse mon chéri, je suis enceinte depuis deux mois.

*

Le grand fourgon était arrêté devant l'immeuble Yacoubian, complètement fermé en dehors de petites fenêtres grillagées. Les soldats y conduisirent Taha Chazli tout en le frappant et en lui donnant des coups de pied avec leurs énormes chaussures. Avant de le pousser à l'intérieur du véhicule, ils lui fixèrent un bandeau sur les yeux, puis ils lui tirèrent les mains derrière le dos et lui mirent des menottes. Il sentit la peau de ses poignets se déchirer sous la pression du fer. La voiture était bondée de détenus qui ne cessèrent de répéter des slogans pendant tout le parcours : "Il n'y a de Dieu que Dieu… islamique, islamique…" comme si, par leurs cris, ils venaient à bout de la peur et de la tension. Les gardes les laissèrent crier, mais la voiture démarra à toute vitesse et les étudiants tombèrent à plusieurs reprises les uns sur les autres. Soudain, le véhicule s'arrêta, ils entendirent le grincement d'un vieux portail métallique, le fourgon avança un peu, lentement, puis s'arrêta à nouveau et on ouvrit la porte arrière. Un groupe de soldats se précipita en criant et en les insultant. Ils détachèrent leurs ceinturons et se mirent à en frapper les étudiants qui dégringolaient hors du véhicule en criant. Ils entendirent ensuite l'aboiement des chiens policiers qui se jetèrent soudain sur eux. Taha essaya de fuir mais un énorme chien bondit sur lui, le fit tomber à terre et commença à planter ses crocs dans sa poitrine et sur son cou. Taha roula par terre pour protéger son visage des crocs du chien. Il pensa qu'ils ne laisseraient pas les chiens les tuer et que, s'il mourait, Dieu lui accorderait le paradis. Il resta ferme et se mit à réciter intérieurement des versets du Coran et à se souvenir de passages des prêches du cheikh Chaker. Il découvrit que sa douleur physique atteignait un paroxysme atroce puis cette sensation diminuait peu à peu.

Tout à coup, les chiens s'éloignèrent d'eux comme s'ils avaient reçu un signal. Ils restèrent quelques minutes allongés dans la cour, puis les soldats les rouèrent à nouveau de coups et commencèrent à les emmener un par un. Taha sentit qu'on le poussait dans un long couloir, une porte s'ouvrit et il entra dans une vaste pièce à l'atmosphère enfumée. Il commença à distinguer la voix des officiers qui y étaient assis et qui bavardaient en riant. L'un d'eux se dirigea vers lui et le gifla violemment sur la nuque. Il lui cria au visage :

— Comment t'appelles-tu ? Fils de ta mère !

— Taha Mohammed Chazli.

— Quoi ? Je n'entends pas.

— Taha Mohammed Chazli.

— Parle plus fort, fils de pute.

Taha cria le plus fort qu'il put, mais l'officier le gifla et l'interrogea à nouveau. Cela recommença trois fois, puis les coups de poing et de pied s'abattirent sur lui jusqu'à ce qu'il tombe par terre. Ils le firent mettre debout et pour la première fois s'éleva une voix calme et grave parlant avec assurance, d'une manière posée :

— Assez, vous autres, arrêtez de taper. Ce garçon a l'air raisonnable et intelligent… Viens mon fils, approche-toi d'ici.

On le poussa vers l'endroit d'où provenait la voix. Taha comprit que c'était leur chef et qu'il était assis à un bureau, au centre de la pièce.

— Comment t'appelles-tu, mon cher ?

— Taha Mohammed Chazli.

Il parlait avec difficulté et sentait le goût amer du sang dans sa bouche.

Le chef lui dit :

— Taha, on voit que tu es un bon garçon, bien élevé. Pourquoi te faire tout ce mal, mon fils ? Tu as vu ce qui t'est arrivé ? Et ce n'est pas tout. Tu n'as encore rien vu. Tu vois, ces soldats-là, ils vont te taper jusqu'au soir. Après, ils rentreront chez eux manger et dormir, d'autres viendront te taper jusqu'au matin et, le matin, ces soldats-là reviendront de leurs maisons te taper à nouveau jusqu'à la nuit, et ça continuera comme ça, sans s'arrêter et si tu meurs sous les coups on t'enterrera ici, à l'endroit où tu te trouves. On n'en a rien à faire. Tu n'es pas à la hauteur, Taha, nous, on est le gouvernement. Tu n'es pas à la hauteur du gouvernement, Taha ! Tu as vu dans quel pétrin tu es tombé ? Ecoute, mon vieux, tu veux que je te fasse sortir tout de suite ? Tu veux retourner dans ta famille ? A l'heure qu'il est, ton père et ta mère sont inquiets pour toi…

Il prononça la dernière phrase comme s'il était vraiment ennuyé. Taha sentit un frisson s'emparer de lui. Il fit un effort démesuré pour rester ferme, mais il échoua. Un son aigu, comme un hululement s'échappa de lui, puis il s'abandonna à un flot de larmes brûlantes.

L'officier lui tapota l'épaule en lui disant :

— Non, Taha, non, mon cher, ne pleure pas. Par Dieu tout-puissant, tu me fais pitié. Ecoute, mon petit, tu nous donnes des informations sur ton organisation et moi, sur mon honneur, je te laisse sortir immédiatement. Qu'est-ce que tu en penses ?

Taha s'écria :

— Je n'ai pas d'organisation.

— Et pourquoi as-tu chez toi la charte de l'action islamique ?

— J'étais en train de la lire.

— Mais, mon cher, c'est un livre organisationnel. Allons, Taha, que Dieu te guide, dis-moi quelles sont tes responsabilités dans l'organisation ?

— Je ne connais pas d'organisation.

Les coups s'abattirent à nouveau sur lui et Taha ressentit que sa douleur dépassait à nouveau l'effrayant paroxysme pour devenir comme une idée qu'il percevrait de l'extérieur. La voix du chef lui parvint, calme comme toujours :

— Mais pourquoi tout ça, mon fils, pourquoi ne dis-tu pas ce que tu sais, et tu retrouves la liberté ?

— Par Dieu tout-puissant, mon pacha, je ne sais rien.

— Tu es libre, mais fais attention, je suis le seul gentil, ici. Ces officiers sont des mécréants et des criminels. Ils ne se contentent pas de taper. Ils font des choses très laides… Tu es décidé à parler ou pas ?

— Par Dieu tout-puissant, je ne sais rien.

— Très bien, tu es libre.

Comme si c'était le signal convenu, dès que l'officier eut prononcé ces mots, les coups s'abattirent de tous côtés sur Taha, on le jeta par terre sur le ventre et plusieurs mains se mirent à soulever sa *galabieh* et à lui arracher ses sous-vêtements. Il résista de toutes ses forces, mais ils étaient trop nombreux. Ils immobilisèrent son corps avec leurs mains et leurs pieds. Deux mains épaisses se saisirent de ses fesses et les écartèrent et il sentit un corps solide pénétrer dans son derrière et lui déchiqueter les tissus internes. Il se mit à hurler. Il hurla à pleins poumons jusqu'à ce qu'il sente que sa gorge se déchirait.

*

Au commencement de l'hiver, Abd Rabo commença sa vie nouvelle. Il avait terminé son service militaire dans la police et s'était définitivement débarrassé de son uniforme qu'il avait remplacé par des vêtements occidentaux. Il avait pris ses fonctions dans le nouveau kiosque. Rapidement, il avait fait venir du Saïd sa femme Hadia avec leur bébé Waël, et ils logèrent ensemble sur la terrasse de l'immeuble Yacoubian, dans une pièce que leur avait louée Hatem Rachid. La santé d'Abdou s'améliora et il prit du poids. Les effets de sa stabilité étaient perceptibles : il perdit cet air émacié et piteux des appelés du contingent pour ressembler plutôt à un jeune commerçant cairote prospère, actif et plein de confiance (même s'il conservait le lourd accent du Saïd ainsi que ses ongles longs et noirs et ses dents, qu'il ne nettoyait jamais, jaunies par la fumée et les restes de nourriture). La vente des cigarettes, des sucreries et des boissons fraîches lui procurait des revenus convenables. Comme ils le faisaient d'habitude avec leurs nouveaux voisins, les gens de la terrasse réservèrent à Abdou et sa famille un accueil cordial, mêlé de circonspection et de curiosité. Mais, jour après jour, ils apprécièrent davantage Hadia, la femme d'Abdou, avec son corps bien balancé et svelte, sa *galabieh* noire et sa peau foncée, avec son tatouage bleu sous le menton, sa cuisine du Saïd (la *bétawa* et la *weika**) et son accent d'Assouan qu'ils s'amusaient à imiter.

Abdou avait dit à ses voisins qu'il travaillait comme cuisinier chez Hatem Rachid mais ils ne l'avaient pas cru parce qu'ils connaissaient l'homosexualité de Hatem avec qui il dormait au moins deux fois par semaine. Ils plaisantaient entre eux sur cette cuisine nocturne qu'Abdou préparait à son maître. Ils connaissaient la vérité

* Plats très populaires typiques du Saïd.

et ils l'acceptaient. Généralement leur conduite à l'égard de quelqu'un de déviant dépendait de l'affection qu'ils lui portaient : s'ils le détestaient, ils se déchaînaient contre lui au nom de la défense des bonnes mœurs, ils se disputaient férocement avec lui et interdisaient à leurs enfants de le fréquenter. Mais s'ils l'aimaient, comme c'était le cas d'Abdou, ils lui pardonnaient et se comportaient avec lui en le considérant comme un malheureux qui s'égarait. Ils répétaient qu'en fin de compte tout dépendait du destin, et que Dieu, qu'il soit glorifié et exalté, ne tarderait pas à le mettre sur le droit chemin. "Combien de gens pires sont devenus des saints parce que Dieu les a conduits sur le droit chemin et leur a ouvert les portes du Bien." Ils disaient cela en faisant claquer leurs lèvres et en hochant affectueusement la tête.

La vie d'Abdou se déroulait presque sans problèmes mais ses relations avec sa femme Hadia étaient tendues. Elle était heureuse de sa nouvelle vie confortable mais quelque chose d'épineux au fond d'eux-mêmes continuait à envenimer leurs relations, quelque chose qui, parfois, prenait de l'importance, parfois, s'estompait et s'éclipsait mais qui restait toujours présent. Lorsqu'il revenait vers elle, le matin, après une nuit passée avec Hatem, il était gêné et nerveux et évitait de la regarder dans les yeux. A la moindre bévue, il la rabrouait violemment et elle accueillait ses accès de colère avec un sourire triste qui l'irritait encore plus. Il lui criait :

— Parle, idiote.

— Que Dieu te pardonne, lui répondait Hadia d'une voix faible en s'écartant de lui jusqu'à ce qu'il se calme.

Lorsque le lit les réunissait et qu'ils faisaient l'amour, Abdou pensait souvent à son amant Hatem. A ce moment-là, il sentait qu'elle lisait dans ses pensées. Alors, il ensevelissait son angoisse dans le corps de sa femme. Il la possédait avec une violence excessive comme pour l'empêcher de penser ou comme s'il l'agressait pour la punir d'être au courant de son homosexualité. Lorsqu'il avait terminé, il s'allongeait sur le dos, allumait une cigarette et restait à contempler le plafond de la chambre. Elle était allongée à ses côtés et cette chose épineuse restait suspendue entre eux, qu'ils ne pouvaient ni ignorer ni mentionner. Une seule fois, Abdou céda à une obscure pulsion intérieure. Il en avait assez de faire comme si de rien n'était ; cela pesait sur son cœur et, au fond de lui, il souhaitait que Hadia l'affronte plutôt que cette douloureuse hypocrisie. Si elle se dressait face à lui et l'accusait d'homosexualité, cela le libérerait de son fardeau. Il lui dévoilerait tout. Il lui rappellerait tout simplement qu'il ne pouvait pas se passer de Hatem car il avait besoin d'argent.

Il lui dit tout à coup :

— Tu sais, Hadia, Hatem est quelqu'un de très bon.

— ...

— Si tu savais comme il nous aime !

— ...

— Pourquoi ne dis-tu rien ?

— Parce que la bonté n'a rien à faire là-dedans. Toute l'affaire, c'est que tu es quelqu'un de confiance et qu'il sait qu'il peut compter sur toi dans le travail.

C'était la justification qu'elle donnait aux voisins. Si elle avait parlé avec vivacité, c'est qu'il l'avait blessée dans son affectation d'ignorance qui l'affranchissait de sa honte. Il regretta un peu sa précipitation et lui dit d'un ton apaisant :

— Mais, ma chère femme, il doit tout de même être remercié pour tous ses bienfaits.

— Il n'y a pas de bienfaits. Tout le monde agit dans son intérêt. Tu comprends aussi bien que moi. Que le Seigneur nous pardonne au sujet de Hatem, de toutes ses affaires et de toute cette aventure.

Ses paroles tombèrent brutalement sur lui et il se réfugia dans le silence. Il tourna son visage vers le mur. Elle eut pitié et se rapprocha de lui. Elle prit sa main entre les siennes et l'embrassa puis chuchota avec tendresse :

— Abou Waël*, que Dieu te garde pour nous et qu'il pourvoie à notre subsistance d'une façon licite… Je voudrais que tu gagnes l'argent dont on a besoin, que tu puisses ouvrir un kiosque qui t'appartienne à toi, et que tu ne doives plus rien à personne, ni à Hatem, ni à personne d'autre.

*

Sur le modèle des grands pays colonialistes, Malak Khalo visait à l'expansion territoriale et à l'hégémonie. Une force intérieure irrésistible le poussait toujours à s'emparer de tout ce qui était à portée de sa main, quel qu'en soit le prix et quelle que soit la méthode. Depuis qu'il était arrivé sur la terrasse, il n'avait cessé de s'étendre dans toutes les directions. Cela avait commencé

---

* On a dans le monde arabe la possibilité de désigner un homme ou une femme par le prénom de leur fils aîné. Ainsi, Abdou devient Abou Waël (le père de Waël) et Hadia devient Oum Waël (la mère de Waël).

par de petits w.-c. inutilisés d'une superficie d'un mètre sur un mètre, situés à l'entrée. Dès que Malak les vit, il entreprit de s'en emparer. Il plaça devant des cartons puis commença à en entreposer à l'intérieur et, petit à petit, il entreprit de le fermer avec un verrou dont il mit les clefs dans sa poche, sous prétexte qu'il y avait à l'intérieur des caisses de marchandises qui risquaient d'être volées. Après les w.-c., il s'empara d'un grand espace sur la terrasse qu'il remplit de vieilles machines à coudre en panne. Il disait aux habitants (que cela ennuyait vraiment) que ces machines étaient là provisoirement et que quelqu'un allait très vite venir les prendre pour les réparer ; mais celui-ci repoussait toujours sa venue. Il téléphonait à Malak au dernier moment et l'informait que quelque chose d'imprévu était survenu et qu'il viendrait assurément une semaine ou deux plus tard pour prendre les machines. Malak continuait à atermoyer jusqu'à ce qu'il soit en mesure d'imposer le fait accompli. Quant au grand trou dans le mur de la terrasse, cela se fit d'un seul coup, par surprise. Moins d'une heure plus tard, les menuisiers se présentèrent et firent une porte en bois pour couvrir le trou et y mirent un verrou dont il garda les clefs : il parvint ainsi à s'approprier une armoire supplémentaire pour entreposer ses marchandises. Au cours de ces batailles, Malak, comme un politicien expérimenté, calmait la colère et l'opposition des habitants d'une manière ou d'une autre, soit en les apaisant, soit en noyant le poisson, soit même en se disputant violemment si cela était nécessaire (ce qui était d'ailleurs rarement le cas). Ce qui l'aida beaucoup, c'est que le professeur Hamed Hawas, après avoir envoyé des plaintes à la presque totalité des responsables de l'Etat, avait fini par obtenir l'annulation de sa mutation arbitraire au Caire. Il était donc revenu à son affectation d'origine à Mansoura et Malak fut ainsi débarrassé d'un adversaire opiniâtre, capable de saboter ses plans expansionnistes sur la terrasse.

Toutefois, de petites acquisitions, comme celles des toilettes ou du placard, ne suffisaient pas à satisfaire la convoitise immobilière de Malak, sinon de la façon qu'un grand commandant en chef peut être satisfait d'une victoire aux échecs. Il rêvait d'un grand coup qui lui rapporterait une grosse somme, un beau terrain sur lequel il mettrait la main, par exemple, ou un grand appartement dont le locataire viendrait à mourir et qu'il prendrait pour lui. Cela arrive fréquemment dans le centre-ville. Souvent, lorsqu'un vieil étranger seul et sans famille meurt, l'Egyptien le plus proche de lui s'empare de son appartement. Le repasseur* par exemple, le cuisinier ou le mari de la femme de ménage. Il s'empresse d'établir sa résidence dans l'appartement, puis rédige un procès-verbal certifiant cette résidence, change les serrures, s'adresse à lui-même des lettres recommandées (pour faire foi) puis s'entend avec de faux témoins qui confirment devant le tribunal sa présence permanente avec le défunt étranger. Il charge ensuite un avocat de suivre l'interminable litige avec le propriétaire de l'immeuble, qui est généralement contraint en fin de course d'accepter un arrangement à l'amiable

---

* Il y a encore en Egypte des repasseurs dans presque tous les quartiers des grandes villes. On peut les voir opérer dans leurs échoppes, maniant parfois d'énormes fers avec leurs pieds. Le linge sort de cette opération comme neuf.

avec celui qui s'est emparé de l'appartement, sur la base d'un montant très inférieur à son prix réel.

La possibilité d'un tel coup de chance caressait les rêves de Malak comme la brise caresse les branches des arbres. Il avait passé en revue les appartements de l'immeuble Yacoubian dont il était susceptible de s'emparer. C'était celui de Zaki Dessouki qu'il voyait le plus à la portée de sa main. Un appartement de six chambres, avec un salon, deux salles de bains et un grand balcon donnant sur la rue Soliman-Pacha. Zaki était un vieil homme seul et il pouvait mourir à n'importe quel instant. L'appartement était en location et on n'hérite pas d'une location. De plus, la présence de son frère Abaskharoun à l'intérieur de l'appartement permettrait plus facilement à Malak de s'en emparer au moment crucial. Après avoir réfléchi et s'être entouré de conseils juridiques, Malak arrêta le plan suivant : il fallait qu'il signe avec Zaki Dessouki un acte créant une société fictive, puis qu'il l'enregistre chez le notaire et le dissimule jusqu'à la mort de Zaki. Alors Malak produirait l'acte et, en tant qu'associé commercial du défunt, il ne serait plus possible de l'expulser de l'appartement. Mais comment faire signer Zaki ? C'est là qu'il avait pensé à Boussaïna Sayyed. Zaki Dessouki était si faible devant les femmes qu'une femme habile était capable de profiter de son inattention et d'obtenir sa signature sans qu'il s'en rende compte. Malak avait offert à Boussaïna la somme de cinq mille livres en échange de la signature de Zaki Dessouki. Il lui avait accordé deux jours de réflexion. Il ne doutait pas qu'elle accepterait mais il ne voulait pas paraître impatient d'obtenir son accord. Elle avait accepté comme il s'y

attendait, mais elle lui avait demandé sans détour :

— Si je t'apporte le contrat avec la signature
de Zaki Dessouki, qui me garantit que tu me
paieras ?

Malak avait préparé sa réponse. Il lui dit immédiatement :

— C'est donnant, donnant. Tu gardes le contrat jusqu'à ce que tu aies la totalité de la somme.

Boussaïna sourit :

— Alors, c'est d'accord : pas d'argent, pas
d'acte.

— Absolument.

*

Pourquoi Boussaïna avait-elle accepté ?

Et pourquoi aurait-elle refusé ? Cinq mille
livres étaient une belle somme avec laquelle elle
pourrait subvenir aux besoins de son frère et de
ses sœurs et se constituer un trousseau. Et puis
Malak prendrait l'appartement après la mort de
Zaki Dessouki qui ne saurait jamais ce qu'elle
avait fait et à qui cela ne ferait aucun tort puis-
qu'il serait mort. Et même si cela lui causait un
tort, pourquoi s'apitoierait-elle sur lui ? Ce n'était
qu'un vieil imbécile qui courait derrière les femmes et qui méritait ce qui lui arrivait. Elle avait
perdu toute pitié à l'égard des gens et une épaisse
écorce d'indifférence s'était formée autour de
ses sentiments. Elle était blasée, comme ces
adolescents déprimés et marginaux, incapables
d'éprouver de la sympathie pour les autres. Elle
avait finalement réussi à se débarrasser de ses
remords. Elle avait définitivement enterré le sentiment de culpabilité qui s'était emparé d'elle

lorsqu'elle s'était déshabillée devant Talal, qu'elle
avait ensuite nettoyé ses vêtements de ses saletés, puis qu'elle lui avait tendu la main pour
prendre dix livres. Elle était devenue plus dure,
plus amère, plus hardie. Elle ne se préoccupait
même plus de ce que colportaient les habitants
de la terrasse sur sa réputation. Elle en savait
assez sur leurs turpitudes et leurs désordres
pour rendre risibles leurs affectations de vertu.
Si elle avait des relations avec Talal par besoin
d'argent, elle connaissait des femmes sur la terrasse qui trompaient leurs maris uniquement
pour le plaisir et elle, en fin de compte, était
toujours vierge et pouvait se marier avec n'importe quel homme respectable et faire avaler
leur langue à ceux qui disaient du mal d'elle.

Lorsque Boussaïna avait commencé à travailler chez Zaki Dessouki, elle avait guetté l'occasion
de lui subtiliser sa signature sur l'acte, mais l'affaire n'était pas facile car il n'était pas ce vieux
antipathique qu'elle s'était imaginé. Au contraire,
il était gentil, poli, il la traitait avec respect et elle
n'avait jamais l'impression avec lui de faire une
tâche rétribuée comme avec Talal qui lui enlevait ses vêtements et tripotait son corps sans lui
dire un seul mot. Zaki était délicat avec elle. Il
avait fait connaissance de sa famille et il aimait
ses jeunes frère et sœurs à qui il achetait des
cadeaux nombreux et coûteux. Il respectait ses
sentiments, il écoutait avec intérêt ce qu'elle
disait et il lui racontait de passionnantes histoires de l'ancien temps. Même leurs rencontres
dans le lit ne lui laissaient pas cette sensation de
dégoût que lui procurait Talal. Zaki la caressait
avec délicatesse, comme s'il craignait pour elle
l'impact de ses doigts, comme s'il effleurait une
rose dont la moindre pression aurait pu déchirer

les pétales. Il lui baisait souvent la main (elle ne s'était jamais imaginé qu'un homme lui baiserait la main). La première nuit, quand leurs corps s'étaient rencontrés, elle lui avait chuchoté tout en l'étreignant :

— Attention, je suis vierge.

Il avait ri légèrement et chuchoté :

— Je le sais…

Puis il l'avait embrassée et elle avait senti son corps fondre complètement entre ses bras. Il avait une façon ensorcelante de faire l'amour. Il remplaçait par l'expérience la vigueur de la jeunesse comme un vieux footballeur compense par une grande technique son manque de souplesse. Boussaïna souhaitait intérieurement que le mari avec lequel elle s'unirait un jour soit aussi délicat que lui. Mais, d'une certaine façon, son extrême admiration pour lui la tourmentait car elle suscitait en elle un sentiment de culpabilité. Il était aimable avec elle et elle le trompait et lui faisait du mal. Cet homme bon, qui était tendre avec elle, qui la choyait, qui lui racontait les secrets de sa vie, ne pourrait jamais s'imaginer qu'elle préparait un stratagème pour s'emparer de son appartement après sa mort. Lorsqu'elle y pensait, elle se méprisait et se détestait. Il lui était difficile de le berner, comme il est difficile au chirurgien d'opérer sa femme ou ses enfants. Plus d'une fois, elle avait eu l'intention de prendre sa signature quand il était ivre mais, au dernier moment, elle avait fait machine arrière. Elle n'avait pas pu. Ensuite, à son grand étonnement, elle se l'était reproché avec force et s'était sentie furieuse de sa pusillanimité. A vrai dire, elle resta violemment tiraillée entre la pitié et le sentiment de culpabilité qu'elle éprouvait à l'égard du vieil homme, et d'autre part son ardent désir d'avoir de l'argent, jusqu'au jour où, rassemblant ses forces, elle se décida à trancher l'affaire et à lui subtiliser sa signature à la première occasion.

*

— Tu as remarqué que tous mes costumes sont des costumes d'hiver. C'était l'hiver que j'allais à toutes ces soirées. L'été, je voyageais en Europe…

Ils étaient assis au restaurant *Maxim* où ils avaient dîné. Il était minuit passé et les clients étaient tous partis. Boussaïna était vêtue d'une nouvelle robe bleue qui découvrait sa gorge éclatante et la naissance de ses seins. Zaki était assis à côté d'elle. Il buvait du whisky et lui montrait des photographies anciennes. Il apparaissait sur ces photos comme un beau jeune homme élégant et souriant. Il avait un verre à la main et se trouvait au milieu d'hommes en costume et de belles femmes en robes de soirée décolletées. Devant eux, il y avait des tables couvertes de nourritures et de bouteilles de grands vins. Boussaïna était captivée par ces photographies. Elle en montra une et s'exclama en riant :

— Et, ça, qu'est-ce que c'est ? Ce costume a une forme très bizarre.

— C'est un habit de soirée. A l'époque, il y avait un costume spécial pour chaque occasion. Le costume du matin n'était pas le même que celui de l'après-midi ou du soir.

— Tu sais que tu étais beau, tu ressemblais à Anouar Wagdi.

Zaki éclata de rire, puis il se tut un instant et dit :

— J'ai vécu de beaux jours, Boussaïna, c'était une autre époque, l'Egypte ressemblait à l'Europe.

Il y avait de la propreté, de l'élégance. Les gens étaient polis, respectueux, personne ne dépassait jamais les limites. Même moi, j'étais différent. J'avais une position, de l'argent. Tous mes amis étaient d'un certain milieu. J'avais mes endroits pour passer la soirée, comme l'Automobile Club, le club Gezireh… C'était le bon temps. Tous les soirs à rire, à veiller, à boire, à chanter. Il y avait beaucoup d'étrangers en Egypte. La plupart des habitants du centre-ville étaient des étrangers, jusqu'à ce qu'Abdel Nasser les chasse en 1956*.

— Pourquoi les a-t-il chassés ?

— Il a d'abord chassé les juifs, puis les autres étrangers ont eu peur pour eux-mêmes et sont partis. Au fait, que penses-tu d'Abdel Nasser ?

— Je suis née après sa mort. Je ne sais pas. Il y a des gens qui disent que c'était un héros, d'autres, un criminel.

— Abdel Nasser a été le pire dirigeant de toute l'histoire de l'Egypte. Il a perdu le pays. Il a apporté la crise et la misère. Il faudra de longues années pour réparer les ravages qu'il a fait subir à la personnalité égyptienne. Abdel Nasser a enseigné aux Egyptiens la lâcheté, l'opportunisme, l'hypocrisie…

— Mais alors, pourquoi les gens l'aiment-ils ?

— Qui t'a dit que les gens l'aimaient ?

— Je connais beaucoup de gens qui l'aiment.

— Celui qui aime Abdel Nasser est soit un ignorant, soit un profiteur. Les officiers Libres

* Après la nationalisation du canal de Suez et l'attaque conjuguée de la France, de la Grande-Bretagne et d'Israël contre l'Egypte, les ressortissants français et anglais ont été expulsés en même temps qu'un grand nombre de juifs égyptiens.

étaient une bande de garnements issus du rebut de la société, des gueux, fils de gueux. Nahhâs Pacha était un homme bon et il avait de l'affection pour les pauvres. Il leur a permis de rentrer à l'académie militaire et le résultat a été qu'ils ont fait le soulèvement de 1952*. Ils ont gouverné l'Egypte, ils l'ont volée, ils l'ont dépouillée. Ils ont pris des millions. Bien sûr, c'est normal qu'ils aiment Abdel Nasser. C'était le chef du gang.

Il parlait avec amertume et l'émotion lui faisait élever la voix. Il s'en rendit compte et s'arracha un sourire :

— Mais ce n'est pas ta faute à toi pour que je te remplisse la tête de politique. Que dirais-tu d'écouter quelque chose de joli ? Christine, viens, *s'il te plaît***.

Christine était assise devant son petit bureau à côté du bar. Elle avait mis ses lunettes et était plongée dans ses comptes. Elle l'avait fait exprès pour les laisser seuls. Mais maintenant elle s'approcha, un large sourire aux lèvres. Elle aimait tellement Zaki qu'elle était vraiment satisfaite quand elle le voyait heureux. Elle était également très heureuse pour Boussaïna. Zaki cria en français, d'une voix éméchée :

— Christine, est-ce que nous ne sommes pas de vieux amis ?

— Bien sûr.

— Alors tu dois immédiatement satisfaire toutes mes demandes.

Christine se mit à rire :

— Cela dépend de quelle demande il s'agit.

* 26 juillet 1952 : soulèvement des officiers libres contre le roi Farouk qui part en exil.
** En français dans le texte.

— Quelle qu'elle soit, il faut que tu t'exécutes.

— Lorsque tu as bu une demi-bouteille de whisky comme ce soir, il faut que je me méfie de tes demandes.

— Je veux que tu chantes pour nous.

— Que je chante ? Maintenant ? Ce n'est pas possible.

Ce dialogue se répétait toujours entre eux de la même façon, rituellement : il lui demandait de chanter ; elle refusait ; il insistait ; elle protestait, argumentait et finissait par accepter. Quelques minutes plus tard, Christine s'asseyait devant le piano et commençait à en caresser les touches de ses doigts en en faisant naître des sons épars. Tout à coup, elle releva la tête, comme si elle venait de trouver l'inspiration qu'elle attendait, elle ferma les yeux, son visage se tendit, puis elle se mit à jouer ; la musique se propagea avec intensité aux quatre coins de la pièce et sa voix s'éleva haute et claire. Elle chantait avec virtuosité une chanson d'Edith Piaf :

— Non, rien de rien

Non, je ne regrette rien

Ni le bien qu'on m'a fait, ni le mal,

Tout ça m'est bien égal…

Avec mes souvenirs, j'ai allumé le feu,

Mes chagrins mes plaisirs, je n'ai plus besoin d'eux…

Je me fous du passé, je repars à zéro

Mon amour, mon amour…

*

La soirée terminée, de retour vers le bureau, ils traversèrent la place Soliman-Pacha. Zaki était complètement ivre et Boussaïna le tenait par la taille pour le soutenir. Il se mit à lui décrire d'une voix pâteuse la place comme elle était autrefois. Il s'arrêtait devant les magasins fermés :

— Ici, il y avait un beau bar qui appartenait à un Grec ; à côté il y avait un salon de coiffure et un restaurant et, là, la maroquinerie *Borsa Nova*. Tous les commerces étaient impeccables et exposaient des marchandises venant de Londres et de Paris.

Boussaïna l'écoutait tout en surveillant sa démarche avec inquiétude. Elle craignait qu'il ne tombe dans la rue. Ils se mirent à marcher lentement jusqu'à l'immeuble Yacoubian. Il s'arrêta et s'exclama :

— Tu as vu cette architecture admirable ? Cet immeuble a été copié au millimètre près sur un immeuble que j'ai vu au Quartier latin à Paris.

Boussaïna essaya de le pousser doucement pour lui faire traverser la rue, mais il reprit :

— Tu sais, Boussaïna, j'ai la sensation que l'immeuble Yacoubian m'appartient. Je suis son plus vieux résidant. Je connais l'histoire de chacune des personnes et de chaque mètre carré de l'immeuble. J'y ai vécu la plus grande partie de ma vie. J'y ai passé mes plus beaux jours. J'ai l'impression que ma vie fait partie de sa vie. Le jour où cet immeuble s'écroulera, où il lui arrivera quelque chose, ce jour-là, je mourrai…

Lentement, avec difficulté, ils parvinrent à traverser la rue et à monter l'escalier. Ils arrivèrent enfin à l'appartement. Boussaïna lui dit :

— Repose-toi sur le canapé.

Il la regarda en souriant, puis s'assit lentement. Il respirait bruyamment et semblait faire un grand effort pour rassembler ses esprits. Mettant fin à son hésitation, Boussaïna se lança. Elle se colla à lui et lui dit d'une voix tendre :

— J'ai un service à te demander. Peux-tu me le rendre ?

Il essaya de répondre mais il était tellement ivre qu'il était incapable de parler. Il écarquillait les yeux et hoquetait violemment. L'idée s'empara soudain d'elle qu'il allait mourir maintenant ; mais elle reprit ses esprits :

— J'ai présenté à la banque Adli une demande pour un petit crédit… dix mille livres. Je les rembourserai en cinq ans avec les intérêts. Ils veulent une caution. S'il te plaît, peux-tu me donner ta caution.

Elle avait posé sa main sur sa jambe et chuchotait d'une voix tendre et hésitante, si bien que, malgré son ivresse, il approcha son visage de sa joue et l'embrassa, ce qu'elle considéra comme une acceptation. Elle s'exclama joyeusement :

— Merci, que Dieu te garde.

Puis elle se leva, sortit rapidement les documents de son sac et lui tendit un stylo :

— Signe ici, s'il te plaît.

Elle avait préparé de véritables feuilles de demande de crédit et elle avait glissé au milieu l'acte de Malak. Zaki commença à signer. Elle lui tenait la main pour l'aider mais il s'arrêta tout à coup. Il murmura d'une voix pâteuse, l'air épuisé :

— Les toilettes…

Elle resta un moment silencieuse, comme si elle ne comprenait pas. Il fit un signe de la main et dit avec difficulté :

— Je veux aller aux toilettes.

Boussaïna mit les feuilles de côté et le souleva avec peine. Il s'appuya sur son bras jusqu'à l'entrée des toilettes. Elle ferma la porte et s'apprêta à retourner sur ses pas, mais quand elle atteignit le milieu du couloir elle entendit derrière elle un choc violent…

*

Cette nuit-là, la cafétéria *Groppi* de la rue Adli était pleine à craquer de consommateurs. La plupart étaient de jeunes amoureux à leur aise sous l'éclairage faible des lampes du jardin qui dissimulait leurs visages. Ils flirtaient sans que personne ne les dérange et ne les épie. Un homme d'une cinquantaine d'années, corpulent et trapu, revêtu d'un ample costume sombre et d'une chemise blanche au col ouvert, sans cravate, entra dans le local. Ses vêtements semblaient trop grands et disproportionnés par rapport à son corps, comme si ce n'étaient pas les siens. L'homme s'assit à une table proche de la porte, demanda une tasse de café *sada**** et observa silencieusement les lieux. De temps en temps, il regardait sa montre avec inquiétude. Environ une demi-heure plus tard, arriva un jeune homme mince à la peau sombre, en jogging. Il se dirigea vers l'endroit où était assis le gros homme. Ils s'embrassèrent chaleureusement puis s'assirent et se mirent à parler à voix basse :

— Grâce à Dieu, te revoilà, Taha. Quand es-tu sorti ?

— Depuis deux semaines.

— Tu es certainement surveillé. En venant ici, as-tu fait comme t'a dit Hassan ?

---

* Le café turc peut se boire sans sucre *(sada)* avec très peu de sucre *(arriha)*, moyennement sucré *(mezbout)*, très sucré *(soukar ziada)*.

Taha hocha la tête et le cheikh Chaker poursuivit :

— Le frère Hassan est complètement sûr. Arrange tes contacts avec moi par son intermédiaire. Il t'informera du lieu et de l'heure de la rencontre. Nous choisissons généralement des endroits qui ne soulèvent pas de suspicion. Cet endroit, par exemple, est plein de monde et peu éclairé, ce qui le rend tout indiqué. Nous nous rencontrons également dans des jardins publics ou des restaurants ou même dans des bars. Attention à ne pas t'habituer à fréquenter les bars !

Le cheikh Chaker rit, mais Taha resta prostré. Un silence lourd s'établit puis le cheikh poursuivit d'une voix amère :

— La Sécurité d'Etat mène actuellement une campagne criminelle contre tous les islamistes. Des arrestations, des tortures, des meurtres. Ils tirent sur nos frères désarmés au moment de l'arrestation puis ils les accusent d'avoir résisté aux forces de l'ordre. Tous les jours sont perpétrés de vrais massacres. Ils devront rendre compte du sang de ces innocents le jour du Jugement dernier. J'ai été obligé d'abandonner mon domicile et de couper mes relations avec la mosquée… et j'ai changé d'aspect, comme tu le vois. A propos, que penses-tu du cheikh Chaker dans sa version occidentale ?

Essayant de détendre l'atmosphère, le cheikh éclata d'un rire sonore, mais en vain. Une ombre lugubre et lourde s'était élevée entre eux, à laquelle le cheikh s'abandonna soudain. Il soupira, demanda pardon à Dieu et dit :

— Courage, Taha… je suis sensible à ce qui t'arrive, je mesure ta souffrance. Je voudrais que tu considères que ce que t'ont fait ces mécréants est inscrit à ton compte chez Dieu, qu'il soit glorifié et exalté, et qu'il t'accordera la meilleure des récompenses, avec sa permission. Sache que le paradis est la rétribution de celui qui est torturé pour la cause de Dieu. Tout ce qui t'est arrivé est la contribution légère que paient de bon cœur les soldats de Dieu pour exalter le Verbe de Vérité, qu'il soit glorifié et exalté. Nos gouvernants luttent pour leurs intérêts et leurs richesses peccamineuses et, nous, nous luttons pour la religion de Dieu. Nous sommes des quêteurs d'éternité et eux du monde pérenne. Ils ont fait un mauvais, un méprisable marché. Quant à nous, Dieu nous a promis sa victoire et il ne manque jamais à sa promesse.

C'était comme si Taha avait attendu les paroles du cheikh pour épancher ses tourments. Il dit d'une voix rauque :

— Ils m'ont humilié, maître, ils m'ont humilié au point que j'ai ressenti que les chiens dans la rue avaient plus de dignité que moi... J'ai subi des choses que je n'avais jamais imaginé qu'un musulman puisse faire.

— Ce ne sont pas des musulmans mais des infidèles. Tous les oulémas s'accordent là-dessus.

— Même si ce sont des infidèles ! Est-ce qu'ils n'ont pas un atome de miséricorde ? Est-ce qu'ils n'ont pas de fils, de filles, de femmes qu'ils aiment, pour lesquels ils éprouvent de la compassion ? Si j'avais été emprisonné en Israël, les juifs ne m'en auraient pas fait autant. Si j'avais été un espion et un traître à ma religion et à mon pays, on ne m'en aurait pas fait autant. Je me demande quel est le crime qui méritait une telle punition. Est-ce un crime que d'obéir à la loi de Dieu ? Souvent, dans mon centre d'internement, je me disais que ce qui se passait sous mes yeux n'était pas vrai, que c'était un cauchemar qui allait se terminer lorsque je me réveillerais. Si ce n'avait été ma foi en Dieu, je me serais tué pour me libérer de ce tourment.

La douleur se lisait sur le visage du cheikh qui resta silencieux tandis que Taha serra les poings :

— Ils m'avaient bandé les yeux pour que je ne les reconnaisse pas, mais je me suis juré, j'ai fait vœu devant Dieu, de les pourchasser. Je les reconnaîtrai et je me vengerai d'eux, l'un après l'autre.

— Je te conseille, mon fils, de rejeter derrière toi cette expérience douloureuse. Je sais que ce que je demande est difficile mais c'est le seul comportement correct dans ton cas. Ce qui t'est arrivé dans le centre d'internement ne t'était pas réservé à toi seul. C'est le sort de tous ceux qui proclament la Vérité dans notre infortuné pays. Les responsables ne sont pas quelques policiers mais le régime mécréant et criminel qui nous gouverne. Il faut que tu diriges ta colère contre le régime tout entier et non pas contre quelques individus particuliers. Dieu, qu'il soit exalté, a dit dans son livre sacré : "Il y a pour vous dans le Prophète le meilleur des modèles." Parole de Dieu tout-puissant. Le Très Pur, prière et salut de Dieu sur lui, a été combattu et méprisé à La Mecque. Il y a subi de nombreuses avanies au point de se plaindre à son Seigneur de son peu d'empire sur les gens et de leur opprobre. Malgré cela, on ne peut considérer son djihad comme une vengeance personnelle contre les mécréants. Il était simplement préoccupé de répandre la prédication et, à la fin, lorsque la religion de Dieu fut victorieuse, le Prophète pardonna à tous les mécréants et les convertit. Il faut que tu apprennes cette leçon et que tu l'appliques.

— C'était le Prophète de Dieu, prière et salut de Dieu sur lui, et la meilleure des créatures. Moi, je ne suis pas prophète, je ne peux pas oublier ce que m'ont fait ces criminels. Ce qui est arrivé me poursuit à chaque instant. Je ne peux plus dormir. Je ne suis plus allé à l'université depuis ma sortie et je ne pense pas y retourner. Je passe toute la journée dans ma chambre et j'ai parfois l'impression que je vais perdre la raison.

— Ne capitule pas, Taha. Des milliers de jeunes islamistes ont été soumis à des tortures horribles, mais ils sont sortis du centre d'internement encore plus résolus à affronter le régime. Le véritable but du régime, en torturant les islamistes, n'est pas de les faire souffrir physiquement ; ce qu'ils cherchent c'est à les détruire psychiquement pour leur faire perdre leur capacité à mener le djihad. Si tu te laisses aller au désespoir, tu réaliseras le but de ces infidèles.

Le cheikh le regarda longuement et lui prit la main sur la table :

— Quand vas-tu retourner à l'université ?

— Je n'y retournerai pas.

— Mais il faut que tu y retournes. Tu es un excellent étudiant. Tu es studieux. Un avenir brillant t'attend si Dieu le veut. Remets-t'en à Dieu, oublie ce qui est arrivé et retourne à tes études et à ta faculté.

— Ce n'est pas possible. Comment est-ce que je pourrais regarder les gens en face après…

Il se tut soudain, puis son visage se crispa et il poussa un fort gémissement :

— Ils ont abusé de moi, maître.

— Tais-toi.

— Ils ont abusé de moi dix fois, maître, dix fois.

— Je t'ai dit de te taire, Taha, cria le cheikh d'un ton tranchant mais Taha frappa la table de sa main en faisant vibrer et cliqueter les verres. Le cheikh se leva brusquement de sa place en chuchotant avec contrariété :

— Contrôle-toi, Taha. Tous les gens nous regardent. Il faut que nous partions tout de suite d'ici. Ecoute, je t'attendrai dans une heure devant le cinéma *Métro*. Prends tes précautions et vérifie que personne ne te surveille.

*

Pendant deux semaines, le hadj Azzam employa la persuasion, la séduction, la menace, la violence… il essaya tous les moyens avec Soad mais celle-ci refusait avec obstination l'idée de l'avortement. Leur vie commune prit totalement fin : plus de mots d'amour, plus de nourritures appétissantes, plus de *chicha* au haschich, plus de rencontres au lit. Il ne leur restait plus qu'un sujet en commun : l'avortement. Il venait tous les jours et s'asseyait devant elle. Il lui parlait avec douceur et calme, mais peu à peu perdait le contrôle de ses nerfs et ils se disputaient. Il criait :

— Nous nous étions mis d'accord et tu es revenue sur cet accord.

— Pends-moi si tu veux !

— Nous avions dit depuis le début qu'il t'était interdit d'être enceinte.

— C'est toi le bon Dieu pour dire ce qui est licite et ce qui est proscrit ? Ou bien, est-ce que nous l'avons conçu dans le péché ?

— Sois raisonnable et finissons-en avec ces complications. Que Dieu t'approuve !

— Non.

— Je te répudierai.

— Répudie-moi.

Il prononçait le mot répudiation d'un ton peu convaincu, car au fond de lui-même il voulait la conserver ; mais l'idée d'avoir un enfant à son âge lui était impensable. Même s'il l'avait accepté, ses fils, qui étaient des hommes adultes, ne l'auraient pas permis et si la hadja Saliha, sa première femme, n'était pas au courant de son deuxième mariage, comment pourrait-il le lui cacher s'il y avait un enfant ? Lorsque le hadj Azzam désespéra de convaincre Soad, il la laissa et alla à Alexandrie rencontrer son frère Hamido pour lui raconter ce qui s'était passé. Hamido hésita, réfléchit en silence un moment, puis lui dit :

— Béni soit le Prophète, hadj. Nous sommes tous les deux des fils du pays et suivre les coutumes ne fâche personne… C'est vrai que je suis son frère, mais je ne peux pas lui demander d'avorter. L'avortement est illicite et, moi, j'ai peur du bon Dieu.

— Mais, raïs Hamido, nous nous étions mis d'accord.

— Nous nous étions mis d'accord et nous n'avons pas respecté l'accord. C'est vous qui avez raison, Excellence, et nous qui avons tort. Nous avons commencé par de bons procédés, il faut en finir par de bons procédés. Donne-lui ses droits selon la charia et répudie-la, hadj.

A cet instant, le visage de Hamido lui parut malhonnête, fourbe, détestable. Il eut vraiment envie de le gifler, de le frapper, mais il choisit la voie de la sagesse et partit bouillant de colère.

Sur le chemin du retour, une idée soudaine jaillit dans son esprit :

— Je ne vois plus qu'une seule personne capable de me sauver.

*

Le cheikh Samman était extrêmement occupé par la guerre du Golfe. Il organisait tous les jours des conférences et des colloques et écrivait de longs articles dans la presse pour y donner le point de vue de la charia sur la guerre de libération du Koweït. A de nombreuses reprises, le gouvernement l'avait invité à la télévision et lui avait demandé de prononcer le prêche du vendredi dans les plus importantes mosquées du Caire. Le cheikh présentait aux gens l'ensemble des arguments pris dans la charia, justifiant la position adoptée par les dirigeants arabes de faire appel aux forces américaines pour libérer le Koweït de l'occupation irakienne.

Le hadj Azzam avait passé trois jours entiers à rechercher le cheikh Samman jusqu'à ce qu'il puisse enfin le rencontrer dans son bureau de la mosquée Al-Salam, à Medinat Nasr. Il regarda son visage avec inquiétude :

— Qu'avez-vous, monseigneur, vous semblez épuisé ?

— Je ne dors pratiquement plus depuis le début de la guerre. Tous les jours, ce sont des colloques, des rencontres. Dans quelques jours, si Dieu le veut, j'irai en Arabie Saoudite pour assister à une rencontre extraordinaire d'oulémas.

— Non, monseigneur, vous devez veiller à votre santé.

Son Excellence le cheikh soupira :

— Tout ce que j'ai fait est moins que mon devoir et je demande à Dieu, qu'il soit glorifié et exalté, d'agréer mes œuvres et de les mettre dans la balance de mes bonnes actions.

— Vous pouvez repousser ce voyage en Arabie et vous reposer un peu.

— Que Dieu me garde de la paresse. Le cheikh Ghamidi qui est un des oulémas les plus éminents – et l'on ne donne à personne la priorité sur Dieu – m'a contacté. Je m'associerai là-bas à mes frères oulémas pour émettre une sentence religieuse légale confondant ceux qui poussent à la sédition ainsi qu'un communiqué pour faire apparaître aux yeux des gens la vacuité de leurs allégations. Nous mentionnerons dans ce communiqué les arguments fondés sur la charia qui rendent licite le recours aux armées chrétiennes occidentales pour sauver les musulmans du mécréant Saddam Hussein.

Le hadj Azzam hocha la tête en signe d'approbation. Après un silence, le cheikh lui tapota l'épaule et lui demanda amicalement :

— Et vous, comment allez-vous ? Je crois que vous êtes venu pour une question…

— Je ne veux pas ajouter à vos soucis.

Le cheikh sourit et enfonça son corps replet dans le fauteuil moelleux en disant :

— Vous, personnellement, ce n'est pas possible que vous me causiez du souci. S'il vous plaît, parlez.

*

Lorsque le hadj Azzam et le cheikh Samman arrivèrent à l'appartement de Soad dans l'immeuble

Yacoubian, ils la trouvèrent en tenue d'intérieur. Elle souhaita la bienvenue au cheikh Samman avec réserve, puis se dirigea rapidement vers l'intérieur et en revint quelques minutes plus tard, la tête couverte, et portant un plateau en métal argenté avec trois verres de jus de citron glacé. Le cheikh en avala une gorgée avec délice, les yeux clos, puis, comme s'il avait trouvé une occasion d'aborder le sujet, il se tourna vers Azzam et lui dit en riant :

— Ce jus de citron est un enchantement. Mon frère, votre femme est une excellente maîtresse de maison. Rendons grâce à Dieu pour ses bienfaits.

Azzam saisit la ficelle qu'on lui tendait :

— Sois loué et remercié mille fois, Seigneur. Soad est une bonne et appréciable maîtresse de maison, mais elle est entêtée et fatigante.

— Entêtée ? demanda le cheikh feignant l'étonnement, en se tournant vers Soad qui s'empressa de rétorquer d'un ton sérieux :

— Bien sûr, le hadj vous a parlé du problème.

— Que Dieu n'apporte jamais de problèmes. Ecoute-moi, ma fille. Tu es une femme musulmane qui respecte la loi de Notre-Seigneur et Notre-Seigneur, qu'il soit glorifié et exalté, a ordonné à la femme d'obéir à son mari en toutes choses, en ce bas monde, au point que l'Elu – prière et salut de Dieu sur lui – a dit dans un hadith authentique : "S'il appartenait à une créature de se prosterner devant une autre créature semblable à elle, alors j'aurais donné l'ordre à la femme de se prosterner devant son mari." Parole du Prophète.

— Il faut que la femme écoute les paroles de son mari dans ce qui est licite ou bien dans ce qui est interdit ?

— Que Dieu te préserve du péché, ma fille. Il ne faut pas obéir à une créature en désobéissant au Créateur.

— Eh bien, dites-le-lui, monseigneur, il veut que j'avorte…

Le silence se fit un instant, puis le cheikh Samman sourit et lui dit d'une voix calme :

— Ma fille, tu t'étais mise d'accord avec lui dès le début pour ne pas avoir d'enfant. Le hadj Azzam est un homme âgé et sa situation ne le lui permet pas.

— Très bien, qu'il me répudie d'une manière qui agrée à Dieu.

— Mais s'il te répudie et que tu es enceinte, il est contraint par la charia de reconnaître le nouveau-né.

— Ça veut dire que vous êtes d'accord pour que j'avorte ?

— Dieu me garde… l'avortement est interdit, bien sûr. Mais certains avis jurisprudentiels autorisés assurent que se débarrasser de sa grossesse dans les deux premiers mois n'est pas considéré comme un avortement parce que l'âme n'apparaît dans l'embryon qu'au début du troisième mois.

— Qui a dit ça ?

— Ce sont des *fatwa* de grands oulémas.

Soad éclata d'un rire sarcastique :

— Ce doit être des cheikhs américains.

— Parle poliment à Son Excellence le cheikh, la réprimanda le hadj Azzam.

Elle le foudroya du regard et lui dit d'un ton de défi :

— Chacun s'occupe de sa politesse.

Le cheikh intervint d'un ton apaisant :

— J'en appelle à Dieu contre sa colère. Soad, ma fille, repousse le démon. Je ne parle pas de ce sujet de mon propre point de vue – que Dieu m'en garde –, je rapporte un avis jurisprudentiel reconnu. Des jurisconsultes* faisant autorité ont affirmé qu'avorter d'un embryon avant le troisième mois n'était pas considéré comme un homicide si cela avait lieu pour des raisons contraignantes.

— Alors, comme ça, j'avorterais et ce serait licite ? Qui raconte des choses pareilles ? Je ne pourrais pas vous croire même si vous le juriez sur le Coran !

Le hadj Azzam s'approcha d'elle et cria avec colère :

— Je te dis de parler poliment à Son Excellence le cheikh.

Soad se leva et se mit à crier en agitant les bras :

— Quoi ? Son Excellence le cheikh ! Tout est clair. Tu lui as donné de l'argent pour dire des choses qui n'ont pas de sens. Que l'avortement soit licite pendant les deux premiers mois ! Quelle honte, cheikh ! Où allez-vous vous cacher du bon Dieu ?

Le cheikh Samman ne s'attendait pas à cette attaque soudaine. Son visage s'assombrit et il dit d'un ton de blâme :

— Un peu de dignité, ma fille. Attention à ne pas dépasser les limites.

— Quelles limites je dépasse ? Et quelles foutaises ? Espèce de bouffon de cheikh. Combien vous a-t-il payé pour venir avec lui ?

— Garce, fille de chien, cria le hadj Azzam en la giflant.

---

* Le mot jurisconsulte traduit ici le mot *faqih*. Le *faqih* est un homme de loi, un lettré, un savant, habilité à donner des avis *(ara' fiqhia)* en matière d'application de la loi religieuse (la charia). Cet avis, prononcé par de grands savants en matière religieuse (les oulémas), est appelé une *fatwa*.

Elle cria, se mit à pousser des hurlements, mais le cheikh Samman retint le hadj et l'éloigna d'elle. Il lui parla à voix basse et tous les deux ne tardèrent pas à sortir en claquant la porte derrière eux.

*

Soad les poursuivit de ses insultes et de ses malédictions. Elle tremblait de colère à cause des paroles du cheikh et à cause d'Azzam qui l'avait frappée pour la première fois depuis leur mariage. Elle continuait à sentir la douleur de la gifle sur son visage et décida intérieurement de se venger de lui mais, en même temps, elle se sentait secrètement soulagée parce qu'elle était parvenue à l'affronter ouvertement. Entre eux, tous les liens qui la contraignaient et l'entravaient étaient rompus. Il l'avait frappée et insultée et, à partir de maintenant, elle exprimerait son mépris et sa haine à son égard de la manière la plus manifeste. En vérité, cette capacité à se quereller et à insulter était nouvelle, comme si le mal avait soudainement explosé en elle. Tout ce dont elle avait souffert, tout ce qui l'avait tourmentée s'était accumulé et maintenant le temps était venu de régler les comptes. Elle était prête à le tuer ou à ce qu'il la tue, plutôt que d'avorter.

Lorsqu'elle fut un peu calmée, elle se demanda pourquoi elle tenait à ce point à sa grossesse. Bien sûr, elle était croyante et l'avortement était interdit. Elle se sentait également effrayée par l'opération de l'avortement au cours de laquelle de nombreuses femmes étaient mortes. Mais toutes ces considérations étaient secondaires.

C'était une aspiration instinctive et tenace qui la poussait à lutter férocement pour protéger sa grossesse. Elle avait l'impression que, si elle accouchait, cela lui rendrait son honneur, que sa vie acquerrait un sens nouveau et respectable. Elle ne serait plus la femme pauvre que le millionnaire Azzam avait achetée pour jouir d'elle deux heures chaque après-midi mais une épouse véritable qu'on ne pourrait plus ignorer ni dédaigner. Elle serait la mère de son fils. Elle entrerait et sortirait en tenant dans ses bras le fils du hadj. N'était-ce pas son droit ? Elle avait eu faim. Elle avait mendié et goûté à l'humiliation. Elle avait des centaines de fois refusé de se dévergonder et à la fin elle avait accepté de mettre son corps à la disposition d'un vieillard de l'âge de son père, de supporter son poids sur elle, sa morosité, son visage plein de rides, ses cheveux teints et sa virilité flapie. Elle avait accepté de faire comme s'il la rassasiait, comme si son corps brûlait de désir. Elle avait accepté qu'il vienne la rejoindre et qu'il la quitte en catimini, comme si elle était sa maîtresse. Elle avait accepté de dormir seule dans un lit froid, dans un appartement vaste et effrayant qu'elle devait laisser tous les soirs éclairé pour dissiper son inquiétude, de pleurer tous les jours en pensant à son fils. Puis venait l'heure de la visite d'Azzam. Elle se faisait belle pour lui et jouait le rôle pour lequel elle était payée.

N'était-ce pas son droit après toute cette humiliation de sentir, pour une fois, qu'elle était épouse et mère ? N'était-ce pas son droit de donner la vie à un fils légitime qui hériterait d'une fortune la mettant pour toujours à l'abri de la misère ? Dieu lui avait octroyé cette grossesse comme une juste récompense pour sa longue patience et elle n'y renoncerait pas, quel que soit le prix.

Ainsi pensait Soad. Puis elle entra dans la salle de bains et se déshabilla. Lorsque l'eau chaude se mit à couler sur son corps nu, s'empara d'elle le sentiment nouveau et étrange que son corps qu'Azzam avait si longtemps utilisé, souillé et humilié était soudain devenu libre, qu'il lui appartenait à elle seule. Ses mains, ses jambes, ses bras, sa poitrine, chaque partie de son corps respirait en liberté ; et puis, il y avait une palpitation faible, belle, qu'elle ressentait à l'intérieur d'elle-même, une palpitation qui allait croître, se développer, l'envahir jour après jour jusqu'à ce que le moment soit venu et que sorte un bel enfant qui lui ressemble, qui hérite la richesse de son père et qui lui rende son honneur et la position qui lui revenait. Elle termina son bain, s'essuya et revêtit ses vêtements de nuit. Elle fit la prière du soir, y ajouta des prières surérogatoires puis s'assit dans son lit pour lire le Coran jusqu'à ce que le sommeil l'emporte.

*

— Qui est-ce ?

Elle avait été réveillée par un mouvement et un murmure qui venaient de l'extérieur de sa chambre. Elle crut qu'un voleur s'était glissé dans l'appartement. Elle se mit à trembler de frayeur et décida d'ouvrir la fenêtre pour appeler les voisins au secours.

— Qui est-ce ? s'écria-t-elle à nouveau d'une voix stridente.

Elle tendit l'oreille, assise sur son lit dans l'obscurité mais les bruits cessèrent et le silence régna à nouveau. Elle décida d'aller vérifier par elle-même et sortit ses deux jambes du lit, mais la peur paralysait ses membres et elle se convainquit qu'il ne s'agissait que d'appréhensions. Elle rentra à nouveau dans son lit et se mit un oreiller sur la tête. Quelques instants s'écoulèrent pendant lesquels elle tenta de retrouver le sommeil lorsque, tout à coup, la porte de la chambre s'ouvrit violemment en heurtant le mur.

Ils l'attaquèrent. Ils étaient quatre ou cinq. Elle ne pouvait pas voir leurs visages dans l'obscurité. Ils se jetèrent sur elle et l'un d'eux lui ferma la bouche avec un oreiller pendant que les autres saisissaient ses mains et ses pieds. Elle essaya de toutes ses forces de leur échapper, de crier le plus fort possible. Elle mordit la main de l'homme qui la bâillonnait, mais sa résistance fut vaine car ils l'avaient solidement ligotée, paralysant totalement ses mouvements. Ils étaient forts et bien entraînés. L'un d'eux releva la manche de son pyjama et elle sentit une sorte d'épine effilée s'enfoncer dans son bras et, peu à peu, son corps commença à faiblir, à se ramollir, puis elle ferma les yeux et sentit que tout, autour d'elle, s'éloignait, disparaissait, comme si c'était un rêve.

*

Le journal *Le Caire* a été fondé il y a cent ans dans le même vieux bâtiment qu'il occupe toujours, rue Al-Jala. Depuis sa création, il est publié quotidiennement en langue française pour les francophones qui résident au Caire. Lorsque Hatem eut terminé ses études à la faculté de lettres, sa mère française parvint à lui trouver un travail dans ce journal. Il fit vite preuve de sa compétence comme journaliste et fut rapidement promu au poste de rédacteur en chef à l'âge de quarante-cinq ans. Il transforma complètement le journal et y ajouta un supplément en langue arabe à l'intention des lecteurs égyptiens. La diffusion atteignit sous sa direction le chiffre de trente mille exemplaires quotidiens, ce qui était un chiffre énorme pour un petit journal local. Ce succès était le résultat naturel et mérité de la compétence de Hatem, de sa persévérance, de ses relations efficaces avec des milieux variés et de l'énorme puissance de travail qu'il avait héritée de son père.

Sachant que soixante-dix personnes (employés, journalistes et photographes) travaillent au journal sous sa direction, la première question qui vient à l'esprit est : sont-ils au courant de son homosexualité ? La réponse est oui, bien sûr, parce que, en Egypte, les gens s'intéressent à la vie privée des autres et fouillent leurs secrets avec insistance et application. Un sujet pareil ne peut pas rester caché et tous les employés du journal savent que leur patron est homosexuel. Mais, malgré toute la répulsion et le mépris que cela provoque en eux, la déviance de Hatem Rachid n'est qu'une ombre légère, sans impact sur son ascendant et sur son rayonnement au travail. Ils sont au courant de son homosexualité mais ils ne la perçoivent jamais dans leurs rapports quotidiens avec lui car il est sévère et strict, peut-être plus encore que nécessaire. Il passe avec eux la plus grande partie de la journée et il ne lui échappe pas le moindre mouvement, le moindre regard furtif qui révélerait ses penchants.

Bien sûr, cela n'a pas été sans quelques épisodes scabreux, survenus au cours de son mandat à la tête du journal. Il y eut l'histoire de ce journaliste paresseux et médiocre auquel Hatem avait infligé plusieurs blâmes pour préparer son licenciement définitif. Le journaliste, au courant de l'intention du rédacteur en chef, décida de se venger. Il profita de la présence de l'ensemble des journalistes au comité de rédaction hebdomadaire pour demander la parole. Lorsque Hatem la lui donna, il se dépêcha de lui dire, d'un ton sarcastique :

— Je voudrais vous proposer, monsieur, l'idée d'une enquête journalistique sur l'homosexualité en Egypte.

Un silence tendu se fit parmi les participants et le rédacteur ne dissimula pas son sourire, visant délibérément à humilier Hatem qui commença par se taire, baisser les yeux et passer la main sur sa fine chevelure (ce qui était son habitude lorsqu'il était surpris ou troublé). Puis il se cala dans son fauteuil et répondit calmement :

— Je ne crois pas que ce sujet intéresse les lecteurs.

— Au contraire, cela les intéresse beaucoup car le nombre d'homosexuels est en grande augmentation et certains d'entre eux occupent maintenant des postes de commandement dans le pays, alors que les études scientifiques affirment que les homosexuels ne sont pas faits psychologiquement pour le commandement, à cause des perturbations causées par leur anomalie sexuelle.

C'était une attaque brutale et dévastatrice. Hatem décida de réagir violemment. Il répondit avec assurance :

— Votre façon de penser traditionnelle est une des causes de votre échec comme journaliste.

— Parce que l'homosexualité est un comportement progressiste ?

— Pas plus que ce n'est le problème national numéro un, monsieur le diplômé, l'Egypte n'est pas un pays sous-développé à cause de l'homosexualité, mais à cause de la corruption, de la dictature et de l'injustice sociale… Et puis espionner la vie privée des gens est une attitude vulgaire indigne d'un journal respectable comme *Le Caire*.

Le journaliste essaya de répliquer mais Hatem lui coupa la parole avec vivacité :

— La discussion est terminée. Je vous prie de vous taire pour que nous puissions continuer à discuter des autres sujets.

Hatem gagna ainsi brillamment la partie et démontra à tous qu'il avait une forte personnalité et ne craignait pas le chantage.

La seconde fois, ce fut une provocation embarrassante, et plus scabreuse, d'un rédacteur stagiaire. Hatem se tenait debout parmi les ouvriers de l'imprimerie, surveillant la composition du journal lorsque le rédacteur fit mine de vouloir lui parler, se rapprocha de lui, lui montra quelque chose sur une feuille de papier sur la table et se colla derrière son dos. Hatem comprit immédiatement le sens de ce mouvement. Il s'éloigna calmement et reprit, comme à l'accoutumée, sa tournée dans l'imprimerie. Lorsqu'il retourna à son bureau, il fit chercher le rédacteur et renvoya les personnes présentes dans la pièce, puis il le laissa debout quelques minutes et se mit à feuilleter des papiers posés devant lui sans l'autoriser à s'asseoir, sans tourner le regard vers lui. A la fin, il leva la tête, le regarda longuement et lui dit lentement :

— Ecoutez, ou bien vous vous comportez correctement ou bien je vous mets immédiatement à la porte du journal, compris ?

Le rédacteur essaya de feindre l'étonnement et l'innocence mais Hatem lui dit d'un ton tranchant avant de reprendre la consultation de ses papiers :

— Ceci est le dernier avertissement. Pas besoin de détails. S'il vous plaît, l'entretien est terminé.

*

Hatem Rachid n'était donc pas un simple efféminé. C'était quelqu'un de doué, d'assidu, que l'expérience avait rempli de sagesse. Il était parvenu par son intelligence au sommet de la réussite professionnelle. Il était de plus très cultivé et parlait couramment plusieurs langues vivantes (l'anglais, l'espagnol et le français, en plus de l'arabe). Ses lectures vastes et profondes l'avaient amené aux idées socialistes. Il rechercha l'amitié des grands socialistes égyptiens et, pour cette raison, il fut une fois, à la fin des années 1970, convoqué par les services de renseignements de la Sécurité d'Etat, mais il fut libéré au bout de quelques courtes heures après qu'on eut écrit sur son dossier : "Sympathisant, non-membre d'une organisation." Sa culture socialiste aurait, plus d'une fois, pu l'amener à militer dans des organisations communistes secrètes (le Parti des travailleurs et le Parti communiste égyptien) mais son homosexualité connue dissuada les responsables de le recruter.

Telle était la véritable personnalité de Hatem Rachid, sa personnalité déclarée. Quant à sa vie homosexuelle secrète, elle était comme une boîte fermée, pleine de jouets interdits, répréhensibles et délectables qu'il ouvrait tous les soirs pour en jouir, puis qu'il refermait et essayait d'oublier en s'efforçant de réduire à la portion congrue l'espace qu'il lui réservait dans sa vie. Il vivait ses journées habituelles comme un journaliste et un cadre exécutif et la nuit, pendant quelques heures au lit, il se livrait à son plaisir. Il se disait en lui-même que la plupart des hommes sur cette terre avaient des penchants particuliers grâce auxquels ils se soulageaient de la pression de la vie. Il connaissait des personnalités de premier plan, des médecins, des magistrats, des professeurs d'université portés sur l'alcool, le haschich, les femmes, ou le jeu. Cela n'enlevait rien à leur réussite et au respect qu'ils avaient d'eux-mêmes. Il essayait de se convaincre que l'homosexualité était une chose du même ordre, un simple penchant différent. Il aimait beaucoup cette idée parce qu'elle l'apaisait, lui rendait son équilibre et lui conférait de la respectabilité. Aussi avait-il toujours pour objectif une relation solide avec un amant stable qui satisfasse ses besoins d'une manière sûre et lui permette de circonscrire son homosexualité à l'heure nocturne du lit, car, lorsqu'il était seul, sans amant, la tentation s'emparait de lui et la concupiscence le poussait vers des situations humiliantes. Il avait connu des jours tristes, douloureux au cours desquels il s'était vautré dans l'avilissement. Il avait fréquenté des lieux de rencontre homosexuels et s'était commis avec des personnages louches, la lie de la société, pour y ramasser des amants avec lesquels il satisfaisait ses besoins pour une seule nuit sans les revoir par la suite. Combien de fois avait-il été exposé au vol, au mépris, au chantage. Une fois, il avait été battu sauvagement dans un hammam* populaire du quartier d'El-Hussein. On lui a pris sa montre en or et son portefeuille. A la suite de ces nuits démentielles, Hatem Rachid se retirait plusieurs jours sans voir personne ni parler à qui que ce soit. Il buvait alors beaucoup et revoyait sa vie tout entière. Il se remémorait son père et sa mère avec colère et haine. Il se disait que s'ils avaient consacré un peu de temps à s'occuper de lui il ne serait pas tombé si bas. Mais ils étaient occupés par leurs ambitions professionnelles, ils se consacraient à la recherche de la fortune et de la gloire et ils l'abandonnaient aux domestiques qui tripotaient son corps. Jamais il n'en avait voulu à Idriss et jamais il n'avait douté de la sincérité de son amour ; mais il aurait souhaité qu'une seule fois, son père, le docteur Hassan Rachid, ressuscite de sa tombe, pour lui faire entendre ce qu'il pensait de lui. Il se serait tenu devant lui et aurait affronté ses épaisses lunettes, sa taille corpulente et sa pipe imposante. Il n'aurait pas eu peur de lui. Il lui aurait dit : "Illustre savant, puisque tu as consacré ta vie au droit civil, pourquoi t'es-tu marié et as-tu eu un enfant ? Peut-être étais-tu un prodige en tant que juriste, mais tu n'as certainement pas su comment être

* Dans les quartiers du Caire islamique, comme celui d'El-Hussein, on trouvait jusqu'au début des années 1990 des hammams fréquentés surtout par les jeunes gens des classes populaires (ouvriers, artisans, vendeurs, soldats) et leurs admirateurs d'origines diverses, souvent des classes aisées. Cette fonction traditionnelle du hammam était sans doute aussi ancienne que leur architecture plusieurs fois centenaire si l'on en croit la poésie et les récits classiques. Ces lieux de convivialité, moins dangereux que ne le laisse entendre ce passage du roman, ont disparu sous la double pression d'un récent moralisme et de la spéculation immobilière.

un véritable père. Combien de fois m'as-tu embrassé dans toute ma vie ? Combien de fois t'es-tu assis à côté de moi pour que je te parle de mes problèmes ? Tu t'es toujours comporté à mon égard comme si j'étais une pièce de musée ou un tableau de maître qui t'avait plu, dont tu avais fait l'acquisition et que tu avais oublié. De temps en temps seulement, quand ton emploi du temps surchargé te le permettait, tu t'en souvenais, tu le contemplais un peu, puis tu l'oubliais à nouveau." Quant à sa mère, Jeannette, il la mettrait, elle aussi, en face de ses vérités : "Tu étais une simple serveuse dans un petit bar du Quartier latin. Tu étais pauvre et sans instruction. Ton mariage avec mon père était une ascension sociale plus grande que tout ce dont tu pouvais rêver, mais ensuite, pendant trente ans, tu n'as pas cessé de mépriser mon père et de le provoquer parce qu'il était égyptien et que tu étais française. Tu as joué le rôle de l'Européenne civilisée au milieu des sauvages. Tu n'as pas cessé de te plaindre des Egyptiens et de te comporter avec eux tous d'une façon froide et hautaine. La façon dont tu m'as négligé faisait partie de ta haine de l'Egypte. Je pense que tu as trompé mon père plus d'une fois. J'en suis même convaincu, au moins avec M. Pinard, le secrétaire à l'ambassade de France avec qui tu parlais au téléphone pendant des heures allongée sur ton lit. Tu étreignais l'écouteur, tu chuchotais, ton visage se congestionnait de désir et tu m'envoyais au loin jouer avec les domestiques. En vérité, tu étais une femme légère. Il suffit à un homme d'ouvrir la main pour en ramasser dix comme toi, dans les bars de Paris."

Dans ces moments noirs, le désespoir s'emparait de Hatem et, déchiré par son sentiment d'humiliation, il s'abandonnait aux larmes comme un enfant. Souvent, il pensait au suicide mais manquait du courage nécessaire pour le faire.

Mais maintenant tout était pour le mieux. Sa relation avec Abd Rabo durait depuis longtemps et s'était stabilisée. Il était parvenu à lier sa vie à la sienne grâce au kiosque et à la pièce qu'il avait louée sur la terrasse. La satiété sexuelle assurée, il avait complètement cessé de fréquenter le bar *Chez Nous* ainsi que les autres lieux de rencontre homosexuels. Il incitait Abdou à poursuivre des études pour devenir un homme respectable, instruit, capable de comprendre ses sentiments et ses idées, et digne de son amitié perpétuelle :

— Abdou, tu es intelligent et sensible. En faisant des efforts, tu peux améliorer ta situation. Maintenant, tu gagnes ta vie, ta famille a ce qu'il lui faut et ta vie est stable. Mais l'argent n'est pas tout. Il faut que tu étudies pour devenir un homme respectable.

Ils venaient de terminer leurs amours du matin et Hatem était descendu nu du lit. Il marchait d'un pas dansant, sur la pointe des pieds. Comme d'habitude lorsqu'il était rassasié, il avait l'air satisfait et ragaillardi. Il se servit un verre pendant qu'Abdou, allongé dans le lit, éclata de rire et dit d'un ton facétieux :

— Pourquoi veux-tu que j'étudie ?

— Pour devenir respectable.

— Alors, je ne suis pas respectable ?

— Bien sûr que tu es respectable, mais il faut que tu étudies et que tu obtiennes un diplôme.

— Mon diplôme, c'est l'attestation qu'il n'y a de Dieu que Dieu* !

* Jeu de mots sur *chahâda* qui veut à la fois dire diplôme et profession de foi.

Abdou pouffa de rire et Hatem le regarda d'un air de reproche :

— Je parle sérieusement. Il faut que tu fasses des efforts, il faut que tu étudies et que tu obtiennes le brevet puis le baccalauréat, puis que tu entres dans une bonne université, le droit, par exemple.

— Retourner à l'école à mon âge ?

— Non, Abdou, ne pense pas comme ça. Tu as vingt-quatre ans. Tu as la vie devant toi.

— Tout est entre les mains du destin.

— Nous voilà revenu à ces idées arriérées. Ton destin dans ce bas monde, c'est toi seul qui peux le faire. S'il y avait de la justice dans le pays, il faudrait que quelqu'un comme toi étudie aux frais du gouvernement. L'éducation et la santé sont des droits naturels pour n'importe quel citoyen au monde, mais en Egypte le régime fait exprès de laisser les pauvres comme toi dans l'ignorance pour pouvoir les voler. Tu vois bien que le gouvernement choisit les policiers de la Sécurité d'Etat parmi les plus pauvres et les plus ignorants des appelés. Si tu avais fait des études, Abdou, tu n'aurais pas accepté de travailler pour la Sécurité d'Etat dans les pires conditions en échange de quelques millimes – pendant que les puissants volent tous les jours des millions aux dépens du peuple.

— Tu veux que j'empêche les puissants de voler ? Est-ce que j'ai pu tenir tête au commandant de la caserne ? Et tu veux que je règle leur compte aux puissants ?

— Commence par toi, Abdou. Fais des efforts. Apprends par toi-même. C'est le premier pas pour obtenir tes droits.

Puis Hatem le regarda longuement et lui dit avec tendresse :

— Qui sait ? Peut-être qu'un jour tu deviendras maître Abd Rabo, avocat.

Abdou se leva du lit, s'approcha de lui, le prit par les épaules, l'embrassa sur la joue et lui dit :

— Et qui paiera mes frais scolaires, qui m'ouvrira un cabinet lorsque j'aurai terminé mes études ?

Les sentiments de Hatem s'enflammèrent soudain. Il approcha son visage de celui d'Abdou et lui dit dans un murmure :

— Moi, mon chéri, jamais je ne t'abandonnerai, jamais je ne te laisserai dans le besoin.

Abdou l'étreignit et tous deux plongèrent dans l'oubli de longs baisers enfiévrés. Mais un bruit leur parvint de loin. Peu à peu ils entendirent des coups violents et ininterrompus contre la porte. Hatem regarda Abdou avec inquiétude puis ils se précipitèrent sur leurs vêtements qu'ils enfilèrent au petit bonheur la chance. Hatem s'avança le premier en direction de la porte et prit un air hautain et importuné avec lequel il s'apprêtait à faire face à ce qui allait se présenter. Puis il regarda par l'œilleton et dit avec surprise :

— C'est ta femme, Abdou.

Abdou se précipita, ouvrit la porte et cria avec colère :

— Qu'est-ce qui se passe, Hadia ? Qu'est-ce qui t'amène à cette heure-ci ? Qu'est-ce que tu veux ?

Elle répondit en criant, en poussant des gémissements et en montrant son enfant qui dormait dans ses bras :

— Au secours, Abdou, l'enfant est brûlant. Il vomit sans arrêt. Il n'a pas arrêté de crier de toute la nuit. Hatem bey, je vous en supplie, faites-nous venir un docteur ou bien emmenons-le à l'hôpital.

*

Lorsque Boussaïna ouvrit la porte de la salle de bains, elle trouva Zaki Dessouki étendu par terre, les vêtements souillés par le vomi, incapable de bouger. Elle se pencha et prit sa main qu'elle trouva froide comme de la glace.

— Zaki bey, vous êtes malade ?

Il murmura des mots confus en regardant dans le vide. Elle apporta un siège, le prit dans ses bras et l'assit (elle se rendit compte à cet instant que son corps était extrêmement léger), puis elle lui enleva ses vêtements maculés et lui lava le visage, les bras et la poitrine avec de l'eau chaude. Il ne tarda pas à s'éveiller à demi et il réussit avec difficulté à se lever et à marcher en s'appuyant sur elle. Elle le fit entrer dans le lit, monta jusqu'à sa chambre sur la terrasse et en revint rapidement avec un grand verre de menthe bouillie que Zaki but avant de sombrer dans un profond sommeil. Elle passa la nuit à côté de lui sur le canapé. Plus d'une fois elle alla l'examiner. Elle vérifiait sa température avec sa main sur sa joue, elle mettait ses doigts devant son nez pour voir si la respiration était régulière. Elle était restée éveillée, décidée à appeler le médecin si la situation empirait. Elle regardait son visage de vieillard lorsqu'il dormait et, pour la première fois, il lui parut véridique et simple, rien d'autre qu'un vieil homme bon, ivre, faible et innocent. Il inspirait la tendresse comme les enfants. Le matin, elle lui prépara un petit-déjeuner léger avec du café chaud. Abaskharoun était arrivé et avait compris ce qui s'était passé. Il se tenait debout en silence, triste, devant son maître malade. Il se mit à répéter d'une voix altérée :

— Prompt rétablissement, Excellence.

Zaki ouvrit les yeux et lui fit signe de sortir, puis il se redressa avec difficulté, appuya le dos contre le mur et se prit la tête entre les mains en gémissant d'une voix faible :

— J'ai une migraine effrayante et j'ai mal à l'estomac.

— Vous voulez que j'appelle un docteur ?

— Non, ce n'est rien, j'ai bu plus qu'il ne fallait, c'est toujours la même chose. Je vais prendre une tasse de café sans sucre et je serai en pleine forme.

Il affectait le flegme et la robustesse. Elle se mit à rire :

— Allez, ce n'est pas la peine de faire le fier. Vous êtes vieux et votre santé est faible. C'est fini, vous ne pouvez plus veiller et boire. Il faut que vous dormiez de bonne heure, comme les autres vieux de votre âge.

Zaki sourit et lui dit avec gratitude :

— Merci, Boussaïna, tu es une personne bonne et sincère. Je ne sais pas ce que je ferais sans toi.

Elle posa ses mains sur son visage et l'embrassa sur le front.

Elle l'avait souvent embrassé auparavant mais elle éprouva cette fois-ci une sensation différente en touchant son visage. En appliquant les lèvres sur son front, elle eut le sentiment qu'elle le connaissait très bien, qu'elle aimait cette odeur âpre et désuète, qu'il n'était plus ce bey lointain qui lui parlait du temps passé, qu'il n'était même plus cet amant masculin compliqué, différent d'elle, mais que, maintenant, il lui était proche, comme si elle le connaissait depuis longtemps, comme s'il était son père ou son oncle, comme si c'était sa propre odeur, son propre sang qu'il portait. Elle avait envie de l'étreindre avec force pour renfermer entre ses bras son corps fragile et délicat et remplir ses narines de l'odeur âpre et désuète qu'elle aimait. Elle pensa que ce qui leur arrivait était étrange et inattendu. Elle se rappela que, pas plus tard qu'hier, elle avait tenté de le trahir et d'obtenir de lui sa signature. Elle se sentit abjecte. Il lui vint à l'esprit que sa trahison de la veille était une dernière tentative pour résister à ses véritables sentiments à son égard. Intérieurement elle avait souhaité fuir son amour pour lui. D'une certaine façon, cela aurait été plus reposant pour elle de circonscrire ses relations avec lui dans les limites qu'elle s'était imaginées : lui demandant du sexe et elle voulant de l'argent. Mais elle avait franchi les limites. Maintenant, elle faisait face à son senti-ment véritable qu'elle comprenait clairement. Elle avait envie de rester pour toujours avec lui, de prendre soin de lui, de le respecter, avec une profonde gratitude. Elle était certaine qu'il com-prendrait tout ce qu'elle lui dirait. Elle lui parle-rait de sa vie, de son père et de sa mère, de son ancien amour pour Taha. Même des détails sales de sa relation avec Talal, elle les lui raconterait sans honte. Elle se sentait soulagée quand elle lui parlait, comme si elle se débarrassait d'un lourd fardeau. Combien elle aimait son vieux visage quand il se penchait vers elle avec atten-tion et l'interrogeait sur des détails, puis com-mentait ce qu'elle venait de dire !

Ses sentiments à son égard s'étaient progres-sivement renforcés jusqu'à ce qu'elle découvre, ce matin-là, qu'elle l'aimait. Elle ne pouvait pas décrire ce qu'elle ressentait avec un autre mot. Ce n'était pas l'amour enflammé qu'elle avait éprouvé pour Taha, mais un autre amour, différent, calme et solide, plus proche du bien-être, de la confiance, du respect. Elle l'aimait et elle en avait conscience. Elle n'avait plus aucun doute à cet égard et elle s'abandonna complètement à lui. Elle vécut avec lui des moments heureux et sereins. Elle passait avec lui la plus grande partie de la journée et une grande partie de la nuit. Avant de dormir, elle se remémorait en souriant tout ce qui s'était passé entre eux et la tendresse la submergeait.

Pourtant, elle ressentait quelque chose de pointu, de piquant la transpercer, toutes les fois qu'elle pensait qu'elle le trompait. Elle avait comploté contre lui pour obtenir sa signature sur le contrat, pour que Malak s'empare de l'appartement. Elle avait profité de sa confiance en elle pour lui faire du mal. N'était-ce pas ce qui s'était passé ? N'était-ce pas son but de tromper sa vigilance et de prendre sa signature lorsqu'il était ivre et de toucher cinq mille livres de Malak ? Le prix de la trahison. Chaque fois que ce mot résonnait dans son esprit, elle se souvenait de son bon sourire, de l'intérêt qu'il lui accordait, de son attention envers ses sentiments. Elle se rappelait qu'il s'était toujours comporté avec gentillesse à son égard, qu'il lui avait accordé une confiance totale. Alors, elle se sentait vile et fourbe. Elle se méprisait et entrait dans un tourbillon de remords. Ce sentiment la tourmenta longtemps, jusqu'à ce qu'un matin elle fût prise d'un élan et allât chez Malak. Il était tôt et il venait d'ouvrir son local. Il avait devant lui un verre de thé au lait qu'il buvait à petites gorgées. Elle s'arrêta devant lui, le salua et, avant que le courage ne l'abandonne, elle lui dit d'emblée :

— Oncle Malak, je suis désolée mais je ne peux pas faire ce sur quoi nous nous étions mis d'accord.

— Je ne comprends pas.

— La signature que je devais prendre à Zaki bey… je ne vais pas le faire.

— Pourquoi ?

— C'est comme ça.

— C'est ton dernier mot ?

— Oui.

— Bon, ça va, merci, lui répondit calmement Malak tout en aspirant une gorgée de thé et en détournant d'elle son visage.

En le quittant elle se sentit libérée d'un lourd souci, mais en même temps elle était étonnée qu'il ait si facilement accepté son refus. Elle s'était imaginé qu'il serait furieux et se mettrait en colère, mais il était resté calme comme s'il s'y attendait ou comme s'il manigançait quelque chose. Cette idée l'effraya pendant plusieurs jours, mais elle se libéra rapidement de ses appréhensions et se sentit pour la première fois profondément apaisée d'avoir cessé de tromper Zaki et ne plus rien avoir à lui cacher.

*

A huit heures du matin, le cheikh Chaker et Taha prirent le métro en direction de Hélouan. Pendant des jours, ils avaient eu de longues conversations au cours desquelles le cheikh essayait de le convaincre d'oublier ce qui était arrivé et de reprendre une vie normale, mais Taha restait plein de rage et d'idées de vengeance au point de paraître à plusieurs reprises au bord de la dépression. A la fin, après une violente altercation, le cheikh lui cria au visage :

— Mais alors, que veux-tu ? Tu ne veux pas étudier, ni travailler. Tu ne veux voir aucun de tes camarades, ni même ta famille. Que veux-tu, Taha ?

— Je veux me venger de ceux qui m'ont outragé et humilié.

— Comment vas-tu les reconnaître ? Tu n'as pas vu leurs visages !

— Par leurs voix, je peux reconnaître leurs voix parmi cent. Je vous en prie, maître, donnez-moi le nom de l'officier qui supervisait mes séances de torture. Vous m'avez déjà dit que vous connaissiez son nom.

— Je ne peux pas être sûr de qui il s'agit mais d'une manière générale la torture à la Sécurité d'Etat a lieu sous la supervision de deux personnes : le colonel Saleh Rachouane et le général de brigade Fathi el-Wakil. Tous les deux sont des criminels et des mécréants. "Leur place est en enfer, quel effroyable destin." Mais à quoi cela va te servir de connaître le nom de l'officier ?

— Je me vengerai de lui.

— C'est une chimère. Vas-tu passer toute ta vie à chercher quelqu'un que tu n'as pas vu de tes propres yeux ? C'est un combat dément et condamné à l'échec.

— Je le mènerai jusqu'au bout.

— Veux-tu lutter seul contre un régime qui possède une armée, une police et des milliers d'armes redoutables ?

— C'est vous qui me dites ça, vous qui m'avez appris que le musulman sincère est à lui tout seul la communauté des croyants tout entière ?

Est-ce que le Dieu de vérité – qu'il soit béni et exalté – n'a pas déclaré : "Combien de petites troupes ont vaincu des troupes nombreuses, avec la permission de Dieu ?" Parole de Dieu.

— Qu'il soit glorifié, mais ta lutte contre le régime te coûtera la vie. Tu mourras, mon fils. Ils te tueront dès ton premier affrontement avec eux.

Taha se tut et regarda le cheikh dans les yeux. L'évocation de la mort fit impression sur son esprit :

— Je suis déjà mort. Ils m'ont tué au centre d'internement. Lorsqu'on vous viole et que cela les fait rire, lorsqu'on vous donne un nom de femme et que vous répondez au nom nouveau parce que vous êtes obligé tellement la torture est forte… ils m'avaient appelé Fawzia. Tous les jours, ils me frappaient jusqu'à ce que je dise devant eux : Je suis une femme, je m'appelle Fawzia. Vous voulez que j'oublie tout ça et que je vive ?

Il parlait avec amertume en mordant sa lèvre inférieure. Le cheikh lui dit :

— Ecoute, Taha, c'est mon dernier mot pour avoir la conscience tranquille devant Notre-Seigneur, qu'il soit glorifié et exalté. S'engager dans le combat contre ce régime, cela veut dire la mort assurée.

— Je n'ai plus peur de la mort. Ma patrie maintenant, c'est le martyre. J'espère de tout mon cœur mourir en martyr et aller au paradis.

Ils restèrent tous les deux silencieux et soudain le cheikh se leva, s'approcha de Taha, le regarda un peu dans les yeux, puis le prit fortement dans ses bras et lui dit en souriant :

— Que Dieu te bénisse mon fils. C'est ainsi qu'agit la vraie foi sur ceux qui la possèdent. Ecoute, repars maintenant chez toi et prépare ta valise comme si tu allais voyager. Demain matin, nous nous retrouverons pour que je t'accompagne.

— Où ?

Le cheikh eut un large sourire :

— Ne m'interroge pas et fais ce que je te dis. Tu sauras tout en temps voulu.

*

Cette conversation avait eu lieu la veille. Taha avait compris que l'opposition du cheikh au début était une ruse pour éprouver la force de sa détermination. Ils étaient maintenant silencieux, assis côte à côte dans la voiture bondée du métro. Le cheikh contemplait le paysage par la fenêtre tandis que Taha regardait les passagers sans les voir. Dans son esprit revenait sans cesse une question angoissante : où l'emmenait le cheikh ? Bien sûr, il avait confiance en lui, mais en dépit de cela il était en proie à l'anxiété et aux appréhensions. Il pressentait qu'il allait affronter une étape dangereuse, décisive, capitale de sa vie. Il tressaillit lorsque le cheikh lui chuchota :

— Prépare-toi, nous descendons à la cimenterie, la prochaine station.

*

La station de Torah porte le nom de la cimenterie créée par les Suisses dans les années 1920, puis nationalisée par la révolution. Sa capacité de production a beaucoup augmenté jusqu'à devenir une des plus grandes cimenteries du monde arabe. Ensuite, elle dut se conformer comme le reste des entreprises à la politique de l'*Infitah* et de la privatisation. Un grand nombre de ses actions ont alors été achetées par des sociétés étrangères. La ligne du métro passe au milieu du terrain de la société : à droite, se trouvent l'ensemble des bâtiments administratifs ainsi que les fours géants, à gauche, une vaste étendue désertique entourée de montagnes où se trouvent les carrières d'où sont extraites, à coups de dynamite, les énormes pierres qu'on transporte ensuite dans de grands camions pour les brûler dans les fours à ciment.

Le cheikh Chaker descendit avec Taha. Ils traversèrent la station de métro en direction de la montagne et avancèrent dans le désert. Le soleil était brûlant et l'atmosphère chargée d'une poussière qui recouvrait toute la région. Taha avait la gorge sèche et ressentait une douleur sourde en haut de son ventre puis la nausée s'empara de lui. Il toussa et le cheikh lui dit d'un ton badin :

— La patience est belle, mon héros. L'atmosphère ici est polluée par la poussière de ciment. Demain, tu t'habitueras. De toute façon, nous sommes sur le point d'arriver.

Ils s'arrêtèrent devant une petite colline pierreuse et attendirent quelques minutes. Ils entendirent se rapprocher le ronflement d'un moteur puis apparut un camion de transport de pierres qui s'arrêta devant eux. Son chauffeur était un jeune homme en bleu de travail déchiré, tellement vieux qu'il était décoloré. Il échangea un salut rapide avec le cheikh qui lui jeta un regard inquisiteur, puis lui dit :

— Dieu et le paradis…

Le chauffeur répondit en souriant :

— … La patience et la victoire.

C'était le mot de passe. Le cheikh prit la main de Taha et ils montèrent dans la cabine. Tous les trois restèrent silencieux. Le camion se frayait un chemin sur la piste du désert. D'autres camions appartenant à la compagnie passèrent devant eux, puis le chauffeur obliqua vers une étroite bifurcation non viabilisée sur laquelle il les conduisit pendant plus d'une demi-heure. Taha fut sur le point de confesser au cheikh son angoisse mais il le vit plongé dans la lecture d'un petit volume du Coran qu'il tenait à la main. Enfin apparurent au loin des formes qui se précisèrent peu à peu : un ensemble de petites maisons construites en briques de terre rouge. Le camion s'arrêta. Taha et le cheikh en descendirent et le chauffeur les salua avant de faire demi-tour.

Cela ressemblait aux rues d'un "quartier informel*", avec la pauvreté évidente, les flaques d'eau sur les chemins de terre, les poules et les canards courant autour des maisons, les enfants jouant pieds nus et quelques femmes, le visage recouvert d'un voile noir, assises devant les portes. Le cheikh marchait avec l'assurance de quelqu'un qui connaît l'endroit. Il entra, suivi de Taha, dans une des maisons. Il poussa la porte qui donnait sur une pièce sans meubles en dehors d'un petit bureau et d'un tableau noir accroché au mur. Le sol était recouvert d'une grande natte jaune sur laquelle étaient assis un groupe de jeunes barbus vêtus de *galabieh* blanches. Tous

---

* Sans être des bidonvilles à proprement parler, les quartiers d'habitat précaire, ou spontané, ou informel, c'est-à-dire construits par les pauvres sans tenir compte des règles d'urbanisme et sans bénéficier des services publics, sont nombreux en Egypte.

se levèrent pour saluer le cheikh Chaker. Ils l'étreignirent et l'embrassèrent l'un après l'autre, le plus âgé d'entre eux se maintenant un peu en arrière. C'était un homme gros et grand d'environ quarante ans. Il avait une longue barbe noire. Par-dessus sa *galabieh* blanche, il portait un gilet vert sombre. Il avait, depuis le sourcil gauche jusqu'en haut du front, une balafre qui semblait être la trace d'une ancienne blessure et le rendait incapable de fermer l'œil complètement. Son visage s'illumina lorsqu'il vit le cheikh Chaker. Il lui dit d'une voix grave :

— La paix soit sur vous. Où étiez-vous, monseigneur ? Cela fait deux semaines que nous vous attendions.

— C'est un cas de force majeure, Bilal, qui m'a tenu éloigné de vous. Comment allez-vous, toi et les frères ?

— Grâce soit rendue à Dieu, nous allons bien, si Dieu le veut.

— Et vos activités ?

— Comme tu peux le lire dans les journaux, nous allons de victoire en victoire, grâce à Dieu.

Le cheikh Chaker passa le bras autour des épaules de Taha et dit à l'homme en souriant :

— Bilal, voici Taha Chazli dont je t'ai parlé. Un modèle pour la jeunesse pratiquante et pieuse, et l'on ne donne à personne la priorité sur Dieu.

Taha s'avança pour serrer la main de l'homme et il sentit sa poigne puissante, il regarda son visage défiguré pendant que les paroles du cheikh résonnaient dans son oreille :

— Taha, je te présente, si Dieu le veut, le cheikh Bilal, l'émir de ce camp. Ici, Taha, avec le cheikh Bilal, tu vas apprendre, avec la permission de Dieu, comment te venger de tes oppresseurs.

Soad se réveilla et ouvrit les yeux avec difficulté. Elle avait mal au ventre et envie de vomir. Sa tête lui faisait mal et sa gorge sèche était douloureuse. Peu à peu elle comprit qu'elle était dans un hôpital. La pièce était vaste et le plafond élevé. Il y avait de vieilles chaises et une petite table dans un coin, et la porte à deux battants avec ses lucarnes rondes ressemblait à celle des salles d'opération dans les films égyptiens des années 1940. A côté du lit se tenait une grosse infirmière au nez épaté. Elle était penchée sur Soad et posa la main sur son visage puis sourit :

— Dieu soit béni pour votre guérison. Que Dieu vous bénisse. Vous avez eu une grosse hémorragie.

— Menteuse ! cria Soad d'une voix étranglée en repoussant l'infirmière loin d'elle. Vous m'avez fait avorter malgré moi. Je vous enverrai tous en enfer !

L'infirmière sortit de la chambre et une colère folle s'empara de Soad. Elle se mit à donner des coups de pied et à crier à tue-tête :

— Assassins, vous m'avez fait avorter. Appelez police secours. Je vous ferai tous emprisonner.

Bientôt la porte s'ouvrit et apparut un jeune médecin qui s'avança vers elle suivi de l'infirmière. Soad cria :

— J'étais enceinte et vous m'avez fait avorter contre mon gré.

Le médecin sourit. Visiblement il mentait et il avait peur. Gêné, il lui dit :

— Madame, vous aviez une hémorragie. Calmez-vous parce que l'émotion peut vous faire du mal.

Soad explosa à nouveau. Elle se mit à crier, à insulter, à pleurer. Le médecin et l'infirmière sortirent, puis la porte s'ouvrit et son frère Hamido apparut avec Fawzi, le fils du hadj Azzam. Hamido se précipita vers elle, l'embrassa et elle éclata en sanglots en le serrant dans ses bras.

Le visage de Hamido se contracta, il serra les lèvres et se tut. Fawzi avança calmement un siège depuis l'extrémité de la pièce et s'assit à côté du lit. Il redressa la tête et dit d'un ton posé, en articulant très distinctement comme s'il faisait un cours à des enfants :

— Ecoute, Soad, c'est le destin qui commande. Le hadj Azzam s'était mis d'accord avec toi et, toi, tu n'as pas respecté l'accord…

— Que Dieu te punisse, toi et ton père, criminels, fils de chiens.

— Ferme-la, s'écria-t-il avec emportement, en fronçant les sourcils d'un air implacable et brutal.

Il se tut un peu, soupira puis reprit son propos pédagogique :

— Malgré ta grossièreté, le hadj Azzam t'a traitée comme il plaît à Dieu. Tu as eu une hémorragie et tu as failli mourir. Nous t'avons transportée à l'hôpital et le docteur a été obligé de te faire avorter. Les papiers de l'hôpital sont là pour le prouver ainsi que le rapport du docteur. Dis-le-lui, Hamido.

Hamido courba la tête en silence et la voix de Fawzi s'éleva à nouveau :

— Mon père, le hadj Azzam, est un homme pieux. Il t'a répudiée et il t'a donné plus que tes droits, que Dieu le lui rende. L'arriéré et la pension, nous les avons calculés comme il plaît à Dieu, avec un supplément de notre part. Ton frère Hamido a sur lui un chèque de vingt mille livres. La facture de l'hôpital est payée et nous avons pris toutes tes affaires dans la maison pour les envoyer à Alexandrie.

Un silence profond s'établit et Soad, brisée maintenant, se mit à pleurer d'un son étouffé. Fawzi se leva. Il avait à cet instant l'air fort et décidé, comme si toute chose en ce bas monde reposait sur les mots qu'il allait prononcer. Il fit deux pas en direction de la porte puis se retourna comme s'il se souvenait de quelque chose :

— Raïs Hamido, raisonne ta sœur. Elle n'a pas de cervelle. Toute cette histoire est une page qui a été tournée. Elle a obtenu ses droits jusqu'au dernier millime. Tout a commencé et tout se termine par de bons procédés. Si tu essaies, toi ou ta sœur, de faire des histoires ou des embrouillaminis, nous saurons comment vous apprendre la politesse. Le pays est à nous, Hamido, et nous avons le bras long. C'est nous qui avons tous les atouts. Tu peux choisir la couleur que tu veux.

Il marcha avec assurance et sortit de la chambre en faisant claquer derrière lui les deux battants de la porte.

*

De la même façon qu'on époussette du bout des doigts quelques grains de poussière suspendus au revers d'une veste élégante avant de reprendre son chemin, comme si de rien n'était, le hadj Azzam s'était débarrassé de Soad Gaber et il était parvenu à broyer la tendresse qu'il ressentait pour elle. Le souvenir de son corps souple, chaud, délectable revenait le hanter, et il déployait d'énormes et douloureux efforts pour l'oublier. Il se remémorait intentionnellement le visage odieux et dur qu'elle avait dans les scènes de la fin. Il imaginait les problèmes, les scandales qu'elle aurait causés s'il ne s'était pas débarrassé d'elle et il se consolait en pensant que son mariage lui avait procuré des moments merveilleux et ne lui avait pas coûté très cher. Il se disait que son expérience avec elle pouvait être recommencée car les belles filles pauvres sont nombreuses et le mariage est licite – personne ne peut en être blâmé. C'est ainsi qu'il essayait d'effacer l'image de Soad de sa mémoire. Il y parvenait parfois et échouait à d'autres moments.

Il s'absorba dans le travail pour oublier. La date du lancement de la concession des automobiles Tasso approchait et il organisa à son bureau, avec ses deux fils Fawzi et Qadri, un véritable PC de combat, comme s'il allait livrer une guerre. Il supervisa les préparatifs de l'énorme réception à l'hôtel *Sémiramis*. Il invita lui-même toutes les personnalités importantes du pays, qui se déplacèrent toutes : les ministres actuels et anciens, les grands responsables gouvernementaux, les rédacteurs en chef des principaux journaux nationaux… L'amitié de tous ces gens lui coûta des dizaines de voitures dont il leur fit cadeau ou qu'il leur vendit à des prix symboliques. Tout cela se fit avec l'accord des responsables japonais et parfois sur leur proposition. La réception dura jusqu'à une heure tardive. La télévision en retransmit des séquences, comme publicité rétribuée, et la plupart des journaux en firent une couverture abondante. Un grand rédacteur, spécialiste de l'économie, présenta dans le journal *Al-Ahram* l'inauguration de la concession Tasso comme "une courageuse avancée nationale réalisée par Mohammed Azzam, un homme d'affaires authentiquement égyptien, pour briser le monopole des automobiles occidentales". Le rédacteur exhorta l'ensemble des hommes d'affaires égyptiens à choisir, comme l'avait fait le hadj Azzam, "ce chemin difficile, le bon chemin pour la renaissance de l'économie de l'Egypte".

Pendant deux semaines entières, les journaux furent remplis de photographies du hadj Azzam et de ses déclarations. Quant à la photographie de la signature du contrat, elle était inimitable et révélatrice : le hadj Azzam y apparaissait avec sa taille énorme, son visage vulgaire et ses yeux retors et rusés. A son côté, se tenait M. Yen Ki, président du conseil d'administration de la société Tasso, avec sa fine taille japonaise, son regard droit et son visage distingué. L'hétérogénéité entre les apparences de ces deux hommes résumait l'énorme distance entre ce qui se passe en Egypte et ce qui se passe au Japon.

Dès les premiers mois, la concession réalisa des ventes fabuleuses qui dépassèrent toutes les prévisions, et les bénéfices se mirent à pleuvoir abondamment sur le hadj Azzam qui accueillit avec reconnaissance les bienfaits de Dieu, et en retrancha des dizaines de milliers de livres pour les bonnes œuvres. La partie japonaise proposa à Azzam des projets supplémentaires de centres de maintenance au Caire et à Alexandrie.

Cela aurait sans conteste été pour le hadj Azzam les plus brillants de ses jours, s'il n'avait eu un sujet de préoccupation qu'il ne parvenait pas à oublier : El-Fawli le poursuivait pour le rencontrer et Azzam persistait à se dérober. Lorsque les dérobades ne furent plus possibles, il finit par répondre enfin à sa demande et alla le rencontrer au *Sheraton*, préparé aux difficultés qui l'attendaient.

*

La salle, sombre en plein jour, bondée de gens, ressemblait plus à un wagon de troisième classe dans un train du Saïd qu'à la salle d'attente d'un hôpital : des femmes debout, entassées avec leurs enfants malades, l'odeur de la transpiration à en couper le souffle, le sol et les murs d'une saleté repoussante, avec quelques infirmiers qui organisaient l'entrée dans la salle d'examen en insultant et en bousculant les femmes, des cris, des disputes, un vacarme incessant. Hatem Rachid et Abdou, accompagnés de Hadia portant l'enfant qui ne cessait de pleurer, arrivèrent et restèrent un moment debout au milieu de la cohue, puis Hatem s'approcha d'un des infirmiers et demanda à rencontrer le directeur de l'hôpital. L'infirmier le regarda d'un air hostile et lui dit que le directeur n'était pas là. Abdou faillit se bagarrer lorsqu'on les informa qu'ils devaient attendre leur tour pour faire examiner l'enfant. Hatem alla alors vers le plus proche téléphone public et passa plusieurs coups de fil grâce au petit carnet d'adresses qui ne quittait jamais sa poche. Le résultat fut que le directeur adjoint vint vers eux et les reçut avec affabilité en excusant l'absence du directeur. C'était un homme dans la quarantaine, blanc et gros, dont le visage reflétait la bonté et la simplicité. Il examina avec soin l'enfant et dit ensuite d'une voix inquiète :

— Malheureusement, vous êtes venus un peu tard. Le cas est grave. L'enfant est déshydraté et il a de la fièvre.

Puis il écrivit sur une feuille et la tendit à Abdou qui était à bout de nerfs, fumait cigarette sur cigarette et houspillait sa femme. Il prit l'enfant dans ses bras et courut avec l'infirmière à qui le médecin avait transmis son inquiétude. On plaça l'enfant dans la salle de réanimation puis on fixa le goutte-à-goutte sur ses petits bras. Son visage était extrêmement pâle, ses yeux enfoncés et le bruit de ses sanglots faiblissait. Ils avaient tous le cœur serré. Abdou interrogea l'infirmière qui lui répondit :

— Le résultat du traitement se fera sentir dans deux heures au moins. Dieu est grand !

Puis le silence s'installa à nouveau. Hadia se mit à pleurer doucement. Au bout d'un moment, Hatem prit à part Abdou, glissa dans sa poche une liasse de billets et lui tapota l'épaule en disant :

— Prends, Abdou, pour les frais de l'hôpital. Si tu as besoin de quelque chose, je t'en prie, dis-le-moi. Je suis obligé d'aller au journal. Je prendrai de tes nouvelles ce soir.

*

— J'aurais voulu te rencontrer plus tôt.

— Pourquoi ?

— Toute ma vie aurait changé.

— C'est le moment ou jamais. Vas-y, change ta vie.

— Que veux-tu que je change ? Boussaïna, j'ai soixante-cinq ans. C'est la fin.

— Qui t'a dit ça. Tu peux encore vivre vingt ou trente ans. La durée de la vie est entre les mains de Dieu.

— Ah, si c'était possible. C'est qu'on voudrait bien vivre encore trente ans… au moins.

Ils rirent tous les deux, lui d'un rire grave, elle d'un long gazouillis mélodieux. Ils s'allongèrent sur le lit. Il l'étreignit. Il sentit la caresse de ses cheveux abondants et souples contre ses bras. Ils s'étaient complètement débarrassés du sentiment de l'individualité de leurs corps. Ils passaient des heures complètement nus. Elle lui préparait le café, des verres de whisky et des mezzés et, de temps en temps, ils se couchaient ensemble. Parfois, il lui faisait l'amour, mais souvent ils s'allongeaient seulement comme cela. Il éteignait la lumière de la chambre et contemplait son image à la faible lueur tremblante venant de la rue. A ce moment-là, il lui semblait qu'elle n'était pas réelle, qu'elle n'était qu'une belle chimère, une créature nocturne qui allait disparaître soudainement, comme elle était apparue, aux premières heures de l'aube. Ils parlaient. Sa voix jaillissait profonde, douce et chaude des ténèbres.

Elle lui dit d'une voix sérieuse en regardant le plafond :

— Quand allons-nous partir ?

— Partir où ?

— Tu m'as promis que nous partirions ensemble.

Il lui demanda en la regardant dans les yeux :

— Tu détestes toujours ton pays ?

Elle hocha la tête en regardant le plafond.

— Je n'arriverai jamais à comprendre votre génération. De mon temps, la nation était comme la religion. De nombreux jeunes sont morts en luttant contre les Anglais.

Boussaïna se redressa :

— Vous faisiez des manifestations pour chasser les Anglais. Eh bien, ils sont partis ! Ça veut dire que le pays va mieux maintenant ?

— La cause de la décadence du pays, c'est l'absence de démocratie. S'il y avait un véritable régime démocratique, l'Egypte serait une grande puissance. La malédiction de l'Egypte, c'est la dictature. La dictature amène immanquablement la pauvreté, la corruption et l'échec dans tous les domaines.

— Tout ça, ce sont de grands mots. Moi, j'ai des rêves à ma mesure. J'ai envie de vivre tranquille, d'avoir une famille, un mari qui m'aime, des enfants à élever et une jolie petite maison confortable au lieu d'habiter sur la terrasse. Je veux aller dans un pays propre où il n'y ait ni saleté, ni misère, ni oppression. Tu sais, le frère d'une de mes amies a été collé trois fois au baccalauréat. Il est allé en Hollande et s'est marié avec une Hollandaise et il est resté là-bas. Il nous dit qu'à l'étranger il n'y a pas d'injustice et pas d'imposture comme chez nous. Les gens se respectent les uns les autres. Même celui qui balaie la rue, les gens le respectent. C'est pour ça que je veux aller à l'étranger, vivre là-bas, travailler et être vraiment respectée, gagner ma vie par mon travail plutôt que d'aller au magasin de quelqu'un comme Talal pour qu'il me donne dix livres, le prix de deux paquets de Marlboro. J'ai vraiment été d'une bêtise !

— Tu étais dans le besoin et celui qui est dans le besoin ne peut pas réfléchir. Boussaïna, je ne veux pas que tu vives dans le passé. C'est une page tournée. C'est fini. Pense à l'avenir. Maintenant, nous sommes heureux ensemble et je ne t'abandonnerai jamais.

Le silence se fit un instant. Zaki reprit avec enjouement, pour chasser sa tristesse :

— Encore un mois ou deux, au plus, et je vais toucher une grosse somme. Je te prendrai et nous partirons.

— Sérieusement ?

— Sérieusement.

— Où irons-nous ?

— En France.

Elle poussa un cri et applaudit de ses deux mains comme un enfant, puis lui dit en badinant d'un air mutin :

— Mais toi, attention à toi, au cas où tu te fatiguerais de moi là-bas. Tu auras affaire à moi !

Lorsqu'elle riait, les muscles de son visage se contractaient et la sueur perlait à son front. Elle prenait soudain une apparence barbare et singulière, d'une certaine façon, comme si elle avait été surprise par le bonheur et qu'elle avait décidé de se cramponner à lui avec force pour qu'il ne lui échappe pas. Elle étreignit Zaki et murmura :

— C'est bon ? Nous sommes d'accord ?

— Nous sommes d'accord.

Il commença par ses mains. Il embrassa d'abord ses doigts un par un, puis il en vint à la paume, aux bras, à la poitrine charnue et douce, et, quant il parvint à la nuque et souleva ses cheveux abondants pour dévorer sa délicieuse petite oreille, il ressentit sous lui son corps embrasé de désir.

Tout débuta par un murmure. Murmure est le mot juste, un bruit extrêmement léger qui surgit tout à coup, puis s'arrêta tandis que Zaki, dans un brûlant baiser, dévorait les lèvres de Boussaïna. Quelques secondes passèrent pendant lesquelles ils restèrent enlacés, puis le bruit recommença, clairement cette fois-ci. La porte de la chambre où ils étaient couchés était ouverte et, dans un éclair, l'idée vint à Zaki que quelqu'un bougeait dans le salon. Il bondit de son lit et Boussaïna poussa un cri aigu et sauta du lit pour enfiler ses vêtements au petit bonheur la chance sur son corps nu, puis, comme dans un cauchemar, se succédèrent des images effrayantes que Zaki et Boussaïna n'oublieraient jamais : la lumière s'alluma dans la pièce et apparut un officier de police en uniforme suivi de plusieurs indicateurs. Au milieu d'eux, s'avançait Daoulet avec un sourire malveillant. Soudain s'éleva sa voix aiguë, détestable comme la mort :

— Quelle mascarade, quelle absence de pudeur ! Tous les jours, il ramène une prostituée et il couche avec elle. Assez de turpitudes mon frère ! Quelle honte pour toi !

— Ferme-la, hurla Zaki.

Ce fut sa première réaction. Il était sorti de sa stupeur et paraissait extrêmement affecté. Son corps nu tremblait et ses yeux étaient exorbités de colère. Inconsciemment il tendit la main vers son pantalon et l'enfila en criant :

— Qu'est-ce qui se passe ? C'est quoi cette comédie ? Qui vous a donné la permission d'entrer dans mon bureau ? Est-ce que vous avez un mandat de perquisition ? cria-t-il au visage du jeune officier.

Les traits de ce dernier étaient hostiles depuis le début. Il répondit calmement sur un ton de défi :

— Vous voulez m'apprendre mon travail ? Je n'ai pas besoin de mandat de perquisition. Madame est votre sœur. Elle habite chez vous et elle a fait une déposition contre vous pour pratique de la débauche dans sa maison. Elle a demandé un constat car elle a entamé une action contre vous pour mise en tutelle.

— C'est insensé ! Ici c'est mon bureau privé et elle n'y habite pas avec moi.

— Mais elle a ouvert avec sa clef. C'est elle qui nous a fait entrer.

— Même si elle a une clef, c'est mon bureau. Il est à mon nom.

— Eh bien, vous confirmerez tout ça dans le procès-verbal.

— Que je confirme quoi ? Je vais vous envoyer au diable. Vous aller payer votre violation de la vie privée !

— Tu veux dire la vie privée des prostituées, s'écria Daoulet, les yeux exorbités en s'approchant de lui, prête à bondir.

— Je t'ai dit de la fermer.

— Ferme-la toi-même, vieil imbécile, vieux saligaud.

— Taisez-vous, madame, s'il vous plaît, cria l'officier à Daoulet en feignant la colère pour cacher sa partialité en sa faveur. Ecoutez, monsieur, vous êtes un homme âgé. Ce n'est pas la peine de faire du scandale.

— Vous voulez quoi exactement ?

— Constater les faits et vous demander de répondre à deux ou trois questions.

— Quels faits voulez-vous constater ? Avouez que vous êtes en service commandé. C'est pour cette vipère que vous travaillez.

— On voit que vous êtes mal élevé. Ecoutez, je vous le dis pour la dernière fois. Si vous voulez passer une nuit sans problème…

— Vous me menacez ? Je vais passer un coup de fil et vous remettre à votre place.

— Ah, c'est comme ça ? Excusez-moi, je suis désolé… lui répondit avec fureur l'officier. Puis il ajouta : Fils de ta mère, viens au commissariat avec ta prostituée.

— Je vous mets en garde contre l'emploi d'expressions qui pourraient se retourner contre vous. Vous n'avez pas le droit de nous arrêter.

— Je vais vous montrer de quoi j'ai le droit.

L'officier se tourna vers les indicateurs :

— Emmenez-les.

Les indicateurs n'attendaient que ce signal pour se jeter sur Zaki et Boussaïna. Zaki résista et se mit à les menacer et à protester en criant, mais les policiers se saisirent de lui par la force. De son côté Boussaïna n'arrêta pas de pousser des cris, de se frapper le visage et de tenter d'apitoyer ceux qui la tiraient vers l'extérieur.

*

Au début, Taha ressentit une détresse qui disparut rapidement à mesure que passaient les jours. Il s'habitua au régime sévère du camp : le réveil avant l'aube, la prière, la lecture du Coran, le petit-déjeuner et, ensuite, trois heures ininterrompues d'exercices physiques violents (gymnastique et arts martiaux). Ensuite les frères se réunissaient pour suivre des cours de *fiqh**, d'étude et de commentaire du Coran et de hadith, donnés par le cheikh Bilal ou par d'autres oulémas. Quant à l'après-midi, elle était consacrée à l'entraînement militaire. Les frères montaient dans un grand autobus (sur lequel était écrit le nom de la société égyptienne de ciment Torah) et ils allaient au cœur de la montagne où ils

---

* Le *fiqh* est l'étude de la jurisprudence qui doit régler, en fonction de la charia, la vie quotidienne des musulmans.

s'entraînaient au tir ainsi qu'à la fabrication et à la manipulation de bombes. Le rythme du camp était si rapide et épuisant qu'il n'avait pas le temps de penser. Même le soir, après la prière de la nuit, les propos entre les frères tournaient généralement autour de thèmes religieux. On y passait en revue en se fondant sur la charia les justifications permettant de qualifier le régime de mécréant, ce qui imposait de le combattre et de le renverser. Quand venait l'heure du sommeil, les frères se séparaient. Ceux qui étaient mariés rejoignaient les maisons familiales au pied de la montagne tandis que les célibataires dormaient dans un petit bâtiment qui leur était réservé. Une fois que les lumière étaient éteintes et que régnait le silence, c'est alors seulement que Taha Chazli s'allongeait sur son lit dans l'obscurité, et il revoyait distinctement les événements de sa vie comme si une surprenante fenêtre lumineuse s'ouvrait dans sa mémoire. Il revoyait Boussaïna Sayyed et la nostalgie l'emportait au point qu'il souriait parfois en se remémorant les bons moments qu'ils avaient passés ensemble. Ensuite, la colère l'envahissait lorsque c'était son visage de la dernière fois qui le regardait, quand elle lui avait dit dédaigneusement : "Notre histoire est terminée, Taha, chacun s'en va de son côté." Soudain fondaient sur sa tête, comme des coups répétés, les souvenirs du centre d'internement, les brutalités, les outrages, le sentiment qu'il était faible, épuisé, brisé, chaque fois qu'ils attentaient à son honneur (il s'abandonnait aux larmes, implorait les soldats de cesser d'enfoncer le gros bâton dans son corps), sa voix faible et saccadée quand ils lui ordonnaient de dire : "Je suis une femme", puis qu'ils le battaient à nouveau, lui demandaient son nom et qu'il répondait d'une voix morte : "Fawzia" et qu'alors ils éclataient de rire comme s'ils assistaient à un film comique. En se souvenant de tout cela Taha n'arrivait plus à dormir. Il restait éveillé, rouvrant ses blessures. Son visage se contractait dans l'ombre et son souffle s'accélérait, il haletait comme s'il était en train de courir. Un déferlement de haine impétueuse s'emparait de lui et il ne se calmait pas avant de se rappeler les voix des officiers, de les répertorier, de les distinguer, de les enregistrer avec soin dans sa mémoire. Le submergeait alors un désir incendiaire dont l'irruption faisait trembler son corps. Il était avide de vengeance. Il s'imaginait suppliciant tous ceux qui l'avaient torturé et violé.

Cette soif de vengeance qui le possédait lui avait donné l'impulsion nécessaire pour réaliser des progrès surprenants dans son entraînement militaire. En dépit de son jeune âge, il l'emportait au combat à mains nues sur de nombreux autres plus vieux que lui. En quelques mois il devint un excellent tireur tant au fusil ordinaire qu'au semi-automatique ou à l'automatique. Il fut capable de fabriquer des grenades à la perfection et sans difficulté. Ses progrès rapides surprirent les frères au point qu'une fois, après un exercice de tir où il n'avait pas fait une faute sur vingt essais, le cheikh Bilal s'était approché de lui, lui avait tapé sur l'épaule et lui avait dit – sa balafre tremblant au-dessus de son sourcil, comme chaque fois qu'il était ému :

— Que Dieu te bénisse, Taha. Tu es devenu un maître au tir.

— Quand me permettrez-vous de prendre part au djihad ? lui avait répondu Taha avec hardiesse, profitant de l'occasion pour poser la question qui l'obsédait.

Le cheikh Bilal resta un moment silencieux, puis murmura amicalement :

— Ne sois pas pressé, mon fils, toute chose arrive en son temps.

Puis il partit rapidement comme pour couper court à la conversation. Cette réponse vague ne satisfaisait pas Taha. Il avait soif de vengeance et il se sentait tout à fait capable de participer à une opération. Alors pourquoi tous ces atermoiements ? Il ne valait pas moins que ses camarades qui partaient pour le djihad, puis revenaient au camp, fiers de ce qu'ils avaient accompli et recevant les félicitations de leurs frères. Plus d'une fois par la suite, Taha alla voir le cheikh Bilal pour l'inciter à l'envoyer au combat, mais celui-ci continuait à le faire patienter avec des réponses imprécises si bien que, la dernière fois, Taha se mit en colère et lui dit avec acrimonie :

— Bientôt, bientôt… quand va arriver ce bientôt ? Si vous pensez que je ne suis pas bon pour le djihad, pourquoi ne pas me le dire ? Que je quitte le camp !

Le sourire s'épanouit sur le visage du cheikh Bilal comme s'il se réjouissait de la fougue de Taha :

— Remets-t'en à Dieu, Taha, tu vas bientôt entendre une bonne nouvelle, si Dieu le veut.

Effectivement, avant qu'une semaine ne s'écoule, des frères vinrent lui dire que le cheikh Bilal le demandait. Dès qu'il eut fini la prière de midi, il se précipita vers le bureau du cheikh : une pièce étroite avec un vieux bureau, plusieurs fauteuils déchirés et une natte de feuilles de palmier sur laquelle le cheikh était assis à lire le Coran. Il était plongé dans sa lecture à voix haute et ne se rendit compte de la présence de Taha qu'après quelques instants. Il l'accueillit en souriant et le fit asseoir à ses côtés.

— Si je t'ai envoyé chercher, c'est pour une question importante.

— A vos ordres.

— Dieu seul ordonne. Ecoutez, monsieur, nous avons décidé de vous marier, lui dit soudain le cheikh en riant.

Mais Taha ne rit pas. Son visage sombre se rembrunit et il dit, avec méfiance :

— Je ne comprends pas.

— Tu vas te marier, mon fils. Tu ne comprends pas le sens du mariage ?

Alors la voix de Taha s'éleva :

— Non, monseigneur, je ne comprends pas. Je vous supplie de me permettre d'aller au djihad et vous me parlez de mariage. Est-ce que je suis venu ici pour me marier ? Je ne comprends absolument pas. A moins que vous ne vouliez vous moquer de moi.

Pour la première fois, le visage du cheikh se crispa de colère. Il s'écria :

— Il n'est pas convenable que tu me parles sur ce ton et je te prie de te contrôler à l'avenir, sinon je vais me fâcher contre toi. Tu veux te venger de ceux qui t'ont opprimé... tu n'es pas le seul à avoir été torturé par la Sécurité d'Etat. Ils ont torturé des milliers de frères. Moi-même, je porte la trace de la torture sur mon visage comme tu le vois, mais je ne perds pas la raison et je ne crie pas tous les jours au visage de mes cheikhs. Tu crois que je t'empêche d'aller au djihad. Dieu sait, mon fils, que cela ne dépend pas de moi. Ce n'est pas moi qui décide des opérations. Je n'en suis informé qu'au dernier moment. Je suis l'émir du camp, Taha, je ne suis pas l'émir en chef. Je ne suis même pas membre du conseil suprême de la Jamaa. Je te prie de comprendre cela, de te décontracter et de me laisser en paix. Ce n'est pas moi qui décide. Tout ce que je peux faire, c'est proposer ton nom aux frères du conseil suprême de la Jamaa. Je leur ai conseillé de faire appel à toi, j'ai écrit de nombreux rapports sur ton courage et tes progrès dans l'entraînement, mais ils n'ont pas encore décidé de t'envoyer. Ce n'est pas ma faute, comme tu le vois, mais mon expérience me dit qu'ils vont bientôt te confier une mission, avec la permission de Dieu.

Taha se tut et baissa un peu la tête, puis il dit d'une voix faible :

— Excusez ma mauvaise humeur, monseigneur. Dieu sait combien je vous aime et combien je vous respecte, cheikh Bilal.

— Ce n'est rien, mon fils, murmura le cheikh tout en continuant à égrener son chapelet.

Taha poursuivit sur un ton amical, comme pour enlever les traces de l'escarmouche :

— Mais je suis vraiment étonné par la question du mariage.

— Qu'y a-t-il d'étonnant à cela ? Le mariage est une des pratiques que Dieu a prescrites à ses créatures. Il a édicté cette loi – qu'il soit glorifié et exalté – pour le salut de l'individu et de la société dans l'islam. Tu es un jeune homme et tu as des besoins naturels. Te marier est une forme d'obéissance à Dieu et à son Prophète dont tu seras récompensé, si Dieu le veut. L'Elu – prière et salut de Dieu sur lui – a dit dans son hadith authentique : "Celui d'entre vous qui en a les moyens, qu'il se marie." Il nous a ordonné – prière et salut de Dieu sur lui – de favoriser le mariage et d'en hâter l'accomplissement pour éloigner les musulmans des turpitudes. Nous, ici, nous vivons et nous mourons sur la voie tracée par Dieu sans nous en écarter d'un doigt, s'il plaît à Dieu. Je t'ai choisi une sœur excellente et pieuse, sans donner la priorité à personne sur Dieu.

— J'épouserais quelqu'un que je ne connais pas ? réagit spontanément Taha.

Le cheikh Bilal sourit :

— Tu la connaîtras, avec la permission de Dieu. C'est la sœur Redoua Abou el-Aala, le modèle parfait de la femme musulmane. Elle avait épousé le frère Hassan Noureddine, d'Assiout, et quand il a accédé au martyre – que Dieu lui accorde sa miséricorde – elle a emmené son jeune fils et elle est venue vivre avec nous la vie de l'islam.

Taha se tut et semblait hésitant. Le cheikh poursuivit :

— A Dieu ne plaise, mon fils, que je ne t'impose quelque chose. Tu vas rencontrer Redoua, tu verras son visage, tu parleras avec elle, comme le prescrit la noble charia, puis tu prendras ta décision en toute liberté. Je te prie, Taha, de relire le livre du *Mariage dans l'islam* que nous vous avons distribué pendant les cours. Sache, mon fils, que si tu te maries avec la veuve d'un martyr et si tu prends en charge son fils orphelin, tes récompenses seront doublées, avec la permission de Dieu.

Aux environs de minuit, l'état de l'enfant empira. Les écrans des soins intensifs enregistraient des perturbations de la respiration et des battements du cœur. On appela le médecin de garde. Elle vint rapidement et prescrivit une piqûre intraveineuse que l'infirmière fit à l'enfant. Son état s'améliora un peu avant de se dégrader à nouveau moins d'une heure plus tard. Peu de temps après, la vie l'abandonna. L'infirmière éclata en sanglots et recouvrit le petit visage d'un drap, puis elle sortit de la pièce et, dès que Hadia la vit, elle poussa un cri de douleur strident qui résonna dans tous les coins de l'hôpital. Puis elle s'assit par terre, couvrit sa tête de ses mains et se mit à éclater en gémissements. Le visage sombre d'Abd Rabo se contracta et il serra les dents avec tant de force qu'il les fit grincer, puis il écrasa dans ses mains un paquet de cigarettes et le déchira. Le tabac s'émietta dans ses doigts comme de la terre. Il faisait un effort démesuré pour ne pas pleurer, mais les larmes s'échappèrent malgré lui de ses yeux, il s'abandonna entièrement et éclata en sanglots. Toutes les personnes présentes pleuraient : le personnel de service, les infirmières, les familles des malades… la doctoresse elle-même enleva ses lunettes pour essuyer des larmes. Abd Rabo et son épouse durent laisser le cadavre de l'enfant à la morgue de l'hôpital jusqu'à l'heure de l'enterrement dans la matinée. Ce fut un nouveau spectacle douloureux : lorsque le petit corps fut placé au milieu de grands cadavres, le vieil employé de la morgue, pourtant habitué au spectacle de la mort, ne fut pas capable de se maîtriser et se mit à répéter "Il n'y a de Dieu que Dieu, à

Dieu nous appartenons et c'est vers lui que nous retournons."

Les habitants de la terrasse de l'immeuble Yacoubian apprirent la nouvelle d'une façon ou d'une autre et restèrent tous ensemble éveillés. Ils ouvrirent les portes de leurs pièces et attendirent en silence, la tête baissée, comme s'ils étaient dans une tente mortuaire*. Certains d'entre eux qui avaient des magnétophones firent passer à plein volume des enregistrements du Coran qui résonnèrent aux quatre coins de la terrasse. Peu de temps avant l'aube, Abd Rabo et Hadia apparurent sur la terrasse, éreintés de douleur et de fatigue. Les habitants de la terrasse se précipitèrent tous vers eux pour présenter leurs condoléances et le chagrin se raviva. Les hommes étreignirent Abdou et lui serrèrent les mains. Ils étaient tous sincères dans leur émotion, même les plus revêches et belliqueux, même Ali le chauffeur dont la bouche empestait, comme d'habitude, l'odeur de l'alcool bon marché mais qui pleurait à chaudes larmes comme un enfant perdu. Quant à Chazli, le vieux portier aux moustaches blanches et à la taille élancée et sèche, dès qu'il s'approcha du père blessé et lui serra la main (il y avait entre eux deux une amitié privilégiée), celui-ci le serra avec force dans ses bras et enfouit son visage dans sa *galabieh* blanche en se lamentant dans son accent saïdi "Mon oncle, mon fils n'est plus"…

Les femmes, elles, savaient comment exprimer la tragédie. Elles se mirent à pousser des cris aigus qui déchiraient le silence. Beaucoup

---

* Grandes tentes multicolores édifiées sur les places ou dans les ruelles, près de la demeure du défunt par sa famille qui y reçoit les condoléances.

se frappèrent violemment les joues jusqu'à tomber par terre. Peu à peu, l'intensité de la douleur diminua et, comme cela arrive généralement dans de telles occasions, les hommes insistèrent pour qu'Abdou prenne sa femme et qu'ils aillent se reposer un peu dans leur chambre, car ils avaient devant eux une journée difficile. Les époux finirent par accepter et entrèrent dans leur chambre, mais ils ne dormirent pas, et la lumière resta allumée jusqu'au matin. Ils se lancèrent dans une longue conversation qui s'envenima très vite et se transforma en une violente dispute dont les échos s'entendaient sur la terrasse. La voix de Hadia s'élevait, vindicative et belliqueuse tandis que celle d'Abdou faiblissait peu à peu jusqu'à ce qu'il se taise complètement. Le lendemain soir, après que furent accomplies les formalités de l'enterrement et des condoléances, les gens de la terrasse furent surpris de voir un camion de déménagement s'arrêter devant la porte de l'immeuble. Ils virent ensuite Abdou aider les employés à transporter les meubles de sa pièce. Les habitants, ennuyés, se renseignèrent et Abdou les informa qu'ils allaient s'installer dans une autre pièce à Imbaba. Son visage était fermé et ses manières si sèches qu'ils n'osèrent pas exprimer leur étonnement ni même faire leurs adieux avec la chaleur adéquate.

*

— C'est un mauvais début, Azzam.

— Qu'à Dieu ne plaise, Kamel bey, je n'ai qu'une parole, mais l'affaire demande du temps.

Ils étaient assis au restaurant du *Sheraton* et l'atmosphère était électrique. Azzam se mit à parler d'un autre sujet et le visage de Kamel el-Fawli se contracta. Il dit brutalement :

— Ne m'embrouillez pas avec d'autres sujets. Je ne suis pas un enfant. Vous avez donné votre accord et vous êtes revenu dessus. Il y a trois mois que je vous ai donné à signer le contrat avec le Grand Homme et vous tergiversez encore.

— Kamel bey, ce n'est pas bien de dire que je tergiverse. Il faut que je présente l'affaire à l'associé japonais et j'attends le moment favorable.

— Qu'est-ce que les Japonais ont à voir dans nos affaires ? Le contrat est entre vous et le Grand Homme. Il porte sur le partage des bénéfices entre vous deux.

— Mais, pacha, les Japonais doivent tout savoir. Si je fais quelque chose derrière leur dos, ils peuvent annuler la concession.

Kamel el-Fawli aspira une grande bouffée de sa *chicha* puis il posa l'embout sur la table et se leva tout à coup. Son fils et les gardes du corps qui étaient à une table voisine se levèrent également. Il dit d'une façon tranchante tout en ajustant ses vêtements pour se préparer à partir :

— Vous jouez avec le feu, Azzam, et cela m'étonne parce que vous êtes un homme intelligent. Il faut que vous compreniez que celui qui vous a fait entrer à l'Assemblée peut aussi vous en faire sortir.

— Vous me menacez, Kamel bey.

— Comprenez ce que vous voulez.

Le hadj Azzam tendit le bras vers l'épaule d'El-Fawli en essayant de l'étreindre. Il dit :

— Pacha, je vous demande de ne pas grossir le problème.

— Au revoir.

El-Fawli se tourna pour partir mais le hadj Azzam se cramponna à son bras :

— Pacha, on peut bien discuter... Par trois fois Dieu tout-puissant, je tiens mes promesses.

El-Fawli retira son bras avec colère mais Azzam s'approcha de lui et murmura comme une supplication :

— Kamel bey, je vous en prie, écoutez-moi, j'ai une demande à vous faire qui nous satisfera l'un et l'autre.

El-Fawli le regarda d'un air interrogateur, le visage toujours irrité. Azzam lui dit :

— Je voudrais rencontrer le Grand Homme.

— Le Grand Homme ne rencontre personne.

— Kamel bey, je vous prie de m'aider. J'ai envie de rencontrer Son Excellence et de lui expliquer moi-même l'affaire.

El-Fawli lui lança un regard profond et scrutateur comme s'il le jaugeait une dernière fois, puis lui dit en partant :

— Nous allons voir.

*

Il n'était pas facile au hadj Azzam d'abandonner le quart des bénéfices de la concession et il n'était pas non plus en mesure de refuser nettement. Il était convaincu qu'ils n'allaient pas le combattre aussi longtemps qu'ils auraient un espoir, même minime, qu'il allait payer. Il avait demandé à rencontrer le Grand Homme pour gagner du temps, ensuite parce qu'il avait le sentiment que s'il le rencontrait face à face il parviendrait à le convaincre de baisser le pourcentage. Il avait également un autre objectif : vérifier l'existence du Grand Homme. Ne pouvait-on pas supposer qu'El-Fawli utilisait à son insu le nom du Grand ? C'était une faible supposition, bien sûr, mais elle existait. L'affaire prit plusieurs semaines et il fallut plusieurs conversations téléphoniques au cours desquelles Azzam insista auprès d'El-Fawli pour qu'il lui arrange ce rendez-vous. Un matin, la sonnerie du téléphone retentit dans le bureau d'Azzam. Il entendit la voix douce de la secrétaire :

— Hadj Azzam, bonjour. Kamel bey veut parler à Votre Excellence.

La voix d'El-Fawli se fit entendre, laconique :

— Votre rendez-vous avec le Grand aura lieu jeudi, à dix heures du matin. Tenez-vous prêt au bureau. Nous enverrons une voiture vous prendre.

*

Daoulet avait préparé son plan avec soin et elle avait réussi, en leur graissant la patte, à mettre de son côté tous les officiers qui se comportèrent envers Zaki Dessouki de la manière la plus grossière et la plus impertinente. Ils lui interdirent d'utiliser le téléphone et échangèrent des commentaires moqueurs :

— Jouez-moi les Valentino.

— Alors c'est vous, le cheikh des ivrognes.

— C'est sûr que la machine est en panne. Maintenant, elle marche à la main.

Ils poussaient des éclats de rire bruyants, suivis de quintes de toux. Daoulet riait avec eux par flatterie, pour les encourager, et par malignité. Zaki resta silencieux. La barrière qu'il s'était efforcé de préserver autour de lui s'était effondrée et il savait que leur résister accroîtrait leur insolence. Il ressentait une grande pitié pour Boussaïna qui n'arrêtait pas de se lamenter. Le policier qui les avait arrêtés dit en riant avec sadisme :

— Alors, *khawaga*, vous avez compris que Dieu existe ?

— Votre comportement n'est pas légal. Je déposerai une plainte contre vous.

— Vous le prenez encore de haut ? Vous êtes vraiment un fanfaron imbécile ! Mon vieux, vous devriez avoir honte. Vous avez déjà un pied dans la tombe. Quelqu'un de votre âge devrait passer son temps à la mosquée plutôt que d'être ramassé tout nu avec une prostituée. Et vous osez encore parler ?

Boussaïna essaya d'apitoyer l'officier qui la rabroua violemment :

— Ferme-la, fille de pute, ou bien je te dresse un procès pour affaire de mœurs.

Ils se soumirent totalement et répondirent aux questions de l'officier. Dans sa déclaration, Zaki affirma que la plainte était une machination et que Daoulet ne résidait pas avec lui au bureau. Il expliqua la présence de Boussaïna par le fait qu'elle était la fille d'un de ses amis qui s'était disputée avec sa famille et qu'il avait accueillie à son bureau jusqu'à ce qu'il l'ait réconciliée avec eux. Puis il signa le procès-verbal, ainsi que Boussaïna et Daoulet (la plaignante) qui partit après avoir remercié les officiers et pris des assurances quant à la poursuite de l'affaire. Après toutes ces vexations, Zaki ravala son amour-propre et supplia l'officier jusqu'à ce qu'il lui permette enfin, à contrecœur, d'utiliser le téléphone. Il appela à l'aide un de ses amis, ancien magistrat à la cour, qui vint rapidement, le visage marqué par le sommeil. Il entra dans le bureau du commissaire qui envoya chercher Zaki, l'invita à s'asseoir, insista pour qu'il prenne une tasse de café et lui donna une cigarette (il avait oublié sa boîte de cigares dans son bureau au moment de l'échauffourée). Le commissaire le regarda et lui dit d'une voix calme :

— Bien sûr, je vous prie de m'excuser pour toutes les vexations qui auraient pu survenir de la part de mes collègues, mais vous savez qu'il s'agit d'une affaire de mœurs et que le sujet est épineux. Ici les officiers sont très à cheval sur le respect des traditions et nous sommes tous pieux, grâce à Dieu.

Zaki ne prononça pas une parole. Il se mit à fumer en regardant l'officier. Le magistrat rétorqua :

— Mais, pacha, pourquoi ne pas clore le dossier, que Dieu vous récompense.

— Vos souhaits, Excellence, sont des ordres mais, malheureusement, le procès-verbal est enregistré avec un numéro d'ordre et il n'est pas possible de l'annuler. Votre Excellence est notre professeur à tous : vous connaissez la procédure ! Ce que nous pouvons faire, c'est le laisser partir ce soir, avec la fille. Demain matin, ils viendront pour être présentés au parquet et de mon côté je parlerai au procureur pour qu'il classe l'affaire, avec la permission de Dieu.

Zaki et Boussaïna signèrent l'engagement de se présenter au parquet. Lorsqu'ils sortirent du commissariat, Zaki serra la main de son ami le magistrat et le remercia. Celui-ci lui dit :

— Zaki bey, nous sommes des frères, pas de remerciements entre nous… Mais, à propos, il est clair que votre sœur Daoulet a mis tous les officiers dans sa poche. Le commissaire aurait pu couper court au procès-verbal devant nous s'il avait voulu.

Zaki sourit tristement et le magistrat ajouta :

— Ne vous en faites pas. Dès qu'il fera jour, j'appellerai la direction de la Sécurité et que Dieu nous aide…

Zaki le remercia à nouveau et s'en alla aux côtés de Boussaïna en direction de l'immeuble Yacoubian. La lumière du matin commençait à s'insinuer dans la rue Soliman-Pacha, complètement vide en dehors de quelques employés municipaux qui balayaient sans enthousiasme et de quelques rares passants, matinaux pour une raison quelconque, ou bien revenant d'une soirée prolongée. Zaki se sentit extrêmement fatigué. La tête lui tournait et il avait envie de vomir. Il n'éprouvait ni révolte ni colère. Il sentait seulement que son estomac lui faisait mal, que son esprit était vide et ses idées en miettes. Peu à peu, il commença à pressentir que de lourds chagrins s'approchaient de lui comme les nuages qui accélèrent leur course avant la tempête. Il se rappela cent fois les avanies qu'il avait subies et les insultes qu'on lui avait adressées. Il ne se pardonnait pas de s'être laissé briser et d'avoir abdiqué devant eux. Il comparait – pour sa plus grande souffrance – le respect dont il avait été entouré toute sa vie et la façon outrageante dont il avait été écrasé au commissariat. On l'avait traité comme s'il était un voleur à la tire ou un proxénète. Ce qui lui serrait vraiment le cœur, c'est qu'il leur avait complètement cédé. S'ils l'avaient frappé, il n'aurait pas protesté. Pourquoi s'était-il montré docile ? Etait-il devenu comme une chiffe molle entre leurs mains ? Comment avait-il perdu sa volonté, comment son amour-propre s'était-il abaissé à ce point ? Il aurait dû leur résister jusqu'au bout, quoi qu'il arrive, si ce n'était pas pour son honneur, au moins pour la dignité de Boussaïna à laquelle ils avaient donné le coup de grâce. Qu'allait-elle dire de lui maintenant, comment pourrait-il la regarder dans les yeux, alors qu'il avait été incapable de la protéger et même de dire un mot pour la défendre.

Il se tourna vers elle. Elle marchait en silence à ses côtés et il s'entendit dire tout à coup d'une voix enrouée :

— Allons prendre notre petit-déjeuner à *L'Excelsior.* Tu dois avoir faim.

Elle ne répondit pas un seul mot. Elle le suivit sans rien dire dans le grand restaurant voisin de l'immeuble Yacoubian qui, à cette heure matinale, était complètement vide en dehors des employés occupés à laver le sol à l'eau et au savon et d'un vieux client étranger, tout au fond, qui sirotait son café en lisant un journal en français. Ils s'assirent face à face près de la vitrine, au coin qui donne sur le croisement entre la rue Soliman-Pacha et la rue Adli. Zaki commanda deux tasses de thé complet (avec des gâteaux) et un silence lourd et douloureux les enveloppa jusqu'à ce qu'il boive une gorgée de thé et qu'il se mette à parler lentement, comme s'il cherchait sa route à tâtons :

— Boussaïna, je t'en prie, ne te tourmente pas. Dans la vie, on est exposé à de nombreuses avanies. On aurait tort de s'y arrêter. En Egypte les officiers de police sont comme des chiens enragés et, malheureusement, ils ont tous les droits à cause de l'état d'urgence.

Ce qu'il disait semblait idiot et inadapté à la situation. Boussaïna continua à ne rien dire et à ne toucher ni à sa tasse de thé ni au gâteau qui était devant elle. Zaki comprit à quel point elle était triste. Il ajouta :

— Seulement, je voudrais bien savoir d'où Daoulet a ramené les clefs du bureau. Elle a tramé cette manœuvre pour me faire mettre en tutelle, mais elle perdra son procès. L'avocat m'a dit qu'elle le perdrait.

Il luttait contre son émotion par le bavardage. Il s'efforçait de transformer la situation douloureuse en simples mots, en suppositions, en hypothèses. Peut-être était-ce là un moyen de sortir de la détresse qui s'était lovée en eux.

— L'avocat m'a expliqué les conditions légales de la mise en tutelle. C'est une affaire complexe et le tribunal ne prend pas facilement cette décision. Daoulet est une ignorante, elle croit que c'est une affaire facile.

Sa tentative échoua et Boussaïna resta silencieuse. Elle ne prononça pas un mot, comme si elle était devenue sourde et muette. Zaki se rapprocha d'elle à travers la table et il remarqua pour la première fois à la lumière son teint livide, ses yeux congestionnés et les écorchures disséminées sur son visage, traces de sa résistance aux policiers en civil. Il sourit avec affection et étreignit ses mains dans les siennes en murmurant :

— Boussaïna, si tu m'aimes, oublie cette affaire stupide.

Sa gentillesse était plus qu'elle n'en pouvait supporter, comme l'unique et léger frôlement inoffensif qu'attend la montagne lézardée pour s'effondrer. Elle se mit à pleurer et dit d'une voix faible :

— De toute ma vie, je n'ai jamais eu de chance. Jamais.

*

Taha rencontra Redoua en présence des frères. Il la vit, le visage découvert, et parla longuement avec elle. Il apprit qu'elle avait trois ans de plus que lui. Sa connaissance approfondie de la religion et sa manière calme et affable de s'exprimer lui plurent. Elle lui parla d'elle, de son précédent mari, Hassan Noureddine, et de la façon dont on l'avait tué :

— Ils ont écrit dans les journaux qu'il avait tiré sur les policiers et qu'ils avaient été obligés de le tuer. Dieu sait pourtant que ce soir-là il n'a pas tiré un seul coup de feu. Ils ont frappé à sa porte et, dès qu'elle a été ouverte, ils ont tiré plusieurs rafales de mitraillette. Il est mort en martyr sur-le-champ, en même temps que trois frères qui étaient avec lui. Ils l'ont tué exprès. S'ils avaient voulu, ils auraient pu l'arrêter vivant.

La tristesse recouvrit le visage de Taha. Il intervint à son tour avec amertume :

— Les nouvelles instructions sont de tuer le plus grand nombre possible d'islamistes. Ils appellent cela frapper au cœur. Si ce régime mécréant se comportait d'une manière aussi sauvage avec les juifs, Jérusalem serait libérée depuis longtemps.

Redoua baissa la tête et un lourd silence s'instaura, puis elle reprit avec l'intention manifeste de parler avec franchise de tout ce qui était arrivé dans sa vie.

— Après la mort de mon époux en martyr, ma famille a cherché à me marier. J'ai appris que le fiancé prévu était un riche ingénieur mais qui ne faisait pas la prière. Ma famille a essayé de me convaincre qu'il deviendrait pratiquant après le mariage, mais j'ai refusé. Je leur ai expliqué que, selon la charia, celui qui ne faisait pas la prière était un infidèle* et qu'il ne lui était pas possible d'épouser une musulmane ; mais ils ont tellement fait pression sur moi que ma vie est devenue un enfer. Le problème est que ma famille n'est pas pratiquante. Ils sont bons mais malheureusement ils vivent encore dans la Jahiliya. J'ai craint de m'éloigner de la religion et j'ai voulu que mon fils Abderrahmane soit élevé dans l'obéissance à Dieu. Je suis entrée en relation avec le cheikh Bilal et je l'ai prié de me laisser vivre au camp.

— Et qu'a fait ta famille ?

— Je leur ai envoyé quelqu'un pour les rassurer sur mon compte et, avec la permission de Dieu, je leur rendrai visite dès que l'occasion se présentera. Je prie Dieu de me pardonner si je me suis mal comportée avec eux.

Il sentait en l'écoutant qu'elle était sincère et il aimait cette expression sérieuse et loyale qui se dessinait sur son beau visage lorsqu'elle parlait comme si elle était un enfant coupable avouant sa faute avec franchise. Il remarqua également que son corps était pulpeux et bien balancé et sa poitrine charnue et ferme (il se

---

* Il s'agit là de la reprise moderne par les islamistes d'un vieux débat médiéval : savoir qui est musulman ? De qui est-il licite de faire couler le sang ? Avec qui est-il licite de se marier ? Les différentes écoles ont proposé des réponses différentes à ces questions. Redoua nous donne ici celle des mouvements islamistes les plus extrémistes. C'est sur la même interprétation que se basaient les juges qui avaient condamné, contre la volonté des deux époux, l'intellectuel Abou Zeid – considéré comme apostat à cause de ses écrits – à divorcer de sa femme, au milieu des années 1990, et avaient ainsi contraint le couple à l'exil.

reprocha ensuite cette pensée et en demanda pardon à Dieu).

Quelques jours plus tard, le cheikh Bilal le fit venir à son bureau et lui serra cordialement la main. Il le regarda longuement avec un sourire entendu et lui dit d'une voix profonde, comme s'il renouait une conversation interrompue :

— Alors, qu'en penses-tu ?

— A quel sujet ?

Le cheikh rit très fort :

— Tu ne sais pas, cheikh Taha ? C'est au sujet de Redoua, monsieur.

Taha se tut et eut un sourire gêné. Le cheikh lui tapota l'épaule et lui dit :

— Félicitations, mon fils.

Le jeudi, aussitôt après la prière du soir, les frères firent un cercle autour de Taha pour le congratuler tandis que s'élevèrent les youyous dans la pièce intérieure réservée aux femmes. Depuis deux jours, les femmes étaient entièrement absorbées par la préparation de la mariée et de son trousseau. Après un quart d'heure de compliments et de youyous, le cheikh Bilal s'assit pour établir le contrat de mariage. Redoua avait mandaté comme délégataire pour la passation du contrat le frère Abou Hamza (son parent et compatriote d'Assiout) et d'autres frères se portèrent volontaires pour être témoins. Le cheikh Bilal commença par le discours habituel sur le mariage dans la charia puis il réunit la main de Taha à celle d'Abou Hamza en récitant la formule du contrat que les autres répétèrent après lui. Quand ils eurent terminé le cheikh murmura :

— Mon Dieu, bénis leur mariage et conduis-les sur le chemin de ton obéissance, gratifie-les d'une digne descendance.

Puis il posa la main sur la tête de Taha :

— Que Dieu te bénisse et qu'il vous réunisse dans le Bien, ton épouse et toi.

Les frères se bousculèrent pour étreindre Taha et le féliciter, puis les youyous jaillirent avec force et les sœurs se mirent à chanter des hymnes tout en frappant de larges tambours :

Nous sommes venus vers vous, nous sommes venus vers vous

Donnez-nous votre salut, nous vous donnerons notre salut

Si ce n'était l'or rouge, elle n'aurait pas campé dans votre vallée

Si ce n'était le froment noir, elle n'aurait pas engraissé vos vierges.

Taha voyait pour la première fois comment les islamistes célébraient les noces et il fut ému par la joie des sœurs et par leurs chants, par l'enthousiasme des frères et leurs congratulations.

Puis les sœurs accompagnèrent la mariée dans sa nouvelle demeure : une seule pièce, vaste, qui communiquait avec une petite salle de bains indépendante, dans le grand bâtiment réservé aux couples (qui à l'époque des Suisses était un logement pour les ouvriers des carrières de la cimenterie, complètement oublié par la suite jusqu'à ce que les islamistes travaillant pour la société y aménagent un camp secret pour la Jamaa).

Les femmes s'en allèrent. Le silence se fit dans la mosquée où les frères restèrent avec le marié. Ils eurent une conversation détendue, pleine de rires, puis le cheikh Bilal se leva :

— Allons-y mes frères.

Taha essaya de les retenir et le cheikh rit :

— Le soir du mariage, il ne faut pas que tu dilapides tes forces dans la conversation.

Les commentaires drôles des frères fusèrent pendant qu'ils sortaient de la mosquée. Ils firent leurs adieux à Taha qui se retrouva seul et commença à se sentir effrayé. Il s'était imaginé de nombreuses façons ce qu'il allait faire le soir des noces puis, à la fin, il s'en était remis à Dieu et avait décidé de tout laisser se dérouler comme Dieu le jugerait bon, même si continuait à le tourmenter l'idée qu'il n'avait pas d'expérience des femmes tandis que son épouse avait une expérience préalable qui rendrait peut-être plus difficile de la satisfaire. Comme si le cheikh Bilal avait lu dans ses pensées, il s'était isolé avec lui, la veille de la noce, et lui avait parlé du mariage et des droits que l'épouse avait sur lui d'après la charia. Il avait assuré qu'il n'y avait pas d'objection pour un musulman à épouser une femme qui avait perdu sa virginité et qu'il ne fallait pas qu'un précédent mariage d'une femme musulmane soit considéré comme un point faible que son mari pouvait utiliser contre elle. Il dit d'un ton ironique :

— Les laïcs nous accusent de puritanisme et de rigidité alors que ce sont eux qui souffrent d'innombrables problèmes psychologiques. Tu en vois certains qui, s'ils épousent une femme qui a déjà été mariée, sont hantés par le souvenir de ce mariage et parfois se comportent mal avec elle comme s'ils la punissaient de son mariage licite. L'islam ne connaît pas ces complexes.

C'étaient là des messages indirects que comprit Taha sur la manière de se comporter avec Redoua. Le cheikh passa en revue ce qu'il y avait entre un homme et une femme. Il lui expliqua le verset de la sourate de la Vache : "Vos femmes sont pour vous une terre de labour. Allez à votre terre comme vous voulez. Mais préparez pour vous-mêmes." Il commenta longuement l'expression islamique "mais préparez pour vous-mêmes" par laquelle le Seigneur, qu'il soit glorifié et exalté, nous enseigne comment aller à nos femmes d'une manière humaine et douce. Le cheikh avait la capacité de parler des détails les plus précis des relations sexuelles avec sérieux et dignité sans offenser la pudeur. Taha tira profit de ses paroles et apprit de nombreuses choses qu'il ignorait. Il l'aimait de plus en plus. Il se disait : "Si mon propre père était avec moi, il n'en ferait pas plus que ce que fait le cheikh Bilal."

Ainsi, la cérémonie du mariage se termine et les frères le laissent seul pour affronter le moment décisif. Il monte l'escalier et frappe à la porte, puis il entre dans la chambre de la mariée qu'il trouve assise sur le bord du lit. Elle a enlevé le *hidjab* de sa tête découverte. Ses cheveux sont noirs et fins. Ils tombent sur ses épaules. Leur couleur noire est ensorcelante à côté de la blancheur rosée de sa peau. Taha remarque pour la première fois son beau cou, ses deux petites mains aux doigts très fins. Son cœur se met à battre violemment. Il halète puis lui dit d'une voix confuse :

— Le salut soit sur toi.

Redoua sourit, baisse la tête avec douceur et chuchote, le visage ému :

— Sur toi le salut de Dieu, sa miséricorde et sa bénédiction.

*

Hatem Rachid apprit la nouvelle le jour suivant. Il était resté tard au journal, jusqu'à la sortie de la première édition. Il était rentré à la maison, épuisé, aux environs de quatre heures du matin. Il s'était dit : "Je vais dormir et demain, j'irai prendre des nouvelles d'Abdou." Il se réveilla tard, prit son bain, s'habilla et sortit en direction de l'hôpital. A l'entrée de l'immeuble il rencontra Chazli, le portier, qui lui dit l'air contrarié :

— Abd Rabo vous a laissé les clefs de la chambre et du kiosque.

— Quoi ? cria Hatem interloqué.

Le portier l'informa du décès de l'enfant et de ce qui était arrivé ensuite. Il alluma une cigarette et demanda, tout en s'efforçant de paraître maître de soi :

— T'a-t-il dit où il allait ?

— Il a dit qu'il allait habiter à Imbaba mais il a refusé de laisser sa nouvelle adresse.

Hatem revint sur ses pas et monta à la terrasse. Il se mit à demander aux habitants la nouvelle adresse d'Abdou. Il supporta leurs regards malveillants (qui sous-entendaient : Laisse Abdou tranquille, ça suffit, ce qui lui arrive !) mais en fin de compte il n'obtint rien. Le soir, pendant deux heures, il resta dans sa voiture, devant le kiosque fermé, au cas où Abdou y aurait oublié quelque chose et serait revenu le prendre avec la clef de secours qu'il avait conservée. Il alla au kiosque trois jours de suite mais Abdou n'apparut pas. Hatem ne désespéra pas. Il se mit à le chercher partout, chez tous ceux qu'il connaissait, mais en vain. Après une longue semaine de recherches, il fut convaincu qu'Abdou avait disparu pour toujours. Il fut en proie à une vague dévastatrice de tristesse et de désespoir. Des sentiments douloureux et désordonnés s'emparèrent de lui : il avait perdu Abdou, sa présence chaleureuse, son corps fort et solide, sa bonté, sa pureté, sa voix virile, son accent saïdi. Il fut également submergé par la pitié qu'il ressentait pour lui car il savait combien il aimait son fils et combien il devait être triste qu'il soit mort. Il regrettait de l'avoir laissé à l'hôpital, ce jour-là, et d'être parti au journal. Il se disait : "J'aurais pu remettre mon travail à plus tard pour passer avec lui ce moment difficile. Il avait besoin de ma présence, mais il avait eu honte de le demander."

Jour après jour, Hatem était plus affecté. Il était possédé par le sentiment qu'il n'avait vraiment pas de chance : il avait passé de nombreuses années dans le malheur et la souffrance jusqu'à ce qu'il trouve un compagnon doux et sensible qui ne crée pas de problème et dès que sa vie commençait à se stabiliser, voilà que l'enfant meurt et qu'Abd Rabo disparaît, laissant Hatem reprendre sa course vaine. Il allait devoir à nouveau sillonner les rues du centre-ville la nuit pour ramasser un appelé des forces de sécurité. Ce serait peut-être un voleur ou un criminel qui le frapperait ou le dépouillerait comme cela s'était si souvent produit auparavant. Il irait une fois de plus au bar *Chez Nous* à la recherche d'un *berghal* ou au bain Gablaoui à El-Hussein pour cueillir un adolescent qui apaiserait son désir et dont il devrait en échange supporter la vulgarité et la cupidité. Pourquoi avait-il perdu Abd Rabo après l'avoir aimé, avoir eu confiance en lui, après qu'il eut pris place dans leur vie commune ? Etait-il tellement difficile qu'il puisse jouir longtemps de son ami ? S'il avait cru en Dieu, il aurait estimé que son épreuve était un châtiment divin contre son homosexualité, mais il connaissait au moins dix homosexuels qui jouissaient d'une vie paisible et sereine avec leurs amants. Alors pourquoi était-ce lui précisément qui perdait Abdou ? Peu à peu son moral s'effondra. Il perdit l'appétit et se mit à abuser de la boisson. Il resta à la maison et n'alla plus au journal sauf quand son travail l'exigeait d'une façon pressante. Il réglait rapidement les questions qui se présentaient et se hâtait de rejoindre sa maison avec son silence, sa tristesse et ses souvenirs. C'est ici qu'Abdou s'asseyait, c'est ici qu'il mangeait, c'est ici qu'il éteignait sa cigarette, c'est ici… c'est ici qu'il s'allongeait à ses côtés, que Hatem caressait de sa main son corps noir, qu'il en embrassait chaque recoin, qu'il lui chuchotait d'une voix rendue tremblante par l'ardeur du désir : "Tu es mon seul bien, Abdou, tu es mon bel étalon noir."

Hatem passa des nuits entières à ruminer des souvenirs. Il revit sa relation avec Abdou minute après minute et, une nuit, au milieu des nuages de l'ivresse et du désespoir une idée commença à poindre puis lui traversa l'esprit comme un éclair : il se remémora une phrase qu'Abdou avait une fois prononcée en plaisantant : "Le Saïdi ne peut se passer des Saïdis. Tu peux être sûr que si je devais aller n'importe où il faudrait que je demande le café des Saïdis et que j'aille m'y asseoir."

Hatem comprit tout à coup. Il regarda sa montre avec impatience : il était plus d'une heure du matin. Il s'habilla rapidement et, une demi-heure plus tard, il demandait aux passants d'Imbaba où se trouvait le café des Saïdis. Encore une demi-heure et il le trouva. Pendant la courte distance à franchir entre sa voiture et l'entrée du café, il sentit la sueur couler sur son front et son cœur fut sur le point de s'arrêter tant il battait fort. Le café était extrêmement étroit et sale. Hatem entra rapidement et y jeta avec appréhension un regard circulaire. Il pensa ensuite à la relation qui peut exister entre notre désir d'une chose et sa réalisation. Ce que nous désirons suffisamment fort finit-il fatalement par se réaliser ? Il désirait tellement trouver Abdou qu'il le trouva réellement. Il l'aperçut au fond du café, fumant une *chicha*. Il était vêtu d'une ample *galabieh* sombre et avait sur la tête un grand turban saïdi. Il parut à ce moment-là aussi énorme et redoutable qu'un sombre géant de légende qui aurait pris forme dans l'imagination. Il avait également l'air d'être revenu à lui-même, à son origine et à ses racines, comme s'il avait enlevé avec ses vêtements européens toute son histoire singulière et fortuite avec Hatem Rachid qui, depuis un moment, se tenait devant lui en silence. Celui-ci commença par l'observer longuement comme s'il voulait se convaincre, se persuader, s'assurer de sa présence, de crainte qu'elle ne s'évanouisse à nouveau, puis il se précipita vers lui et cria d'une voix haletante qui fit se retourner tous les clients :

— Abdou, enfin !

*

La première nuit, leur relation fut simple et spontanée, comme si elle était sa femme depuis des années. La fleur s'était ouverte sous ses doigts et il l'avait arrosée plus d'une fois jusqu'à ce qu'elle fût abreuvée. Il en fut étonné et se demanda en revoyant les détails de la noce comment il avait pu aussi facilement réussir avec Redoua, lui qui n'avait jamais touché une femme auparavant. Qu'étaient devenues ses appréhensions, ses hésitations, sa crainte de l'échec ? Peut-être cela provenait-il de ce qu'il était psychologiquement détendu avec Redoua, ou de ce qu'il avait suivi tous les conseils du cheikh Bilal, ou bien de ce que sa femme, avec son expérience, l'avait encouragé et lui avait enseigné les secrets intimes. Elle avait fait cela avec habileté et tact, sans se départir de la pudeur naturelle d'une femme musulmane. Taha pensa à tout cela et son opinion se renforça que son mariage avec elle était une bénédiction du Seigneur, qu'il soit glorifié et exalté. C'était une femme bien élevée, loyale, fidèle à l'islam. Il l'aima. Sa vie, avec elle, se stabilisa. Leur rythme quotidien le satisfaisait : il la laissait chaque matin et passait toute la journée au camp, puis rentrait après la prière du soir et trouvait la pièce propre, ordonnée. Une nourriture chaude l'attendait. Il aimait tant les moments où il prenait le repas, assis avec elle devant une table basse ! Il lui parlait des événements de la journée. Elle lui racontait ses conversations avec les sœurs et, s'il n'avait pas eu le temps de les lire, elle lui faisait un résumé de ce qu'il y avait dans les journaux. Ils riaient ensemble des espiègleries du petit Abderrahmane qui ne s'arrêtaient que lorsqu'il tombait dans le sommeil. Alors Redoua le transportait dans le lit qu'elle lui avait préparé sur le sol de la pièce. Elle revenait ensuite débarrasser la table et faire la vaisselle avec soin. Puis elle se retirait dans la salle de bains et Taha la précédait dans leur vieux lit de fer. Il l'attendait, allongé sur le dos, contemplant le plafond de la chambre, le cœur débordant de cette passion délicieuse et tendre qu'il avait appris à connaître, qu'il aimait et dont il attendait l'avènement chaque soir : ce désir d'elle qui le submergeait, son corps séduisant, stimulé par l'effet de l'eau chaude, complètement nu si ce n'était la grande serviette dans laquelle elle se drapait lorsqu'elle sortait de la salle de bains, les instants silencieux, excitants, tendus, remplis de désir mutuel alors qu'elle lui tournait le dos pour se faire belle devant le miroir, ces phrases confuses, vides de sens qu'elle prononçait d'une voix faible, haletante, en affectant de parler de n'importe quel sujet, comme si elle cherchait à déguiser le désir qu'elle éprouvait pour lui. Et lui recevait son message sans atermoyer, il serrait contre le sien son corps élancé et souple et le titillait de ses baisers et de son souffle ardent jusqu'à ce que se déverse sa douceur, puis il vidait dans son sein tout ce qu'il ressentait : ses peines, ses souvenirs, ses rêves déçus, son désir inextinguible de vengeance, sa haine féroce de ses tortionnaires et même ses désirs sexuels troubles et brûlants qui souvent l'avaient submergé et fait souffrir dans sa chambre sur la terrasse. Il vidait tout cela dans le corps de Redoua et cela le libérait. Il se détendait et le feu s'apaisait pour faire place à un amour calme, stable, de plus en plus enraciné chaque soir. Il la contemplait dans l'acte sexuel avec une sincère gratitude et il couvrait ses bras, son visage, ses cheveux de baisers. Il était devenu un expert des parties et des replis de son corps. Il en dominait le langage au point de faire durer l'amour des heures pendant lesquelles l'extase faisait parfois resplendir le visage de Redoua.

Plusieurs mois pleins de bonheur s'écoulèrent avec elle dans cette vie nouvelle, jusqu'au soir où il la rejoignit au lit et où, contrairement à son habitude, il fut maladroit, perdit sa contenance puis s'arrêta. Ils restèrent silencieux et, tout à coup, il se releva violemment en faisant trembler le lit, puis se précipita pour allumer la lumière. Elle ramassa ses vêtements pour couvrir son corps et lui demanda avec inquiétude :

— Qu'y a-t-il ?

Il resta silencieux et s'assit lentement sur le canapé, puis il se pencha et prit sa tête entre ses mains. Son visage se contracta comme si quelque chose le faisait souffrir. Encore plus anxieuse, elle se précipita vers lui :

— Qu'as-tu, Taha ?

Sans doute ému par sa sincère sollicitude à son égard, il soupira avec force, puis dit en évitant de la regarder dans les yeux :

— Redoua, je te prie de ne pas mal me comprendre. Bien sûr que je suis heureux de t'avoir épousée et je loue mille fois le Seigneur de m'avoir accordé une épouse aussi parfaite que toi ; mais je ne suis pas venu au camp pour me marier. J'y suis venu avec le cheikh Chaker dans un but précis : le djihad pour la cause de Dieu. Cela fait une année entière que je suis ici. J'ai terminé tous les entraînements possibles et on ne m'a pas encore chargé d'une seule mission. J'ai peur que ma volonté ne faiblisse.

Il parlait d'une voix triste et faible, puis il se frappa la jambe de sa main et lui dit avec amertume :

— S'il s'était agi de mariage, je t'aurais épousée n'importe où en dehors de ce camp. Je me demande cent fois par jour pourquoi je suis ici. Pourquoi, Redoua ? Je suis sûr que le cheikh Bilal m'a marié avec toi pour m'éloigner du djihad.

Redoua sourit comme une mère sage et compréhensive et mit ses bras autour de ses épaules. Elle lui dit d'une voix tendre :

— Aie recours à Dieu et chasse ces idées de ta tête. Ce sont des tentations du diable. Le cheikh Bilal est un homme sincère. Il ne ment jamais. S'il te trouvait inapte au djihad, il t'aurait fait sortir du camp… et il ne t'a pas non plus marié à une femme immorale qui te détourne de sa religion (à cet instant sa voix se voila d'un ton de reproche). Taha, je suis ta femme et je serai la première à t'inciter au djihad et la première à être fière de toi si tu parviens au martyre. Je prie Dieu de me l'accorder avec toi. Mais, par mon expérience avec feu le martyr Hassan, je sais que les opérations militaires ne sont pas une partie de plaisir ou un jeu et qu'elles dépendent de considérations précises que ne connaissent que les frères du haut conseil de la Jamaa.

Taha ouvrit la bouche pour protester mais elle le précéda et lui mit gentiment la main devant la bouche pour l'empêcher de parler puis murmura :

— Sois patient, Taha, sois patient. Dieu est avec ceux qui sont patients.

*

Le jeudi matin, à dix heures précises, une Mercedes fantôme* noire s'arrêta devant l'immeuble Yacoubian. Un homme élégant d'une quarantaine

* Surnom donné au plus grand modèle de Mercedes (classe C 300) commercialisé dans les années 1990. Les Egyptiens ont donné des noms humoristiques à ces voitures

d'années en descendit et demanda qu'on le conduise au bureau du hadj Azzam. Il le salua et se présenta à lui d'une façon arrogante :

— Gamal Barakat, du secrétariat du pacha.

Le hadj Azzam monta dans la voiture à ses côtés. Tout au long de la route ils n'échangèrent que quelques propos de convenance, après quoi Azzam se plongea dans son chapelet et ses invocations. Il savait que le Grand Homme habitait à côté du canal Mariotiya mais il ne s'était pas imaginé sa maison ainsi : un énorme palais qui lui rappelait les palais royaux de son enfance, situé sur une haute colline qui le faisait ressembler à un fort retranché, entouré d'une superficie d'au moins cent *feddan* de terre entièrement cultivée. L'automobile mit du temps à franchir la distance entre le portail extérieur et la porte du château. Elle roula sur une longue route au milieu des jardins et des arbres, puis s'arrêta devant trois barrages de sécurité où elle fut fouillée par d'énormes gardes de sécurité, tous vêtus du même complet et de la même cravate. Ils avaient de grands pistolets accrochés à la ceinture et tenaient à la main des appareils électroniques en forme de bâton, produisant des sifflements, avec lesquels ils inspectèrent méticuleusement la voiture. Après quoi, ils étudièrent avec soin la carte d'identité du hadj en en comparant les données avec celles du laissez-passer que leur avait présenté le secrétaire. Cela se reproduisit

---

qui symbolisent la réussite sociale d'une classe de parvenus. La *khenzira* (truie) est le modèle des années 1970, la *timsaha* (crocodile) celui des années 1980. Contemporain de la *chabah* (fantôme), le petit modèle des années 1990 a été baptisé *poudra* (poudre, c'est-à-dire héroïne, seuls les trafiquants de drogue étant supposés pouvoir l'acquérir).

trois fois, ce qui insupporta le hadj Azzam au point que, la dernière fois, il faillit protester, mais il contint son irritation et conserva le silence. Finalement, la voiture gravit un large chemin sinueux qui les conduisit jusqu'à la porte du château. Là, les mesures de sécurité se répétèrent avec le même soin et la même fermeté. Cette fois, ils ouvrirent la serviette du hadj Azzam et la fouillèrent, puis ils lui demandèrent de passer sous un portail électronique. Le mécontentement se lut sur son visage et le secrétaire s'approcha de lui et lui dit avec désinvolture :

— Les mesures de sécurité sont indispensables.

Puis il lui demanda d'attendre dans le hall et s'en alla. Azzam attendit un moment en contemplant les colonnes de marbre rondes, les dessins persans du précieux tapis et les énormes lustres en cristal suspendus à un très haut plafond. Peu à peu il se sentit mal à l'aise et humilié. Il se dit qu'ils faisaient exprès de le rabaisser par une longue attente et par des mesures de sécurité excessives. "Ils m'humilient tout en me dérobant mon argent, ils veulent prendre le quart des bénéfices sur un plateau, et sans un mot de remerciement… C'est du gangstérisme et de la mauvaise éducation !" Azzam était rempli de colère et son visage prit un air furieux. L'idée lui vint de se retirer. Il avait envie de se lever maintenant, de demander le secrétaire et de l'informer qu'il partait, advienne que pourra. Mais il savait bien que c'était impossible. Même si on l'avait laissé attendre jusqu'au lendemain, il ne se serait pas risqué à protester d'un seul mot. Il se trouvait maintenant dans le périmètre du Grand et une seule faute signifierait sa fin. Il allait devoir faire appel à toute sa ruse et mobiliser toute son expérience pour apitoyer le Grand et le convaincre de diminuer son pourcentage au-dessous du quart. C'était le plus qu'il pouvait faire. S'il commettait la moindre sottise il aurait à en payer cher, et immédiatement, le prix.

A la fin, il entendit un bruit de pas résonner derrière lui. Il fut saisi de terreur à tel point qu'il n'eut pas la force de se retourner. Apparut tout à coup un des membres des services de sécurité qui lui fit signe de le suivre. Ils marchèrent dans un long couloir où leurs pas claquèrent sur le marbre lisse du sol, puis ils arrivèrent dans une vaste pièce où trônait un grand bureau en acajou ainsi qu'une longue table de réunion autour de laquelle étaient alignés dix sièges. L'agent de la sécurité fit signe à Azzam de s'asseoir et lui dit froidement en partant :

— Attendez ici que le pacha vous parle.

Azzam fut surpris par le mot "parler". Il se demanda si cela signifiait que le Grand Homme n'était pas présent. Pourquoi ne l'avait-il pas appelé pour annuler le rendez-vous et lui éviter cette peine ?

Ils le laissèrent attendre un long moment et, tout à coup, il entendit une voix s'élever dans tous les coins de la pièce :

— Bienvenue, Azzam.

Il se leva précipitamment, pris de panique, et il se mit à chercher de tous côtés la source de la voix qui fit entendre un petit rire :

— N'aie pas peur. Je suis dans un autre endroit mais je te parle et je te vois. Je n'ai malheureusement pas beaucoup de temps. Venons-en aux faits. Pourquoi as-tu demandé à me rencontrer ?

Le hadj rassembla ses esprits et il fit un effort pour prononcer le discours qu'il avait préparé pendant deux semaines, mais les idées s'évaporaient de sa tête tant il avait peur. Après quelques instants, il fut capable d'articuler avec difficulté :

— Monsieur, je suis votre serviteur, je suis aux ordres de Votre Excellence. Vous m'avez inondé de vos bienfaits… Vos bontés se répandent sur le pays tout entier… Que Dieu garde Votre Excellence et qu'il lui apporte sa protection pour le bien de l'Egypte. Je suis plein d'espoir que Votre Excellence étudiera mon cas avec clémence. J'ai des responsabilités importantes. Dieu sait que je fais vivre beaucoup de familles. Excellence, une participation d'un quart est une charge difficile à supporter.

Le Grand resta silencieux. Azzam se sentit encouragé et continua à implorer :

— J'aspire à la munificence de Votre Excellence – j'en appelle au Prophète –, ne me renvoyez pas le cœur brisé, Excellence. Si vous diminuiez le pourcentage au huitième par exemple… que Dieu couvre Votre Excellence de bienfaits.

Un autre moment de silence s'écoula, puis s'éleva la voix irritée du Grand :

— Ecoute, Azzam, je n'ai pas de temps à perdre avec toi. Ce pourcentage est fixe pour toi comme pour les autres. Nous participons pour un quart à toutes les grandes affaires, comme ta concession, et ce pourcentage, nous l'obtenons en échange d'un service. Nous te protégeons contre le fisc, les charges sociales, les règles de sécurité, le contrôle administratif et les mille bureaux qui peuvent en un rien de temps arrêter ton projet et te mener à ta perte. De plus, toi en particulier, rends déjà grâce à Dieu que nous ayons accepté de travailler avec toi, car tes affaires sont sales.

— Sales ? répéta Azzam à voix haute en s'agitant et en laissant échapper un murmure de réprobation qui indisposa le Grand.

Celui-ci le mit en garde en élevant la voix :

— Tu es idiot, ou tu fais l'idiot ? Tes revenus principaux viennent d'un travail sale qui n'est pas la concession japonaise. En un mot, tu es un trafiquant de drogue et nous savons tout. Assieds-toi au bureau et ouvre le dossier sur lequel est écrit ton nom. Tu verras une photocopie du rapport sur tes activités : des enquêtes de la Sécurité d'Etat, de la brigade des stupéfiants, des renseignements généraux… Nous avons tout. C'est nous qui les avons stoppées et c'est nous qui pouvons, bien sûr, à n'importe quel moment les réactiver et te perdre. Assieds-toi, Azzam, reviens à la raison et lis le dossier. Apprends-le par cœur et retiens-le bien. Au fond du dossier tu trouveras un exemplaire de notre contrat. Si tu veux le signer, signe-le. Comme il te plaira.

Puis il fit entendre un rire contenu et le son fut coupé.

*

Abdou l'accueillit sèchement. Il lui serra froidement la main sans se lever, puis détourna le visage et s'absorba dans la fumée de sa *chicha*. Hatem sourit et lui dit affectueusement :

— Pourquoi ce mauvais accueil ? Commande-moi au moins un thé.

Sans se retourner Abdou frappa dans ses mains et demanda au garçon un verre de thé. Hatem prit l'initiative :

— Mes condoléances, Abdou. Tu crois en Dieu et en sa fatalité. Mais que tu sois triste pour ton fils, est-ce que ça t'empêche de me voir ?

Abdou se mit soudain en colère :

— Ça suffit comme ça, Hatem bey. Que Dieu nous pardonne. Mon fils est mort dans mes bras.

— Qu'est-ce que tu veux dire par là ?

— Je veux dire que Dieu m'a puni pour avoir péché avec toi.

— Alors tous ceux dont le fils meurt, c'est parce que Dieu les a punis ?

— Oui, le Seigneur, qu'il soit glorifié et exalté, donne un délai mais n'oublie rien ; et, moi, j'ai fauté avec toi, je mérite une punition.

— Qui t'a convaincu de ça ? Ta femme, Hadia ?

— Que ce soit Hadia ou quelqu'un d'autre, est-ce que ça te regarde ? Je te dis que c'est terminé entre nous. Chacun part de son côté. A partir de maintenant tu ne me verras plus et je ne te verrai plus.

Sa voix s'étranglait, pleine d'émotion. Il criait et agitait ses mains comme pour se couper tout retour en arrière. Hatem se tut un peu puis, ayant changé ses plans, se mit à parler d'une voix calme :

— Bien, monsieur. D'accord. Tu as abandonné la terrasse et le kiosque et tu veux couper notre relation. Je suis d'accord. Mais où vas-tu trouver les moyens de subvenir à tes frais et à ceux de ta femme ?

— Dieu y pourvoira.

— Bien sûr, Dieu y pourvoira, mais même si nos relations sont terminées mon devoir est de t'aider. Malgré ton mauvais comportement, Abdou, je me préoccupe pour toi.

— …

— Ecoute, je t'ai trouvé un bon travail pour que tu gardes un bon souvenir de moi.

Abdou resta un peu silencieux et sembla hésitant. Il aspira une longue bouffée de sa *chicha*, comme s'il cherchait à dissimuler son embarras.

— Tu ne demandes pas ce que c'est ?

— …

— Je t'ai recommandé pour travailler comme portier au centre culturel français de Mounira. C'est un travail propre, agréable avec un salaire de cinq cents livres par mois.

Abdou resta silencieux. Il ne répondit pas, mais ne protesta pas. Hatem, pressentant sa victoire, poursuivit :

— Tu mérites qu'on s'occupe de toi, Abdou, tiens.

Il sortit de sa serviette un stylo et un carnet de chèques, mit ses lunettes, remplit un chèque et dit en souriant :

— Voilà un chèque de mille livres pour tes dépenses jusqu'à ce que tu commences à travailler. Sa main resta tendue un instant jusqu'à ce qu'Abdou bouge lentement la sienne et prenne le chèque en disant d'une voix faible :

— Merci.

— Abdou, je ne t'ai jamais imposé nos relations. Si tu décides de m'abandonner, abandonne-moi, mais j'ai une seule demande à te faire.

— Laquelle ?

Hatem s'approcha au point de se coller à lui, puis il posa la main sur sa cuisse et chuchota d'une voix brûlante :

— Reste avec moi ce soir. Juste ce soir. Ce sera notre dernière nuit. Je te promets, Abdou, que si tu viens avec moi ce soir, je te promets que tu ne me verras plus jamais après… je t'en prie.

Ils s'assirent côte à côte dans la voiture, enveloppés dans un silence tendu. Hatem exécutait son plan avec précision. Il estimait qu'en fin de compte il garderait Abdou qui, dans un premier temps, ne résisterait pas à la tentation de l'argent et d'un nouveau travail et qui, ensuite, dès qu'il aurait goûté à nouveau au plaisir, reprendrait sa relation. Quant à Abdou, il justifiait sa réponse positive à l'invitation de Hatem par le fait qu'elle était imposée par les circonstances. Depuis qu'il avait quitté le kiosque, il n'avait pas trouvé de quoi subvenir à ses dépenses ni à celles de sa femme. Même le thé et la *chicha*, il les prenait au crédit du patron du café qui était de son village. Il avait emprunté à des connaissances du Saïd trois cents livres en moins de deux mois et il était las de chercher sans succès un travail convenable. Il avait travaillé dans la construction et il n'avait pas supporté. Il avait abandonné au bout de quelques jours. Il n'était plus en mesure d'endurer tous ces travaux pénibles : porter de lourds récipients remplis de béton liquide sur son dos, monter et descendre toute la journée en échange de quelques livres dont l'entrepreneur lui volait la moitié, sans compter les insultes et les avanies. Mais que pourrait-il faire alors ? Le travail que lui proposait Abdou était respectable et propre et il le protégerait pour toujours de la malédiction de la pauvreté. Il n'avait qu'à coucher avec lui ce soir, le satisfaire une fois seulement. Ensuite, il encaisserait le chèque, honorerait ses dettes, subviendrait à ses besoins et, dès qu'il aurait pris ses nouvelles fonctions, il mettrait fin à leurs relations et refermerait cette page sale. Il était convaincu que Dieu le pardonnerait et accepterait son repentir. Ensuite, il irait à la première occasion faire le pèlerinage pour en revenir lavé de ses péchés, aussi pur que lorsque sa mère l'avait enfanté. Ce serait la dernière nuit où il perpétrerait le péché et, à partir de demain, il proclamerait son repentir et resterait sur le droit chemin. Abdou décida en lui-même de ne pas dire à Hadia qu'il avait vu Hatem. Si elle l'apprenait, elle transformerait sa vie en enfer. A vrai dire, pas un seul jour depuis la mort de l'enfant, elle n'avait cessé de lui chercher querelle, de le maudire, d'invoquer Dieu contre lui. La douleur lui avait fait perdre la raison et elle était devenue un lourd fardeau qui pesait sur ses nerfs et sur sa vie tout entière. Elle se comportait avec lui comme s'il avait tué leur fils de ses propres mains et, le plus triste, c'est que le sentiment du péché s'était insinué en lui, s'était emparé de lui et l'empêchait souvent de dormir. Mais tout cela allait se terminer ce soir. Il allait rassasier le corps de Hatem pour la dernière fois, il obtiendrait l'emploi, puis il se repentirait.

Ils entrèrent dans l'appartement en silence et Hatem alluma les lumières en disant d'un ton enjoué :

— La maison est affreuse sans toi.

Abdou s'approcha tout à coup de lui et l'étreignit. Il essaya de lui enlever ses vêtements pour lui faire l'amour. Il était pressé d'accomplir sa tâche, tandis que Hatem prenait son empressement pour une preuve de son désir. Il rit de joie d'une façon féminine et chuchota d'un ton câlin :

— Sois patient, Abdou.

Il se hâta vers l'intérieur tandis qu'Abdou ouvrait le bar pour y prendre une bouteille de whisky. Il se versa un grand verre qu'il avala d'un seul coup sans eau et sans glace. Il ressentait un besoin irrésistible de s'enivrer et, pendant le court moment que passa Hatem à se faire beau, il vida plusieurs verres. L'alcool fit son effet et il sentit le sang déferler avec chaleur dans ses veines. Un sentiment de puissance l'envahit, le sentiment qu'il était capable d'exécuter ce qu'il voulait et que rien ne pourrait l'en empêcher. Hatem ressortit de la salle de bains nu sous son pyjama de soie rouge. Il alla à la cuisine en se dandinant et en revint avec de la nourriture chaude qu'il posa sur la table, puis se servit un verre qu'il se mit à siroter lentement, en en léchant le bord avec sa langue d'une façon excitante. Il posa ensuite la main sur le bras puissant d'Abdou et soupira :

— Tu m'as beaucoup manqué.

Abdou écarta la main et lui dit d'une voix marquée par l'ivresse :

— Hatem bey, nous nous sommes mis d'accord : cette nuit, c'est la fin de notre relation. A partir de demain matin, chacun s'en va de son côté. C'est bien ça ?

Hatem sourit et passa les doigts sur ses lèvres épaisses. Il imita son accent d'une manière badine :

— C'est ça, Saïdi.

Cette fois-ci, Abdou ne put plus se retenir. Il se jeta sur Hatem, le prit comme un enfant dans ses bras, malgré ses protestations comiques et ses cris aguicheurs. Il le jeta sur le lit, enleva son pantalon et se jeta sur lui. Il le posséda avec force. Il l'assaillit sauvagement, comme il ne l'avait jamais fait auparavant, au point que Hatem cria très fort plus d'une fois sous l'excès du plaisir et de la douleur. Il apaisa son désir dans son corps trois fois en moins d'une heure. Il le fit sans prononcer un seul mot, comme s'il accomplissait avec zèle une lourde tâche pour s'en débarrasser.

Quand ils eurent terminé, Hatem s'allongea nu sur le ventre, les yeux fermés, dans l'inconscience de l'extase, comme s'il était drogué ou endormi et ne voulait pas sortir de son rêve superbe et délicieux. Abdou, lui, resta allongé à regarder le plafond et fuma deux cigarettes sans dire un mot. Puis il sauta du lit et entreprit de se rhabiller. Hatem s'en rendit compte, se redressa dans le lit et lui dit avec inquiétude :

— Où vas-tu ?

— Je m'en vais, lui répondit-il avec indifférence, comme si l'affaire était terminée.

Hatem se leva et se mit devant lui :

— Passe la nuit ici et demain tu partiras.

— Je ne vais pas rester une minute de plus.

Hatem l'étreignit de son corps nu et lui murmura :

— Dors ici pour me faire plaisir.

Abdou le repoussa tout à coup avec une telle force qu'il tomba sur le fauteuil à côté de son lit. Son visage se crispa et il s'emporta :

— Tu es devenu fou ? Qu'est-ce qui te prend de me pousser ?

Abdou répondit d'un ton de défi :

— Maintenant, chacun s'en va de son côté.

La phrase sans ambiguïté d'Abdou, qui confirmait l'échec de son plan, fit enrager Hatem :

— Nous nous sommes mis d'accord pour que tu passes la nuit.

— J'ai fait ce sur quoi nous nous sommes mis d'accord. Je ne te dois plus rien.

— Tu te prends pour qui exactement ?

Abdou ne répondit pas et termina de s'habiller en silence. Hatem, dont la colère avait redoublé, reprit :

— Réponds-moi, tu te prends pour qui ?

— Pour un être humain, comme toi.

— Tu n'es rien d'autre qu'un va-nu-pieds de Saïdi, un ignorant. Je t'ai ramassé dans la rue, je t'ai lavé et c'est moi qui ai fait de toi un être humain.

Abdou s'avança lentement vers lui et le regarda longuement de ses yeux rougis par l'effet de la boisson et lui dit d'un ton menaçant :

— Ecoute, fais attention à qui tu parles ! Compris ?

Mais Hatem perdit le contrôle de lui-même comme s'il avait été frappé par une malédiction diabolique qui le poussait vers sa fin. Il examina Abdou de haut en bas d'un regard sarcastique :

— Tu perds la tête, Abdou, il suffit que je téléphone à quelqu'un pour te créer beaucoup de problèmes.

— Tu n'en es pas capable.

— Je vais te montrer si j'en suis capable ou non. Si tu descends maintenant, j'appelle la police et je leur dis que tu m'as volé.

Abdou fut sur le point de lui répondre, mais il secoua la tête et marcha vers la porte pour s'en aller. Il sentait qu'il était le plus fort et que Hatem ne pouvait pas mettre à exécution sa menace. Il tendit la main pour ouvrir la porte de l'appartement mais Hatem le retint par sa *galabieh* :

— Tu ne t'en iras pas.

— Je te dis de me laisser.

— Si je te dis te rester, ça veut dire que tu restes, cria Hatem en s'accrochant à son cou par-derrière.

Abdou se retourna, enleva sans difficulté la main, puis le gifla avec force. Hatem ouvrit de grands yeux exorbités, comme s'il était devenu fou :

— Tu frappes ton maître, larbin, fils de chien. Par la vie de ta mère, tu n'auras ni travail ni argent. Demain matin, je téléphonerai à la banque pour annuler le chèque. Tu peux toujours en faire des confettis.

Abdou resta un moment debout au milieu de la pièce jusqu'à ce qu'il saisisse la situation, puis il poussa un hurlement qui ressemblait au rugissement d'un animal sauvage et se jeta sur Hatem à coups de pied et de poing. Il le prit par le cou et se mit à lui frapper la tête contre le mur de toutes ses forces jusqu'à ce qu'il sente couler sur ses mains un sang chaud et poisseux.

Au moment de l'enquête, les voisins signalèrent qu'aux environs de quatre heures du matin ils avaient entendu des cris et des hurlements qui provenaient de l'appartement de Hatem mais que, connaissant la nature de sa vie privée, ils n'étaient pas intervenus.

*

"Au nom de Dieu tout-puissant et miséricordieux,

Qu'ils combattent donc sur le chemin de Dieu, ceux qui troquent la vie ici-bas contre la vie dans l'au-delà. Quiconque combat sur le chemin de Dieu, qu'il soit tué ou vainqueur, nous lui accorderons une énorme récompense.

Qu'avez-vous à ne pas combattre sur le chemin de Dieu alors que les opprimés parmi les hommes, alors que les femmes et les enfants disent : Fais-nous sortir de cette cité dont les habitants sont des oppresseurs, accorde-nous, venant de toi, un protecteur, accorde-nous, venant de toi, celui qui nous donnera la victoire."

Le cheikh Bilal lut ce passage de la sourate "Les Femmes" d'une voix mélodieuse et douce qui émut les frères qui priaient derrière lui. Ils furent saisis d'une crainte révérencielle et se mirent à réciter après lui les invocations de la Soumission avec un respect religieux. La prière du matin se termina et le cheikh Bilal s'assit pour égrener son chapelet. Les frères s'avancèrent vers lui un par un pour lui serrer la main avec amour et respect. Lorsque Taha Chazli s'inclina, le cheikh l'attira vers lui avec bienveillance et lui chuchota :

— Attends-moi au bureau. Je t'y rejoindrai dans un instant, avec la permission de Dieu.

Taha alla vers le bureau en se demandant pourquoi le cheikh voulait le voir. Est-ce que Redoua l'avait informé de ce qu'il avait dit à son sujet ? Elle lui avait souvent dit qu'elle aimait le cheikh Bilal comme son père, mais l'aimait-elle au point de lui rapporter les propos de son mari à son sujet ? Si elle avait fait cela, elle aurait affaire à lui, il ne le lui pardonnerait jamais, car une femme doit garder fidèlement les secrets de son mari. Si le cheikh l'interrogeait sur les propos qu'il avait tenus à Redoua, il les répéterait intégralement devant lui, quoi qu'il puisse arriver. Que pouvait-il lui faire ? Le plus qu'il puisse faire, c'est de le chasser du camp. Eh bien, tant pis ! Cela ne servait à rien qu'il reste au camp à manger et à boire sans rien faire. Si le cheikh ne l'autorisait pas à participer au djihad, le mieux était qu'il l'expulse du camp pour qu'il retourne là d'où il était venu.

Telles étaient les pensées de Taha jusqu'à ce qu'il pousse la porte du bureau et y entre d'un pas décidé. Il y trouva deux frères en train d'attendre : le frère docteur Mahgoub, un vétérinaire de plus de quarante ans, de la génération des pionniers qui avaient fondé la Jamaa islamiya dans les années 1970, et le frère Abd el-Chafi du Fayoum, qui était étudiant à la faculté de droit du Caire et avait été plusieurs fois arrêté et poursuivi par la Sécurité jusqu'à ce qu'il abandonne ses études et vienne vivre au camp. Taha les salua amicalement. Tous les trois s'assirent et se mirent à bavarder de choses et d'autres, tout en se sentant au fond d'eux-mêmes inquiets et pleins d'appréhension. Puis le cheikh Bilal arriva, leur serra la main, les serra chaleureusement contre lui et leur dit en souriant :

— Jeunesse de l'islam, ton jour est venu. Le haut conseil de la Jamaa vous a choisis pour mener une opération importante.

Après un moment de silence, les frères se mirent à invoquer Dieu, à pousser des cris de joie et à s'étreindre les uns les autres en se congratulant. Le plus heureux d'entre eux était Taha. Il se mit à crier "Dieu soit loué, Dieu est grand."

Ravi de cette réaction, le cheikh dit en souriant :

— Ainsi a voulu Dieu. Qu'il vous bénisse et accroisse votre foi. C'est à cause de cela que les ennemis de l'islam tremblent. Ils ont peur de vous, car vous aimez la mort autant qu'ils aiment la vie.

Puis son visage devint sérieux. Il s'assit à son bureau et étala devant lui une grande feuille. Il dit, en cherchant un stylo dans la poche de sa *galabieh* :

— Nous n'avons pas de temps à perdre. Il faut mener à bien l'opération aujourd'hui à une heure de l'après-midi. Sinon, nous devrons attendre au moins un mois. Asseyez-vous, mes enfants et écoutez très attentivement ce que je vais vous dire.

*

Deux heures plus tard, une camionnette bourrée de bouteilles de Butagaz roulait en direction du quartier Fayçal, à côté des pyramides. C'était le docteur Mahgoub qui conduisait avec Taha Chazli à ses côtés. Quant au frère Abd el-Chafi, il était assis au milieu des bouteilles de gaz entassées à l'arrière du véhicule. Ils avaient rasé leurs barbes et revêtu des vêtements de livreurs de Butagaz. Le plan prévoyait un repérage des lieux, au moins une heure avant l'opération. Ils devaient ensuite rester dans la rue d'une manière naturelle jusqu'à ce que l'officier de la Sécurité d'Etat descende chez lui, trouver un moyen de le retarder entre le moment où il passait la porte de l'immeuble et celui où il montait dans sa voiture, puis ouvrir le feu sur lui avec les trois fusils-mitrailleurs cachés sous le siège du conducteur. On leur avait également donné d'autres instructions formelles : si l'officier parvenait à pénétrer dans sa voiture avant l'exécution du plan, ils devaient lui faire obstacle avec leur camionnette puis jeter sur lui d'un seul coup toutes les grenades, abandonner ensuite leur véhicule et courir chacun dans une direction différente tout en tirant en l'air au cas où quelqu'un les suivait. Par ailleurs, s'ils avaient le sentiment d'être observés, le docteur Mahgoub (en tant qu'émir du groupe) avait licence d'annuler immédiatement l'opération. Dans ce cas, ils devaient abandonner leur voiture dans n'importe quelle rue latérale et revenir au camp en ordre dispersé, par les transports publics.

Dès que la camionnette entra dans le quartier Fayçal, ils ralentirent et le frère Abd el-Chafi se mit à faire sonner sa clef sur les bouteilles de Butagaz pour annoncer leur arrivée aux habitants. Quelques femmes sortirent au balcon ou à la fenêtre et appelèrent la voiture qui s'arrêta plusieurs fois. Abd el-Chafi transporta plusieurs bouteilles aux habitants, en encaissa le prix et remit les bouteilles vides dans la camionnette. Telles étaient les instructions du cheikh Bilal, très à cheval sur le camouflage. Puis la voiture arriva rue Akef où habitait l'officier et là une femme demanda une bouteille de gaz depuis son balcon. Abd el-Chafi la lui apporta, ce qui donna à Mahgoub et à Taha l'occasion d'inspecter lentement les lieux. La voiture de l'officier, une Mercedes bleue de la fin des années 1970, attendait devant la porte de l'immeuble. Mahgoub étudia soigneusement les distances, le voisinage, les entrées et les sorties et lorsque Abd el-Chafi fut de retour la camionnette démarra pour s'éloigner de l'endroit. Le docteur Mahgoub regarda sa montre et dit :

— Il nous reste une heure entière. Que penseriez-vous d'un verre de thé ?

Il parlait d'un ton jovial comme pour insuffler de la tranquillité dans leurs esprits. La camionnette s'arrêta devant un petit café d'une rue voisine où ils s'assirent tous les trois à siroter un thé à la menthe. Ils avaient un aspect totalement ordinaire et ne pouvaient pas susciter la méfiance. Mahgoub aspira une gorgée et dit d'une voix audible :

— Grâce à Dieu, tout est parfait.

Taha et Abd el-Chafi répétèrent à voix basse :

— Grâce à Dieu.

— Savez-vous que les frères du conseil de la Jamaa ont mis toute une année pour surveiller l'objectif ?

— Toute une année ? interrogea Taha.

— Par Dieu tout-puissant, toute une année. Les investigations sont difficiles, car les officiers supérieurs de la Sécurité d'Etat se cachent excessivement bien. Ils utilisent plusieurs noms et habitent dans plusieurs logements, et parfois ils déménagent avec leurs familles d'un appartement meublé à un autre. Tout ceci rend difficile d'arriver jusqu'à eux.

— Frère Mahgoub, quel est le nom de l'officier ?

— En principe, tu ne dois pas le connaître.

— Je sais que c'est interdit, mais je voudrais le savoir.

— Qu'est-ce que ça t'apportera de plus ?

Taha se tut puis regarda longuement Mahgoub et lui dit avec dépit :

— Frère Mahgoub, nous venons pour de bon de commencer le djihad. Peut-être Dieu nous accordera-t-il le martyre et nos âmes monteront-elles ensemble vers leur créateur. Est-ce que tu n'as pas confiance en moi alors que nous sommes au seuil de la mort ?

Mahgoub fut touché par les paroles de Taha qu'il aimait et il lui dit à mi-voix :

— Saleh Rachouane.

— Le colonel Saleh Rachouane ?

— Un criminel, un mécréant, un boucher sanguinaire. Il prend plaisir à superviser lui-même la torture des islamistes et c'est le responsable direct de l'exécution de nombreux frères au camp de détention. De plus, c'est lui qui a tué avec son propre pistolet deux des meilleurs représentants de la jeunesse islamique, le frère Hassan

Cherbati, émir du Fayoum, et le docteur Mohammed Rafi, porte-parole de la Jamaa. Il s'est glorifié
devant des frères détenus à la prison d'El-Akrab
de les avoir tués. Que Dieu fasse miséricorde à
tous nos saints martyrs, qu'il les accueille dans
son vaste paradis et qu'il nous réunisse tous
dans le Bien, avec la permission de Dieu.

A une heure moins cinq, la camionnette de
Butagaz s'arrêta du côté opposé à l'entrée de
l'immeuble et Abd el-Chafi en descendit, sortit
de sa poche un carnet et fit semblant de revoir
ses comptes avec Mahgoub, le conducteur. Tous
deux se plongèrent à voix haute d'un air naturel
dans une discussion sur le nombre de bouteilles
vendues. Taha saisit la poignée de la porte, prêt
à bondir. L'entrée de l'immeuble était à découvert devant lui. Son cœur battait tellement fort
qu'il le sentit sur le point d'éclater. Il fit un effort
pour concentrer son esprit sur un point précis,
mais une cascade tumultueuse d'images envahit
son imagination. Une minute s'écoula pendant
laquelle il revit toute son existence, scène après
scène : sa chambre sur la terrasse de l'immeuble
Yacoubian, ses souvenirs d'enfance, sa bonne
mère et son bon père, son ancienne bien-aimée,
Boussaïna Sayyed, sa femme Redoua, le général
commandant de l'école de police qui lui repro-
chait le métier de son père et les soldats du centre
d'internement qui le frappaient et abusaient de
son corps. Il brûlait d'envie de savoir si c'était cet
officier qui avait présidé à sa torture, mais il ne
l'avoua pas à Mahgoub de crainte de l'inquiéter
à son égard et qu'il ne l'écarte de l'opération.

Taha continuait à fixer l'entrée de l'immeuble
tandis que ses souvenirs passaient à toute vitesse
devant ses yeux. Ensuite l'officier apparut. Il était
comme on le lui avait décrit : corpulent, le teint

blanc. Il avait encore sur le visage les traces du sommeil et d'un bain chaud. Il marchait avec calme et confiance, une cigarette au coin des lèvres.

Taha ouvrit rapidement la porte, descendit dans la rue et se dirigea vers lui. Il devait le retarder d'une manière ou d'une autre jusqu'à ce que les frères tirent sur lui. Alors, Taha courrait, sauterait dans la voiture et jetterait des grenades pour couvrir la fuite.

Taha s'approcha de l'officier et lui demanda d'une voix qu'il s'efforça de rendre naturelle :

— Monsieur, s'il vous plaît, le numéro dix de la rue Akef, c'est de quel côté ?

L'officier ne s'arrêta pas. Il lui fit un signe hautain et marmonna tout en avançant vers la voiture :

— De ce côté.

C'était lui, c'était lui qui avait supervisé sa torture, qui ordonnait aux soldats de le frapper, de déchirer sa peau avec la cravache, de faire rentrer un bâton dans son corps, lui, sans aucun doute possible, la même voix âpre et la même intonation indifférente, et ce léger essoufflement provoqué par la cigarette. Taha perdit le contrôle. Il se jeta sur lui en poussant un hurlement aigu et incompréhensible, comme un rugissement de colère. L'officier se retourna, le regard effrayé, le visage contracté par la peur comme s'il avait compris la situation. Il ouvrit la bouche pour dire quelque chose mais n'en eut pas le temps. Des rafales successives de mitraillette fusèrent tout à coup et toutes touchèrent le corps de l'homme qui tomba sur le sol. Le sang s'écoula d'abondance. Enfreignant les instructions, Taha resta debout pour voir de ses yeux l'officier mourir puis il cria :

— Dieu est grand, Dieu est grand.

Il bondit vers la voiture, mais un contretemps survint. On entendit au premier étage le son d'une vitre qui se brisait violemment : deux hommes apparurent et se mirent à tirer en direction de la voiture. Taha comprit ce qui se passait et essaya de baisser la tête et de courir en zigzag pour éviter les balles, comme il l'avait appris à l'entraînement. Il commençait à se rapprocher de la voiture tandis que les balles pleuvaient autour de lui. Quant il fut à deux mètres, il éprouva soudain une sensation de froid mordant comme la glace qui le surprit. Il regarda son corps et vit qu'il était couvert de sang qui coulait à flots. La froideur se transforma en une souffrance aiguë qui le dévora. Il tomba par terre à côté de la roue arrière de la voiture et cria de douleur, puis s'imagina que la douleur effrayante disparaissait peu à peu. Il sentit un bien-être étrange l'envelopper et l'enfermer au plus profond de lui-même. Puis des voix lointaines, surabondantes, parvinrent à son oreille : des sons de cloche, des cantiques, des hymnes murmurés se répondant les uns aux autres, se rapprochaient de lui, comme s'ils l'accueillaient dans un nouveau monde.

*

Depuis le milieu de l'après-midi, le restaurant *Maxim* était sens dessus dessous.

Dix employés supplémentaires avaient été appelés en renfort. Ils étaient tous occupés à nettoyer le sol, les murs et les toilettes avec de l'eau, du savon et des produits désinfectants. Ils avaient transporté les tables et les chaises sur les deux côtés du local, dégageant un large passage menant de l'entrée au bar, avec un vaste espace au milieu qui servirait de piste de danse. Ils travaillaient avec entrain sous la conduite de Christine qui avait revêtu un ample jogging et s'était jointe à eux pour les aider à transporter elle-même des objets : c'était sa méthode pour les encourager à travailler avec ardeur. De temps en temps, sa voix s'élevait dans un arabe cassé où elle parlait à tout le monde au féminin :

— Toi, enlève tout d'ici, nettoie bien, toi, tu es fatiguée ou quoi ?

A sept heures du soir, l'endroit était rutilant. Elle étendit sur les tables des nappes d'un blanc éclatant qu'elle avait sorties spécialement pour l'occasion. Puis arrivèrent les corbeilles de fleurs et Christine supervisa leur arrangement : elle défit les petits bouquets pour répartir les fleurs dans des vases, elle demanda aux employés de placer les grandes corbeilles à l'entrée du local, à l'extérieur et tout le long du couloir, puis elle sortit d'un tiroir de son bureau un vieil écriteau élégant sur lequel était écrit en français et en arabe : "Le restaurant est réservé ce soir pour une réception privée." Christine accrocha cette pancarte sur la porte extérieure, puis elle passa la tête et jeta un dernier coup d'œil pour se rassurer sur l'allure générale du restaurant. Ensuite elle alla vite se changer dans son appartement, qui était proche. Quand elle revint, une heure plus tard, dans son élégante robe bleue, parfaitement et discrètement maquillée, les cheveux ramassés dans un chignon relevé à la mode des années 1950, l'orchestre était déjà arrivé et les musiciens étaient occupés à régler leurs instruments : la flûte, le saxophone, le violon et plusieurs sortes d'instruments à percussion. Les sons désaccordés s'élevaient comme le murmure d'un gigantesque être musical.

Les invités commencèrent à arriver. D'abord plusieurs hommes âgés, amis de Zaki Dessouki. Christine en connaissait certains. Elle leur serra la main à tous et les invita au bar où la bière et le whisky étaient offerts gratuitement. Puis le flot des invités s'accrut. Arrivèrent les amies de Boussaïna de l'école de commerce, avec leurs familles, puis Ali le chauffeur qui se fraya directement un chemin vers le bar, puis Saber le repasseur, sa femme et leurs enfants ainsi que de nombreux autres habitants de la terrasse. Les femmes avaient revêtu des vêtements brillants et couverts de paillettes. Les filles en âge de se marier s'étaient mises sur leur trente et un, au cas où cette noce pourrait offrir une occasion de mariage. En entrant, les habitants de la terrasse étaient impressionnés par le luxe du restaurant et son style complètement européen, mais, peu à peu, les femmes commencèrent à dissiper cette gêne par leurs commentaires joviaux et leurs éclats de rire assez dévergondés, inspirés par les circonstances. Aux environs de neuf heures, la porte s'ouvrit et plusieurs personnes entrèrent rapidement, suivies de Zaki Dessouki qui avança d'un pas solennel. Il portait un élégant costume noir, une chemise blanche et un grand nœud papillon rouge. Ses cheveux teints étaient peignés en arrière comme son coiffeur avait eu la bonne idée de le lui conseiller, ce qui lui donnait dix ans de moins. Sa démarche était un peu raide et ses yeux rouges à cause des deux doubles whiskys avec lesquels il avait choisi de commencer la soirée. Dès qu'il apparut, les acclamations, les sifflets et les applaudissements s'élevèrent de tous côtés : "Bravo, mille bravos !" Quelques timides youyous fusèrent et, tandis que les gens lui serraient les mains en le félicitant,

Christine se précipita vers lui et, de sa manière chaleureuse, l'étreignit et l'embrassa :

— Tu ressembles à une étoile du cinéma ! s'exclama-t-elle avec enthousiasme.

Puis elle soupira et le regarda longuement :

— Tu aurais dû faire ça depuis longtemps.

C'étaient les noces de Zaki bey Dessouki et de Boussaïna Sayyed qui, selon l'habitude des mariées, avait pris un peu de retard chez le coiffeur et était ensuite arrivée dans une robe blanche dont la longue traîne était portée par ses deux sœurs et son petit frère Mustapha.

Dès que la mariée apparut, toutes les personnes présentes furent impressionnées par son allure qui déclencha spontanément une interminable tempête de youyous. Tout le monde était heureux. Après que l'orchestre eut terminé la marche nuptiale, on ouvrit le buffet. Essayant de préserver un cachet européen à la fête, Christine joua au piano *La Vie en rose* d'Edith Piaf. Elle en répéta les paroles de sa voix mélodieuse :

— Lorsqu'il me prend dans ses bras, qu'il me parle tout bas

Je vois la vie en rose.

Il me dit des mots d'amour, des mots de tous les jours

Et ça me fait quelque chose…

Les deux mariés dansèrent seuls. Boussaïna se troubla un peu et faillit trébucher mais le marié lui redonna la cadence en en profitant pour la serrer contre lui. Le geste ne passa pas inaperçu de l'assistance et déclencha des commentaires facétieux. Zaki trouvait que, dans sa robe de mariée, Boussaïna avait l'air d'une merveilleuse créature, limpide comme si elle venait de naître aujourd'hui même et s'était à jamais débarrassée des souillures du passé qui l'avaient éclaboussée sans qu'elle soit coupable.

Lorsque la danse fut terminée, Christine tenta, avec délicatesse, mais en vain, de proposer d'autres chansons françaises. La pression de l'opinion publique fut la plus forte : l'orchestre se mit à jouer des morceaux de danse orientale. Ce fut comme un coup de baguette magique : les femmes et les filles – se retrouvant enfin dans leur élément – commencèrent à frapper dans leurs mains, à chanter, à onduler en suivant le rythme. Plusieurs s'attachèrent un foulard autour de la taille et se mirent à danser. Elles insistèrent auprès de la mariée jusqu'à ce qu'elle accepte et les laisse lui ceindre la taille puis elle se fondit dans la danse. Zaki bey la regardait plein d'amour et d'admiration. Il frappait avec entrain dans ses mains en cadence et, peu à peu, éleva les bras et se mit à danser avec elle parmi les cris d'allégresse et les rires de l'assistance.

BABEL

COÉDITION ACTES SUD – LEMÉAC

Ouvrage réalisé
par l'atelier graphique Actes Sud.
Reproduit et achevé d'imprimer
en novembre 2007
par Normandie Roto Impression s.a.s.
61250 Lonrai
pour le compte des éditions
Actes Sud
Le Méjan
Place Nina-Berberova
13200 Arles.

Dépôt légal
1re édition : octobre 2007.
N° d'impression : 073380
(Imprimé en France)